불타는
작품

윤고은 장편소설

은행나무

차례

1

〈캐니언의 프러포즈〉는 9년 전 여름 빌 모리의 휴대폰으로 찍은 사진이다.

빌은 라스베이거스를 중심으로 스냅사진 촬영 업체를 운영했는데 그 무렵엔 그에게 촬영을 의뢰하려면 최소 여섯 달 전에는 예약해야 할 정도로 인기가 많았다. 6월 15일부터 사흘간 그랜드서클 촬영을 예약한 커플은 빌의 삼백 번째 고객이었다. 〈캐니언의 프러포즈〉가 6월 16일 새벽 4시에 찍힌 사진이어서 그들은 한동안 그 사진 속 주인공이 아니냐는 오해를 받기도 했는데 사실은 빌을 만나지도 못한 사람들이었다. 그랜드캐니언에서 합류하겠다고 했던 삼백 번째 고객은 약속 시간이 임박했을 때 돌연 예약을 취소했다.

삼백 번째 고객을 기념하기 위해 작은 이벤트까지 준비했던 빌은 피로감이 몰려드는 것을 느꼈지만 곧 덕분에 뜻밖의 휴식을 취하게 됐다는 걸 깨달았다. 숙박비는 이미 지불했고, 자신은 이미 그랜드캐니언 사우스림에 들어왔고, 다섯 시간을 내리 혼자 운전했으며, 기록적인 폭염만큼이나 몰아치는 일정으로 지쳐 있던 중에 만난 공백이었다.

빌은 이른 저녁 잠이 들었다가 6월 16일 새벽 4시 전에 깨어나 롯지에서 꽤 떨어진 곳까지 차를 몰고 나왔다. 별을 찍기 위해서였다. 국립공원의 공식 지도에는 나와 있지 않은 곳, 숨은 별 보기 포인트였는데 그 시간엔 빌 혼자였다. 두 시간 동안 빌은 거기 있었다. 별을 보는 사람들이 잠의 입구로 기울고, 해를 보는 사람들이 잠의 출구를 찾기 전…… 새벽 4시는 고독한 이들의 자유 시간이었다. 별은 빌의 카메라 안에 제대로 안착했고 그 외의 것들도 있었다. 그가 캠핑 의자에서 몸을 일으켜 어둠을 조금 밝혔을 때 바로 앞에 십수 마리의 엘크가 이동하는 것이 보였던 것이다. 빌은 휴대폰과 카메라를 번갈아 활용하며 정신없이 사진을 찍었다. 그들의 비밀스러운 세계를 방해하지 않으려 조심스럽게, 그러나 바쁘게. 엘크들은 마치 군무를 추는 것처럼 보였고, 거기에 사로잡혀 그들의 뿔 너머에서 벌어지는 일은 보지 못했다.

빌은 사흘의 공백을 느슨하게 보낸 뒤에야 휴대폰 사진을 확인했고, 프레임 안에 들어온 의도치 않은 손님을 발견했다. 휴대폰으로는 급히 등장한 엘크 떼만을 찍었다고 생각했는데, 그 안에 누군가가 또 있었던 것이다. 엉킨 가시덤불 같던 엘크의 뿔 너머로 벼랑 위에 선 두 사람.

사진 속에는 웨딩드레스를 입은 여자와 그 앞에 한쪽 무릎을 반쯤 굽혀 앉은 남자가 있었다. 얼굴이 명확하게 보일 정도는 아니었지만 두 사람의 표정까지도 알 수 있을 것 같은 사진이었다. 여자의 어깨에서부터 뒤로 드리워진 베일이 바람에 가볍게 날리고 있었다. 흰 눈이 베일 가득 쏟아지는 것 같기도 했고, 은빛 그물처럼 보이기도 했다. 유일한 조명은 달빛이었다. 사진에 담긴 어둠은 실제보다 더 화사하게 느껴졌다.

빌이 누군가의 프러포즈를 목격한 것은 그리 놀라운 일이 아니었다. 장소를 그랜드캐니언으로만 한정해도 수차례였다. 열심히 박수를 친 적도, 바람에 날아간 편지를 주워준 적도 있었다. 웨딩 스냅을 주로 찍다 보니 고객들의 프러포즈를 돕게 될 때도 있었다. 그러나 엘크를 찍으려던 새벽에 우연히 포착된 프러포즈는 빌에게도 신선한 충격이었다. 나중에 어느 인터뷰에서 그는 이런 말을 했다.

"새벽 4시에 깨어 있는 사람들이라면, 아직 잠들지 못했거나 잠에서 깨어났거나 둘 중 하나라고 생각해요. 나는 후자였지요.

그 두 사람이 어느 쪽에 해당되는지는 알 수 없지만…… 이들의 옷을 보세요, 몇 분 만에 입을 수 있는 게 아니에요. 그들은 거의 내내 깨어 있었을 겁니다."

빌은 그 사진을 최대한 크게 확대해보려고 했다. 사진 속 인물의 얼굴이 잘 보이지는 않았지만, 그 순간 그 장소에 있었던 당사자들은 스스로를 알아볼 게 분명했다. 그는 사진에 '캐니언의 프러포즈'라는 제목을 더해서 인스타그램에 올렸다.

"6월 16일 새벽 4시. 그랜드캐니언의 가장 아름다운 절벽에서 프러포즈하신 커플을 찾습니다."

하룻밤 사이에 어마어마한 수의 댓글과 하트가 달렸다. 빌의 사진이 이렇게까지 주목받은 적은 없었다. 사람들은 그들이 잠든 사이에 이루어진 무명의 프러포즈에 감탄했다. 프러포즈 장소로 추정되는 지점을 찾아내 그곳에서 비슷한 구도의 사진을 찍는 이들도 생겨났다. 그곳에는 '슈터포인트'라는 별명이 붙었다. 협곡의 중심을 향해 툭 튀어나온 곳은 그 일대에 많았으나 슈터포인트는 이제 흔한 곳이 아니었다.

물론 전혀 감동하지 못하는 사람들도 있었다. 이런 게 아주 흔한 홍보 방식 중 하나라는 식이었다. 그렇게 말하는 사람들은 빌의 사진 속으로 누군가의 프러포즈가 우연히 들어왔을 가능성보다는 처음부터 모든 것이 계획된 연출이었을 거라는 쪽으로 떠들어댔다. 빌은 스냅사진 촬영 업체를 운영하고 있었으니까. 〈캐니언의 프러포즈〉 공개 이후 빌의 스튜디오로 스냅 촬영 문의를 해오는 이들이 늘어난 것도 사실이었다. 빌은 곧 "내년 말까지 모든 예약이 마감되었습니다"라는 공지를 스튜디오 사이트에 올려두어야 했다. "그렇게까지 공들여 홍보하지는 않습니다. 그러지 않아도 우린 잘나가요!"라고도 덧붙였다.

빌의 사진에 대한 의혹은 뜻밖의 이유로 해소되었는데, 그건 애초에 사진 속 장면이 프러포즈가 아닐 가능성까지 포함한 것이었다. 사진 속에 등장한 커플 중 여자 쪽이 이미 실종 상태였던 것으로 밝혀졌기 때문이다. 사진에 그 여자가 등장했던 6월 16일 새벽은 여자의 가족이 실종 신고를 한 지 일주일 되던 날이었다. 빌은 그 여자의 이름이 리나라는 것, 이십대 후반으로, 로스앤젤레스에서 친구와 웨딩드레스 사업을 한다는 것과 출장 차 온 라스베이거스에서 사라졌다는 것을 알게 됐다. 많은 사람들과 같은 속도로, 비슷한 뉴스를 보고서 말이다. 그러나 사람들은 빌이 그것 외에 어떤 것을 더 알고 있는지 묻고 싶어 했다.

〈캐니언의 프러포즈〉를 보고 즉각적으로 리나를 떠올린 사람은 함께 사업을 하던, 그녀의 친구였다. 리나가 웨딩드레스를 입을 이유는 없었다고 친구는 말했다. 그럼에도 불구하고 친구가 사진 속에서 리나를 알아볼 수 있었던 건 바로 그 드레스 때문이었다. 그 드레스를 만든 사람이 이 친구였고 리나는 그걸 배달하는 중이었다. 리나가 머물던 호텔 CCTV에 찍힌 바에 따르면 리나는 파란색 원피스를 입은 채로 큰 가방 두 개를 들고 나갔다. 800미터 떨어진 이웃 호텔로 가야 했던 드레스가 일주일도 더 지나 그랜드캐니언에 출몰한 것이다. 친구는 〈캐니언의 프러포즈〉를 보자마자 제때 도착하지 않아서 모두를 곤혹스럽게 만들었던 그 드레스라는 걸 단박에 알아보았다. 어깨에서부터 얇은 베일을 길게 늘어놓았던 그 드레스는 엉뚱한 곳에, 낯설게 놓여 있었다.

친구가 갖고 있던 수십 장의 드레스 사진이 경찰에 제출되었다. 수색 작업이 급물살을 탔다. 경찰은 6월 13일 오후에 리나가 호텔 밖에서 차명으로 차를 빌린 후 그걸 타고 그랜드캐니언 노스림 입구를 통과했다는 기록을 입수했다. 동승한 사람도 있었다. 800미터 떨어진 지점에 드레스를 배달하려고 나간 사람이 800킬로미터 떨어진 협곡에서 목격된 것도 의외였지만, 사우스림이 아니라 노스림을 거쳤다는 것도 특이점이었다. 라스베이거스에서 그랜드캐니언을 향해 바로 달렸다면 사우스림으로 가는 편이 훨씬 직관적이니까. 노스림에 가야만 했던 이유가 존재할 수도 있지만 리나가 이틀 후인 6월 15일 밤에는 적어도 사우스림 안에 와 있었다는 얘기가 되니, 그 비효율적인 동선에 대해 설명하기란 쉽지 않았다. 확실한 건 6월 15일 오후 6시가 되기 조금 전에 리나가 사우스림의 동쪽 입구를 통과했고, 그 시각 이미 캐니언의 밤하늘이 남청색으로 물들고 있었다는 점이다. 그 시각에 국립공원에 입장한 사람에게 밤을 보낼 선택지는 많지 않았다. 경찰은 그 일대 숙소와 캠핑장을 수소문하면서 여러 제보를 받았지만 유의미한 건 거의 없었다. 사우스림 안에서 리나의 차가 지나간 궤적을 모두 파악할 수도 없었다. 마치 사각지대만을 골라 다닌 것처럼 리나는 그 안에서 증발했다. 리나가 어떤 사람인지에 대한 소문이 너무 많았고, 리나 앞에 무릎을 꿇고 있던 남자의 신원은 알 길이 없었다. 그가 차 안의 동승자인지도 확실치는 않았다.

〈캐니언의 프러포즈〉는 그때부터 〈캐니언의 실종〉으로 불리기도 했다. 그것이 누군가의 실종 이후를 우연히 포착한 사진이라면 빌은 그가 의도했든 하지 않았든 목격자가 되는 셈이었다. 사람들은 빌이 이 사실을 인지했을까 아닐까를 궁금해했고 빌이 답해야 한다고 말했다.

"인생은 멀리서 보면 희극, 가까이서 보면 비극."

빌은 찰리 채플린의 말을 그 사진에 적용했다가 비난을 받았다. 악플이 계속 달리자 빌은 급기야 "나는 아무것도 몰랐습니다. 그게 프러포즈라고 생각했고, 지금도 저 사진만 보면 그래요. 정말 프러포즈가 아닐 수도 있지만, 아직 밝혀진 건 없잖아요. 멀리서 보는 희미한 실루엣으로 뭘 판단할 수 있습니까? 나는 그 사진을 찍고서 한참 후에야 폰에서 발견했고, 그러니 아무것도 목격한 게 없습니다. 혹여나 내가 위급한 상황을 인지했다고 하더라도 뭘 어쩔 수 있었겠어요. 그건 제 휴대폰의 15배 줌 망원렌즈로 찍은 사진이며, 나와 피사체 사이의 거리는 빠르게 달려가도 최소 30분은 걸렸을 정도인데요"라는 글을 올렸다. 빌의 의견에 동조하는 사람들도 있었지만 대부분은 빌의 대답에서 드러나는 나약하고 무심한 어조를 경멸했다. 사진 속 여자의 팔이 등 뒤에서 묶인 것처럼 보인다고 말하는 사람도 있었다. 그 말을 듣고 보면 그렇게 보이기도 하고, 또 아닌 것도 같은 사진이었다. 사람들은 빌이 해야 했던 행동들을 나열했다. 만약 정말 위급해 보였다면 경찰이나 숙소에 전화라도 할 수 있었을 겁니다. 자동차 경적을 울리거나, 라이트를 요란하게 켜고 끌 수도 있었습니다, 실종자 가족과 친구의 심정을 고려한다면 어떻게 이런 글을 남길 수 있는지…….

빌은 당시 상황에 대해 열심히 설명하려 했지만 리나 실종 사건에 관한 기사를 몇 건 읽고 나자 자신이 여기에 대해 말하는 것이 적절치 않다고 느끼게 됐다. 그즈음 리나의 아버지가 대형 문구 회사 창업주인 발트만이라는 것이 알려졌고, 엄청난 경찰력이 이 사건에 투입되었다는 얘기가 들려왔다. 빌에게도 탐정이라는 이들이 연락을 해오기 시작했고 부담을 느낀 빌은 결국 최초 게시물을 삭제했다. 그러나 이미 여기저기로 공유된 흔적까지 지울 수는 없었다.

경찰이 빌에게 수사 협조를 구했다. 참고인으로 경찰에 출석해달라는 거였다. 며칠 후 인스타그램에 새까만 화면과 함께 빌의 새 글이 올라왔다. 새벽 4시쯤이었다. 그때의 빌은 잠들지 못한 쪽이었다.

"내가 아닙니다. 그 사진을 찍은 것은 빌 모리가 아닙니다."

이렇게 시작되는 그 장황한 글을 요약하면 이 사진이 자신의 휴대폰으로 촬영된 것은 사실이나 사진을 찍은 이는 자신이 아닌 '로버트'라는 거였다. 그러니 로버트가 경찰에 출두할 것이며, 수사에 필요하다면 자신의 휴대폰을 증거로 제출할 수 있다는 것, 휴대폰과 자신을 분리해 생각해달라는 것이었다. 그렇게 고백하면서도 빌은 왜 한동안 이 사진의 작가인 것처럼 굴었는가에 대해서는 해명하지 않았다.

"로버트가 당신 폰을 훔쳤어?"

"아니면 당신이 그의 사진을 훔쳤어?"

이제는 소셜미디어 속 익명들만 빌에게 말을 거는 게 아니었다. 너무 많은 질문들로 인해 빌의 다른 업무가 마비될 지경이었다. 그는 여러 건의 예약을 취소해야 했고 위약금을 물어주어야 했다. 그랜드서클은 빌에게 흔한 출장지였지만 이제 빌에게는 가장 낯선 곳이 되어버렸다. 빌은 부러 슈터포인트에 찾아가 보기도 했는데 그곳은 이제 더 이상 흔한 벼랑이 아니었다. 사람들이 너무 많이 와서 통제가 필요할 지경이라고 했다. 빌은 그 틈에 서서 자신이 서 있던 지점, 차를 세우고 별과 엘크 사진을 찍었던 지점을 바라보았다. 거의 두 시간 동안 그는 슈터포인트에 머물다가 숙소로 돌아왔다. 그리고 그날 밤 "이제 모든 것은 로버트, 그 개가 설명할 겁니다"라고 글을 남겼다. 이후로 그의 스튜디오 웹사이트가 멈췄고, 인스타그램도 페이스북도 멈췄다. 이제 움직이는 것은 빌이 아니라 로버트였다.

얼마 지나지 않아 실종 사건의 목격자가 경찰에 참고인으로 출석했다. 경찰은 목격자의 실명을 언급한 적이 없었지만 사람들은 목격자의 이름이 로버트일 거라고 믿었다. 로버트가 빌의 견습생이었으며 그 새벽에 빌이 로버트의 사진을 가로챈 거나 마찬가지라고, 그게 고질적인 관행이라고 말하는 사람들도 있었다. 로버트로 짐작되는 이의 신원이 어느 온라인 커뮤니티에 올라왔다가 삭제되기도 했다. 라스베이거스 경찰이 새로 확보한 추가 사진에 대해 언급했기 때문에 언론은 그 사진에 확실한 증거가 있을 거라고 앞서가기도 했다. 경찰은 사건이 마무리되기 전까지 추가 사진이 섣불리 공개되지 않도록 했다. 그래서 사람들은 어떤 사진이 실종 사건 수사 자료로 제출되었다는 사실만을 알 뿐 정작 그 사진에 어떤 것이 담겨 있는지는 알 수 없었다.

경찰서에 그 목격자가 출석했을 때, 저 앞에서 꼬리를 적당히 흔들며 네 발로 걸어오는 모습을 봤을 때 경찰서 안의 어떤 이도 그쪽으로 시선을 오래 두지 않았던 건 그들이 기다리는 존재가 있어서였다. 그들은 로버트를 기다렸다. 경찰서 안의 누구도 빌이 "로버트, 그 개가"라고 했던 말을 곧이곧대로 믿지 않았다. 개가 어떤 은유가 아니라 실체임을 거기 있는 모두가 이해하기까지 얼마간의 시간이 더 소요되었다. 그래서 로버트가 나타난 후에도 로버트를 기다렸다. 아까부터 와서 착석해 있던 개가 바로 로버트였는데 말이다.

로버트와 함께 온 사람은 자신을 로버트의 지인으로 소개했다.

"주인이 아니고 지인이요?"

담당 형사는 참고인이 개라는 것에 좀 당황한 상태였다. 게다가 같이 온 이가 그 개의 주인도 아니고 지인이라니. 그는 빌이 하룻밤 묵었던, 사진 촬영 장소에서 가장 가까운 롯지의 관리인이었는데 두 계절 전에 로버트를 처음 봤다고 했다. 그후 6개월, 롯지 관리인은 로버트의 밥을 챙겨주었고 로버트도 롯지에서 살다시피 했지만 자신이 로버트의 견주라고 말할 수는 없다는 거였다. 그제야 형사는 빌을 만났을 때, 그가 남긴 표현들을 다시 곱씹어보았다. 빌은 로버트를 두고 '평범한 사람'이 아니라고 하지 않았던가. 목격자가 인간의 범주를 벗어났을 가능성은 이미 존재했던 것이다. 저 개가 정말 이 두 장의 사진을 찍었다는 말인가? 빌은 자신의 개도 아닌 다른 개, 그러니까 모르는 개에게 잠시 휴대폰을 빌려준 것일까? 빼앗긴 것일까? 형사의 질문에 빌은 자신도 모르겠다고 말했다. 단지 자신의 휴대폰에 그 개가 손을 댔다고 했다. 그 개는 롯지의 투숙객 모두와 인사하는 개였다. 경계 대상이 아니었다.

"로버트는 소통이 잘 됩니다. 보통 똑똑한 게 아니라서 사람 말을 거의 알아듣거든요. 로버트!"

롯지 관리인이 부르자 로버트는 그의 품속으로 파고들었다. 형사는 특별한 인상을 받지 못한 채로 로버트가 하품하는 걸 물끄러미 바라보았다.

"로버트 지인분께 물어보겠습니다. 로버트가 그 사진을 찍었다는 증거가 있습니까?"

"빌이 말했잖아요. 로버트가 찍었다고."

"빌이 의심스럽지는 않습니까?"

"저는 그가 어떤 사람인지 모릅니다. 다만 제가 아는 건……,

로버트가 충분히 했을 법한 일이었다는 거죠. 이번 사진을 찍기 전부터 이미 유명했어요. 적어도 우리 롯지 손님들 사이에서는 인기 스타였다고요. 사진 찍는 개로 유명했다니까요. 물론 로버트가 휴대폰을 주머니에서 꺼내서 바로 들고 찍는 건 아니지만요. 분명히 최종 사진은 로버트가 찍었을걸요. 로버트가 닿을 수 있는 곳에 셔터가 있었다면."

"목격자로 동물이 온 게 처음도 아닙니다만. 종종 있었지요. 개와 고양이, 앵무새와 이구아나. 그들의 진술이 아주 중요했답니다. 그런데 지금…… 로버트는 뭘 진술할 수 있을까요?"

형사는 질문도 독백도 아닌 나른한 어조로 말끝을 흐렸다. 그는 양손으로 자신의 얼굴을 쓸어내린 후 로버트를 보았다.

"로버트? 넌 뭘 할 수 있니? 우리가 뭘 참고하면 좋겠니?"

로버트는 형사를 슬쩍 보고는 한 발로 자신의 귀를 털어댔다.

"이 개가 사진을 찍었다는 겁니다. 그렇죠? 로버트 지인께서도 그렇게 믿고 계십니까?"

"로버트에게 그리 어려운 일은 아니란 겁니다. 제가 알기로는요. 보실래요? 로버트가 제 휴대폰으로 그동안 찍었던 사진들인데요. 야밤에 찍은 것도 있고, 일출도 있고, 여행자들 사진도 있고, 캠프파이어도 있고."

"이걸 보시지요. 이 목록 말입니다. 이 지역에만 하더라도 얼마나 많은 신통방통한 동물들이 있는지 아십니까. 어느 호텔의 고양이는 손님이 올 때마다 피아노를 쳐준다고 하더군요. 어느 집 독수리는 가족들에게 식사를 챙겨준대요. 어느 집 코끼리는 운전을 하고 말입니다."

형사의 말에 지나가던 동료 하나가 말을 보탰다.

"우리 집 개는 가끔 용의자에게 문자를 보내요. 내가 그래서 용의자에게 사과 문자를 해야 한답니다."

아무도 웃지 않자 동료는 진짜라며 휴대폰 내역을 보여주었다. 형사는 또 두 손으로 얼굴을 감싸 쓸어내리고는 로버트를 보았다.

"파피용이죠? 이 개."

"저도 잘 몰라요. 알게 된 지 그리 오래되지 않았거든요. 6개월 좀 넘었나요. 피를 흘리고 있던 걸 발견해서 치료를 받게 했는데, 그 이후 우리 숙소에 자주 찾아와요, 잠도 자고 밥도 먹고요. 공원 관리자는 파피용은 아닐 거라고 했는데 생김새가 꼭 그렇게 생겼죠?"

"파피용이 똑똑하다던데요. 3위인가 그래요."

"그건 중요한 게 아니에요. 모든 파피용이 사진을 능수능란하게 찍진 않을 테니까요."

롯지 관리인은 더 설명할 것도 없다면서 휴대폰을 형사에게

들이밀었다. 로버트를 흥미롭게 혹은 미심쩍게 여기던 사람들의 표정 덕분에 그가 찍은 사진은 확실히 생생한 표정을 포착했다. 물론 그가 자신에게 호기심을 품는 피사체만 찍었던 건 아니다. 그를 바라보지 않는 존재들도 찍었다. 깨진 보도블록, 죽은 새, 버려진 냅킨, 가로등의 그림자 같은 것.

로버트는 휴대폰을 따로 갖고 있지 않았으므로 늘 누군가에게서 빌리거나 셔터 누르는 순간을 훔쳐야만 했다. 그중 하나가 빌의 휴대폰이었다. 빌의 휴대폰 갤러리는 초기 설정 그대로였으므로 사진을 완벽히 삭제하려면 두 차례에 걸쳐 '삭제' 버튼을 눌러야 했다. 갤러리에서 한 번 삭제된 사진은 휴지통으로 갔고, 빌은 휴지통을 비운 적도 없어서 그가 지운 사진들은 그 안에 차곡차곡 쌓였다. 언제든 터치 한 번으로 다시 복원될 수도 있는 휴지들이었다. 그렇게 복원된 것 중 하나가 경찰에 추가로 제출되었다. '와이드'로 불리는 사진이었다.

"애초에 두 가지 버전의 〈캐니언의 프러포즈〉가 있었던 것인데요. 하나는 15배 줌 망원카메라로 찍은 클로즈업 사진, 다른 하나는 광각카메라로 찍은 와이드 사진입니다. 빌의 휴대폰에는 한 번의 터치로 두 종류의 사진을 찍게 하는 기능이 있었어요. 듀얼카메라라고 부릅니다. 빌은 그 기능을 꺼두는데, 이렇게 찍힌 걸 보면 로버트가 그것을 켰다는 겁니다. 자동적으로

폰에 저장되는 것은 클로즈업 사진입니다. 와이드 사진을 저장하고 싶으면 한 번 더 터치를 해야 하고. 그러니까 정리해보면, 로버트가 빌의 휴대폰을 켜서 듀얼카메라 기능을 누르고, 사진을 찍은 후, 클로즈업이냐 와이드냐를 보고, 그중 하나를 골라냈다는 건데 말입니다. 이게 가능하다고 생각하십니까?"

"빌의 폰이 삼성이죠? 제 것은 아이폰인데요. 이것도 듀얼카메라 기능을 갖고 있어요. 어쩌면 로버트는 제가 하던 행동을 보고 이 기능을 익히게 된 걸 수도 있겠네요. 롯지 손님들 때문일 수도 있고요. 손님들은 세계 각국에서 오죠. 로버트는 그들의 폰을 구분해요."

"로버트에게 물어봅시다."

그렇게 말하면서 담당 형사가 자신의 휴대폰을 꺼냈다. 구형 아이폰이었다. 그걸 삼각대에 고정해두고 "로버트, 나 좀 찍어줄래?" 하고 말하자, 로버트는 다가와 그것을 앞발로 톡 건드리더니 고개를 한쪽으로 기울인 채 돌아서버렸다.

"못하네."

뒤에서 흥미롭게 보고 있던 동료 하나가 그렇게 말했고 그와 거의 동시에 담당 형사가 "아, 지문!" 하고는 휴대폰의 잠금을 해제했다. 저만치 갔던 로버트가 다시 휴대폰 앞으로 다가와 잠시 고개를 갸웃하더니 휴대폰을 가볍게 두드렸다. 로버트는 자신에 대한 이야기가 오가는 내내 하품을 하거나 귀를 털었고, 그래서 사람 말을 거의 알아듣는다던 지인의 말을 조금도 증명해내지 못했지만, 낯선 휴대폰이 자기 앞에서 무장해제되는 걸 확인한 순간 표정이 달라졌다. 로버트는 형사 주변을 잠시 살피는 듯하더니 탐색을 마친 듯 사진을 찍었다. 연달아 두 컷을.

첫 번째 사진에서는 형사가 화면 오른쪽에 있었다. 그의 책상에 놓인 오렌지주스, 그리고 왼쪽 벽에 걸린 하와이 이미지 달력이 함께 찍혀 있었다. 그래서 주스가 담긴 플라스틱 컵 위로 플루메리아꽃이 올려진 것처럼 보였다. 두 번째 사진에서는 형사가 화면 왼쪽에 있었다. 그리고 오른쪽으로 수갑과 수배 전단 뭉치가 함께 찍혔다. 형사의 표정은 몇 초 차이인데도 달라 보였다.

"프레임을 갖고 노네? 찍기 전에 구도를 계산하나봐. 휴대폰을 살짝 틀었잖아."

옆에 있던 동료가 그렇게 말하며 자신의 휴대폰을 로버트에게 건넸다. 로버트는 그날 모두 여덟 대의 휴대폰으로 사진을 찍었는데 듀얼카메라 기능을 활용하기도 했고, 그 기능이 없는 폰으로 찍을 때는 로버트 스스로 몸을 움직이면서 프레임의 변화를 만들어냈다.

로버트와 그의 지인이 떠난 후 형사들은 빌의 휴대폰에서 복원해낸 또 한 장의 사진, 바로 '와이드' 버전을 유심히 들여다보았다. 거기에 실종 사건에 도움이 될 증거가 있었던 건 아니지만, 그 사진에는 기존 〈캐니언의 프러포즈〉 프레임 밖의 것들이 조금 더 보였다. 빌의 자동차 사이드미러도 프레임 안에 포함되어 있었다. 반쯤 열린 자동차 문의 사이드미러를 통해 휴대폰 액정을 누르는 개 한 마리가 비쳐 보였다. 몸을 길게 세운 채 오른쪽 앞발로 휴대폰 액정을 터치하던 개. 그러니까 이건 로버트의 '셀카'였다.

조슈아트리 국립공원에서 시체 두 구가 발견되면서 실종 수사는 종결되었다. 슈터포인트, 두 사람이 벼랑 위에 서 있던 지점으로부터 600킬로미터 이상 떨어진 곳, 3주가 더 흐른 시점이었다. 예년보다 훨씬 고통스러운 폭염에 휩싸인 7월의 조슈아트리에서 리나와 다른 한 사람은 서로 끌어안은 채 멈춰 있었다. 권총 한 자루로 한 사람이 다른 한 사람을 쏘고 곧이어 자신을 쏘았을 가능성에 무게가 실렸고, 경찰은 두 사람이 폭염 속에서 길을 잃은 뒤 극단적 선택을 한 것으로 보인다고 발표했다. 두 사람이 주고받은 메시지에 '최대한 우아하게, 크게 돌자. 마지막 드라이브니까' 그리고 '사랑의 안락사'라는 표현이 있었던 것으로 보아 애초에 그들이 동반 자살을 계획하고 조슈아트리를 선택했다는 말도 돌았다.

풍문에 따르면 발트만 회장이 리나의 사랑을 반대했다고도 한다. 리나의 아버지가 발트만 회장이라는 사실은 실종 수사가 한참 진행된 후에야 밝혀졌는데, 일찌감치 두 사람을 연결 짓지 못한 것은 그들의 성이 달라서였다. 리나는 발트만이라는 이름을 갖지 못했지만 그렇다고 아버지와의 교류가 없었던 건 아니었다. 발트만 회장은 리나가 어릴 때 캠핑 텐트 밖에서 마시멜로를 구워주던 아버지이기도 했다. 그들은 조슈아트리 국립공원 안에서 밤을 보낸 적도 있었다. 바로 그 장소에서 딸이 죽었다.

실종 이후로 발트만 회장은 리나의 동선을 계속 추적해왔고, 딸의 시체를 확인한 후에도 그걸 멈추지 못했다. 그가 로버트를 만난 건 그 연장선상의 일이었다. 담당 형사의 말에 따르면 〈캐니언의 프러포즈〉와 〈캐니언의 로버트〉 두 장의 사진 출력본을 건네받은 발트만 회장이 바닥에 주저앉아 울었다고 했다.

로버트의 거처로 알려진 롯지는 그 격렬한 여름을 지나면서 밀려드는 손님들로 몸살을 앓았다. 두 장의 사진으로 인해 로버트는 그야말로 스타가 되었고 모두가 그를 만나보고 싶어했다. 겨울이 시작될 무렵에서야 롯지 관리인은 내부 공사를 위한 두 달간의 휴업을 결심할 수 있었다. 롯지가 동면에 들어가기 전에 발트만 회장이 또 찾아왔다. 세 번째 방문이었다. 그가 외부 일정을 최소화하고 있다는 것을 기사로 봤기 때문에 롯지 관리인은 좀 놀랐다. 이 85세의 노인은 천천히 말을 이어갔다. 공사 이야기를 들었는데, 혹시 겨울 동안 자신이 로버트와 시간을 보내도 되겠느냐고. 그러자 로버트가 발트만 회장이 벗어둔 모자를 입에 물고 롯지 밖에 주차된 그의 차를 향해 이동했다. 롯지 관리인이 서운함을 느낄 만큼 명확한 의사 표시였다.

로버트는 겨울이 지나고 봄이 와도 돌아오지 않았다. 그는 '영구한 손님'이 되어 발트만 회장의 팜스프링스 별장에 머물렀다. 그렇지만 친구를 잊은 건 아니어서, 롯지 관리인이 초대를 받아 팜스프링스로 놀러갔을 때 파란 물감에 적신 발자국으로 〈캐니언의 로버트〉에 흔적을 남겼다. 로버트가 사이드미러에 비쳤던 그 셀카 사진 말이다. 롯지에서는 로버트의 발자국 인장이 찍힌 것을 벽면에 크게 걸고, 그것을 작게 출력한 엽서와 스카프를 팔기 시작했다.

빌 모리의 소셜 계정에 사진작품의 저작권 분쟁에 대한 기사 스크랩이 올라온 것도 그 무렵부터였다. "내가 아닙니다. 그 사진을 찍은 것은 빌 모리가 아닙니다"라고 고백하던 밤에 그는 〈캐니언의 프러포즈〉에서 최대한 멀어지는 쪽을 택했지만, 어느 시점 이후로 다시 그 사진 쪽으로 다가오고 있었다. 시장에서는 모두가 그 사진을 로버트의 것으로 불렀고, 빌은 거기에 자신의 지분이 얼마나 되는지 궁금했다.

빌이 한 첫 번째 행동은 그 사진의 저작권이 개에게 없음을 알리는 내용증명을 롯지 관리인에게 보내는 것이었다. 그 사진으로 수익을 취하면 안 된다는 메시지와 함께. 롯지 관리인은 로버트의 허락을 받고 판매하는 거라고 말했지만, 빌에게 그건 '관계없는 행인'의 허락을 받은 거나 마찬가지였다. 한때 언론을 피했던 그가 이제는 언론을 찾아가서 말했다. 그 새벽에 휴대폰을 비스듬히 테이블 위에 올려둔 것이 누구였겠느냐고 말이다.

"개, 새, 고양이, 엘크, 바람. 모든 존재가 거기 놓인 휴대폰을 터치할 수 있겠지요. 내가 셔터를 누르지 않았다고 해서 그게 내 사진이 아니라고요? 만약 빗방울이 촬영 버튼을 누르면 그 사진이 빗방울 것이 되는 겁니까? 내 작업은 개념 사진으로 이해해야 합니다. 나는 벌어질 모든 우연을 향해 덫을 설치한 겁니다. 의도적으로 거기에 휴대폰을 뒀다고요. 찍힌 사진에 〈캐니언의 프러포즈〉라는 이름을 처음 붙여서 그 상황을 호명한 것도 나였고, 사진을 게시판에 올림으로써 수사에 도움이 되도록 한 것도 나였다고요. 지나가던 개가 와서 셔터를 누를 가능성까지 포함하는 게 바로 내 작품의 의도였습니다."

빌 입장에서는 롯지에서 파는 것이 〈캐니언의 프러포즈〉가 아니라 로버트의 모습이 등장한 사진 〈캐니언의 로버트〉라고 해도 달라질 게 없었다. 그는 "두 사진 모두 내 휴대폰이 찍은 것이니까 내가 찍은 거나 마찬가지"라고 우겼다. 그러나 개념 미학적으로 빌의 작업을 얘기할 만한 자료가 거의 없었다. 빌의 행적 중 그 자신에게 가장 불리하게 작용할 것은 바로 "내가 아닙니다. 그 사진을 찍은 것은 빌 모리가 아닙니다"였다. 복잡한 사건에 휘말릴까 두려워 스스로가 저작권자임을 부인한 셈이었으니까. 1년 넘게 이어진 저작권 분쟁에서 빌은 결국 패소했다. 그 시간 동안 빌 모리는 초조해했고, 롯지 관리인은 상대적으로 조금씩 더 느긋해졌다. 뒤에 로버트와 발트만 회장이 있었기 때문이다. 그렇다고 로버트에게 저작권이 있다는 판결이 나온 것은 아니었다. 결과는 이러했다.

1. 빌 모리는 〈캐니언의 프러포즈〉의 저작권을 갖고 있지 않습니다.

2. 로버트도 〈캐니언의 프러포즈〉의 저작권을 갖고 있지 않습니다.

3. 이 사진의 저작권은 누구에게도 없으므로, 누구든 이 사진으로 수익을 낼 수 있습니다. 롯지 관리인의 행동은 불법이 아닙니다.

전문가들은 "내가 아닙니다. 그 사진을 찍은 것은 빌 모리가 아닙니다"라던 그 고백이 없었더라도 빌이 저작권자로 인정받기는 어려웠을 거라고 말한다. 빌이 자신의 저작권을 인정받기 위해선 그가 어떻게 그 휴대폰을 미리 설치하고 조작하고 계획했는지가 증명되어야 했는데, 빌은 그 과정을 감당할 수 없었다. 그는 더 싸우기를 포기했다.

그 사진에는 저작권이 없으므로 원한다면 누구나 수익을 낼 수 있었고, 모두가 이 사진을 팔 수 있다면 사람들의 관심은 당연히 강력한 이야기가 있는 쪽을 따라가기 마련이었다. 롯지 관리인은 더 본격적으로 로버트의 발자국을 포함한 사진을 팔기 시작했다. 로버트는 이제 롯지에 없었지만 그의 흔적은 전보다 더 많아졌다.

로버트는 1년이 더 흐른 후 펠릭스 곤잘레스 토레스의 전시회에 발트만 회장과 동행했다. 그들이 미술관에 함께 간 게 처음은 아니었지만 그날은 유독 목격자가 많았다. 스타일의 변화 때문인지 표정의 변화 때문인지 발트만 회장은 이전보다 편안해 보였고, 사람들은 그것이 로버트의 영향이라는 것을 알게 되었다. 자신을 훔쳐보는 시선이 많았지만 로버트가 크게 동요하는 것 같지는 않았다고, 그저 발트만의 품에 안긴 채 전시를 관람했을 뿐이라고 미술관 관계자가 말했다.

그들이 가장 오래 머문 자리는 두 개의 시계를 나란히 붙여둔 형태의 작품 〈무제—완벽한 연인 (Untitled—Perfect Lovers)〉이었다. 발트만은 그 작품 앞에서 로버트에게 열심히 속삭였는데, 그 내용이 무엇이었는지는 어느 인터뷰 기사에 나와 있다.

"내가 로버트에게 뭐라고 했냐고? 진심으로 그걸 다 듣길 원하는 거요? 아, 표정을 보아하니 진심이군. 음. 로버트, 이 작품을 살까? 얼마일까? (여기서 회장의 익살맞은 표정 때문에 모두가 웃었다) 그런데 전시가 끝나면 이 작품들을 부수게 되어 있다고 하더군. 그래서 다시 의논했지. 로버트, 그럼 우리 집 안에 짝퉁을 만들까?"

그들이 그 작품을 흉내낸 무엇을 만들었는지에 관한 질문이 그후로 몇 차례 더 있었지만 발트만은 대답하지 않았다. 다만 몇 년 후 한 미술 잡지에 수록된 발트만의 에세이를 통해 짐작할 수 있을 뿐이었다.

"지진을 겪었던 아마트리체의 종탑 시계는 새벽 3시 36분과 37분 사이에서 멈췄다. 쓰나미가 휩쓴 반다아체 이슬람 사원의 시계는 8시 25분에서 멈췄고, 나가사키는 11시 2분, 체르노빌은 1시 24분, 후쿠시마는 2시 48분이었다. 아날로그시계는 거짓말을 하지 않는다. 세계가 멈출 때 디지털시계의 숫자들이 한순간 증발해버린다면 이 바늘 달린 시계들은 그대로 남아 숨이 멎은 시간을 보여준다.

내가 부서진 시간은 어느 여름 오후 5시에서 6시 사이였다. 그날로부터 도망치려는 마음과 그날로 돌아가 정확한 분초를 알고자 하는 마음이 늘 공존한다. 그러다 펠릭스 곤잘레스 토레스의 〈무제—완벽한 연인〉이 전시를 종료한 후 산산조각 나는 걸 보며 고통과 해방감을 동시에 느꼈다. 그런 일이 나에게도 가능할까? 로버트와 나는 그 작품을 따라 하기로 했다. 똑같이 생긴 둥근 시계 두 개를 샀다. 로버트의 시선을 고려해 최대한 바닥에 두었다. 시계 각각에 건전지를 넣고 두 개의 시계를 모두 '현재'에 맞추었다. 시계가 동시에 움직이기 시작했다.

두 시계는 점점 다른 시간의 지배를 받았고, 어느 시점에는 완전히 달라졌다. 시계 하나가 멈췄고, 다른 하나는 계속 흘러갔다. 하나가 멈추고 다른 하나는 흘러가는 풍경에 완전히 함몰되었던 나를 꺼내준 건 로버트였다. 로버트의 사진 두 장이 나를 구원했다.

한 장은 두 시계의 바늘이 달라진 풍경을 찰칵. 그러니까 있는 그대로.

그리고 다른 한 장은,

로버트가 그 시계 중 하나를 두 발로 밀어서 다른 하나와 비슷한 시간처럼 보이도록 만든 후 찰칵.

그러니까 왼쪽 시계는 3시에 영원히 고정되고, 오른쪽 시계는 9시 30분을 통과하고 있을 때, 로버트가 오른쪽 시계를 움직여 마치 3시처럼 보이도록 만들었다. 오래 들여다보면, 시계 하나는 멈췄고 다른 하나는 움직이고 있으므로 그들이 같지 않아 보이겠지만, 이 사진을 보라. 어느 순간을 포착한 이 사진 속 세계에는 그들이 함께 같은 시간을 가리키는 것처럼 보인다. 어떤 것이 움직이며 어떤 것이 멈춘 것인지 구분할 필요 없이, 같은 시간에서 잠시 만난 두 눈빛처럼.

그 사진을 보고 내가 할 수 있는 건 두 가지뿐이었다. 우는 것, 그리고 그를 위한 세계를 만드는 것."

그 글을 쓸 때 발트만은 이미 죽어가고 있었다. 그는 자신의 사망 후 벌어질 일들에 대한 준비를 미리 해두었는데 그중 하나가 '로버트 재단'을 설립한 것이었다. 유언 신탁 담당자에 따르면 회장은 "내가 죽으면 그 즉시 내 재산 중 2000만 달러를 로버트의 삶을 위해 쓸 수 있도록 한다. 우리의 통역사였던 대니의 의무와 권한에 대해서 별도의 조항을 두어 밝힌다"라고 했다.

발트만의 그 글은 로버트 재단에서 만든 400페이지 분량의 안내서의 앞부분에 실려 있다. 로버트가 찍은 사진도 함께 수록되어 있다. 기내용으로 적절한 크기는 아니었지만 나는 그 책을 들고 비행기에 올랐다. 책의 판형이 크다 보니 한 장씩 넘길 때마다 페이지의 뿌리 쪽에서 바람이 분다고 느껴질 정도였다. 책에는 〈+1인치〉로 유명한 로버트의 사진 작품들도 실려 있다. 그것은 개가 찍은 것이므로 여전히 저작권을 인정받을 수 없지만 모두에게 로버트의 사진으로 통한다. 사진들은 두 컷이 한 세트로 이루어져 있는데, 펼쳐진 페이지 전면에 아무 설명 없이 사진 1이 나오고, 다음 장으로 넘어가면 사진 2가 나오는 식이다. 사진 2가 '와이드'다.

사진 1. 여자는 베이글 가게의 창가 자리에 앉아 베이글을 먹고 있다. 옆 테이블에서는 카키색 옷을 입은 남자가 같은 베이글을 먹고 있다. 여자의 표정이 밝고 창밖으로 보이는 하늘은 새파랗다.

사진 2. 와이드 버전. 베이글을 먹는 여자의 표정은 그대로인데, 창문을 통해 보이는 밖 풍경이 1인치 넓어졌다. 카키색 옷을 입은 남자가 가게 밖으로 나가는 중이다. 경찰 둘이 그에게 총을 겨눈다.

한 장을 더 넘기면 이 작품의 제목이 나온다. 〈베이글과 체포〉. 그리고 이런 문장이 있다.

"분위기가 전환되는 데 몇 초도 걸리지 않는다. 로버트는 그것을 포착했다."

또 한 장을 펄럭이며 넘기니 복도 쪽 좌석에 앉아 있던 여자가 책 쪽으로 시선을 두는 게 느껴졌다. 여자가 펼쳐진 페이지를 가리키며 말했다. "탄자니아인가요?" 그러고는 금세 "오, 미안해요. 섬이었군요. 저는 이게 누 떼인 줄 알았어요. 시력이 좋지 않아서"라고 덧붙였다. 여자가 본 사진은 수많은 섬을 항공샷으로 담은 작품이었다. 탄자니아인지 어딘지는 알 수 없었다. 내가 아는 건 이게 로버트가 찍은 사진이라는 것뿐. 얼핏 보면 정말 여자가 말한 것처럼 누 떼의 대이동 같기도 했다.

"여행 잡지인가보죠?" 여자가 물었다.

"생태계에 대한 책이에요." 나는 그렇게 대답했다. 정말 그렇게 느꼈다. 이 안내서를 읽다 보면 심해나 심우주 같은 말이 떠올랐다. 그러니까 특별한 이유가 없다면 나와 만날 일이 없을 세계. 그러나 분명히 내게 영향을 끼치고 있을 세계. 내가 수심이 얕은 물에 사는 물고기라면 로버트 재단은 깊은 바다에 사는 심해어였다. 두 존재는 만날 확률이 적지만 간혹 바다가 뒤섞이는 일도 벌어진다.

난기류를 통과할 거라는 방송이 흘러나왔다. 그러자 페이지 위의 섬들이 정말 대이동 중인 누 떼처럼 느껴졌다. 그렇다면 이중 몇은 악어의 먹이가 되겠지? 어리고 아픈 존재라면 더 쉽게 위험에 노출될 것이다. 나는 가장 작아 보이는 섬 하나를 고르기 시작했는데, 다음 순간 내 시선을 붙잡았던 섬 하나가 페이지 위에서 증발해버렸다는 걸 깨달았다. 거짓말처럼, 마치 원래부터 없었다는 듯이.

눈을 끔뻑 감았다 떴다. 섬의 개수가 너무 많아서 어떤 것이 내가 봤던 그것이었는지도 알 수 없었다. 확실한 건 이게 사진 1이라는 것. 다음 페이지로 넘어가면 전혀 다른 표정이 보일 것이다.

2

내가 로버트 재단의 전화를 받았던 시점은 올해 초였다. 그때 나는 1903호에 쉐이크쉑 버거를 배달하던 중이었다. 배달 일을 하면서 별의별 사람을 다 접했지만 그날 오후만큼 당혹스러운 적은 없었다. 그 무렵 나는 음식 배달 앱 '빨리'의 라이더로 한 달 정도 일한 상태였다. 그곳의 배달 라이더로 일하는 절차는 너무나도 간단해서, 배달 음식을 시켜 먹던 내가 음식을 배달하는 입장이 되는 데 그리 긴 시간이 필요하지 않았다. 내일부터, 혹은 일주일 후부터 할 생각이었는데 첫 주문이 갑자기 들이닥쳐 얼떨결에 거리로 나가게 된 사람들이 많았고, 나도 그중 하나였다.

쉐이크쉑 버거는 오후 5시에 들어온 배달 건이었다. 배달이 완료된 시점은 5시 8분이었다. 내가 8분 만에 반경 600미터 거리 사이의 두 지점을 연결한 것이다. 게다가 그 반경 600미터라는 것은 어디가 길이고 어디가 길이 아닌지를 전혀 헤아리지 않은 수치였으므로 실제 이동 거리는 그 이상이었을 것이다. 그러나 내가 햄버거 봉지를 들고 목적지에 닿았을 때 이미 복도에 나와 있던 남자는 퉁명스러운 어조로 말했다.

"햄버거 다 식었겠네요? 셰이크는 다 녹았겠고?"

그 말에 어찌 대응해야 할지 몰라 나는 당황했다. 그가 한 번 더, 햄버거가 식지 않았느냐고 묻기에 장갑 낀 손으로 햄버거 봉지를 슬쩍 만져봤을 뿐이다. 그 행동이 그를 자극한 걸까? 그는 뭔가를 겨우 참는 듯이, 자신이 창문 너머로 보고 있었는데 설마 내가 라이더일 거라고는 생각지도 못했다고 했다.

"머리 흩날리며 나풀나풀 걸어오시더라고. 어디 산책 나왔어요? 햄버거 생각은 안 합니까?"

그가 내 신발을 쳐다보는 게 느껴졌다. 운동화가 아니라면 고발이라도 할 기세로. 나는 '도보' 라이더니까 걸어오는 게 당연하다고 말하고 싶었지만 꾹 참고, 음식을 받아서 배달하기까지 시간이 얼마나 걸렸는지 기록된 휴대폰 화면을 보여주었다. 겨우 8분이었다.

"쉐이크쉑에서 여기는 걸어와도 4분이면 뒤집어 쓰고도 남아. 지금 너무 돌아왔다고! 화면을 보는데 아주 속이 터져. 저기

107동까지 갔다왔잖아. 여기 다 나오는데!"

그가 내민 휴대폰 화면 속에서 나는 그저 하나의 점에 불과했다. 자동차, 오토바이, 자전거, 두 발…… 어떤 이동 수단을 사용하든 나는 그저 동그랗고 파란 점으로 요약되었다. 갑작스러운 후문 폐쇄, 보도블록 교체나 수목 소독, 엘리베이터 고장 등으로 진입 불가 상태가 되는 게 이 모바일 지도 안에 다 담겼다면, 그래서 누군가의 사정이란 것에 대해 헤아릴 수 있었다면 상황이 달라졌을까? 나를 고장 난 마우스 커서 취급을 하는 사람 앞에서 길게 설명하고 싶지 않았다. 사과하고 자리를 뜨는 것이 최선이리라……. 그러나 내 입에서 나간 건 전혀 다른 종류의 말이었다.

"햄버거는 언젠가 식겠죠, 셰이크는 언젠가 녹고요. 그렇게 따끈따끈한 햄버거를 원하면 직접 가게로 가셔야죠. 덜 녹은 셰이크를 원하면 직접 가서 드셔야죠."

내 말에 그는 목까지 시뻘게졌는데, 그게 방금 내가 한 말을 주워 담고 싶을 만큼 위협적으로 느껴졌다. 그때 1903호 현관문이 벌컥 열리고 재촉하는 소리가 들리지 않았다면 어떻게 되었을까? 기억나는 건 30분 후 플랫폼에 내 평가가 최악으로 표시되었다는 사실이다. 점수를 주는 것은 1903호의 자유지만 그걸 참지 않는 것 또한 나의 자유가 아닌가 싶어서 나는 '빨리'의 라이더 지원센터에 전화를 했다. 내 평가를 수정해달라고 말하기 위해서였다. 어렵게 지원센터의 목소리와 연결이 되었지만, 그들은 회사 측에서 수정할 수 없는 영역이라고 말했다.

"제 속도는요, 거의 뛰는 수준이었다고요. 8분 만에 배달 완료인데, 제가 왜 최악의 평점을 받아야 합니까?"

그러자 직원의 목소리가 조금 더 또렷해졌다.

"라이더님, 배달 속도를 문제 삼은 게 아니라 서비스 태도가 문제였다고, 고객님이 남기셨네요."

태도의 문제라고? 나는 계속 항변했지만 소득은 없었다. 전화를 끊자마자 휴대폰으로 '라이더님, 당신을 위한 스페셜!' 하는 알림이 뛰어들었다. 미처 '빨리' 앱의 알림을 꺼둘 기회를 놓쳤기 때문에 내 휴대폰은 여전히 배달할 준비가 되어 있었던 것이다. 움직이고 싶지 않았지만, 가만 보니 내가 서 있던 지점에서 겨우 50미터 거리에 있는 중국음식점의 호출이었다. 저기 보이는 건물이네? 그 생각을 하자마자 내 손이 자동적으로 그것을 잡았다. 입구에서 "혼자 오셨어요?" 하던 식당에서는 곧 내가 배달 라이더라는 걸 알고는 식당 밖에서 기다리라고 했다. 3분 후 음식이 준비되었다. 짜장면을 도보 라이더에게 배정하다니 이건 시스템에도 문제가 있는 게 아닌가? 그럼에도 걸음은 점점 빨라졌고 결국은 뛰게 되었다. 짜장면이니까!

고객이 선택한 옵션대로 음식을 현관문 앞에 놓고 배달 완료되었다는 문자를 보냈다. 두 시간 동안 네 건이나 뛰었다. 그렇게까지 할 생각은 없었는데 변수는 늘 '300미터'였다. 내가 서 있는 지점에서 아주 조금, 아주 조금, 그러니까 최대 300미터 이내의 호출이 왔기 때문에 그걸 따라가다 보면 어느새 출발점에서 꽤 멀리 이동하는 것이다. 게다가 그날은 몹시 추워서 일반 배달 건보다 더 높은 수당을 주는 '스페셜'이 뛰어들어 외면하기가 어려웠다. 영하의 날씨였음에도 불구하고 등에서 땀이 났고, 그것이 뒤늦게 천천히 식어갔다. 거리에는 하나둘 불 밝힌 창문들이 늘어나고 있었다. 가로등과 전광판, 숨어 있던 모든 불들이 재잘대듯이 반짝거렸다. 저만치 보온 가방을 들고 가는 이가 보였다. 보온 가방이 있었다면 햄버거가 덜 식었을까? 배달 앱의 알림을 'OFF'로 해두었지만, 그럼에도 불구하고 온오프로 조정되지 않는 세계가 있었다. 그때였다. 로버트 재단의 전화가 걸려온 것은.

"안이지 작가님이십니까?"

로버트 재단의 한국 담당자인 최 부장이라고 했다. 로버트 재단이 어떤 곳인지 몰랐기 때문에 반쯤은 스팸 전화처럼 그의 말을 흘려들었지만, 전화를 끊고 구글링을 여러 차례 한 후 이게 꿈인가 생각했다.

그를 만나기로 한 날에 장대비가 쏟아졌다. 최 부장은 내가 미술학원을 운영하고 있다는 얘기를 들었다며 학원 쪽으로 오겠다고 했는데, 학원은 이미 몇 계절 전에 정리한 상태였다. 멀리 이동할 수도 있다, 멀수록 좋다고 하자 그는 우리 동네에서 두 시간 거리에 있는 식당을 약속 장소로 지정했다.

출퇴근 시간대가 아니었음에도 지하철은 검은 패딩을 입은 사람들로 가득했다. 그중 하나가 되어 고철 덩어리 속에서 흔들리는 동안 머릿속으로는 테트리스 게임을 했다. 같은 색상의 옷을 입은 사람들이 한 줄이 되면 펑! 하는 것이다.

"펑! 한다는 게 무슨 뜻입니까?"

최 부장이 물어봤기 때문에 별거 아닌 그 게임에 대해 굳이 설명해야 했는데 어디서 내 말을 끊어야 할지 알 수 없을 정도로 그가 경청했다. 상대방의 반응 때문에 나는 말을 계속 이어 붙였다. 의미도 부여했다.

"테트리스 할 때 한 줄이 꽉 채워지면 그 줄이 지워지잖아요? 만원 열차 안에서 사람들을 지우는 거예요. 물론 상상 속에서요. 사람들을 지우면 나만의 공간이 생기니까요. 강력한 치트키도 있어요. 겨울엔 검은색을 고르면 열차 인구 90퍼센트가 펑! 되거든요."

마침 메뉴판이 도착했기 때문에 설명을 멈출 수 있었다. 최 부장은 내 아버지 또래로 보였다. 어쩌면 느리고 정중한 말투 때문에 그렇게 느껴지는 걸 수도 있었다. 그는 첫 접시부터 마지막 접시까지 모두 두 시간이 걸린다는 코스 요리를 주문했다. 그리고 식전빵이 나오자 하나를 집어들고 말했다.

"여긴 이걸 먹으러 옵니다. 삶이 이렇지 않습니까? 메인 메뉴가 다는 아니지요. 선택을 결정짓는 게 식전빵이기도 하다는 거……. 식기 전에 드세요."

조약돌을 닮은 검은 빵을 반으로 가르자 그 사이에서 뜨거운 김이 솟아올랐다.

"대학을 졸업하고서 바로 올해의 작가상 후원 작가 네 분 중 한 분이 되셨네요. 그해가 정말 쟁쟁했지요. 지금까지 다들 활발하게 활동을 하시잖아요?"

"저만 빼고요."

"작가님만 작업을 지속하지 못했던 이유에 대해 생각해보셨습니까?"

"뭐. 제 능력 부족이죠."

나는 지금도 고요히 작업을 지속하고 있다는 말은 하지 않았다.

"작가님은 운이 좋지 않았습니다."

"그래요? 몰랐는데요."

"작가님께 지원하기로 했던 기업이 파산했지요."

"다들 어려웠던 시기였으니까요. 줄파산이 이어졌는데 그게 제 전시에까지 영향을 끼칠 줄은 몰랐어요."

"그 기업이 파산하지 않았다면 작가님의 작업들은 예정대로 진행되었겠지요."

그때 코스의 첫 번째 접시가 나왔다. 샛노란 꽃과 분홍빛 새우, 초록빛 소스가 어우러진 아름다운 접시였다. 나는 짧게 감탄한 후 다시 나의 암울한 역사 얘기로 돌아갔다.

"그럴 수도 있었겠죠. 뭐, 근데 지난 얘기는."

"그 기업은 인수합병 때문에 파산했습니다. 인수되면서 문제가 커진 거죠. 그런데 그곳을 인수한 회사가 어딘 줄 아십니까?"

"글쎄요. 그런 것까지는 잘."

"발트만 문구 회사라는 곳입니다."

"그렇군요."

"그곳이 우리 로버트 재단의 모체임을 말씀드립니다."

그사이에 첫 번째 접시가 사라지고 두 번째 접시가 나왔다. 차갑고 알록달록한 숏파스타였다.

"다시 말씀드리면, 로버트 재단이 오래전부터 작가님의 삶에 영향을 끼쳤다는 말입니다."

"악연인데요, 그럼?"

우리는 한바탕 어색하게 웃은 후, 동시에 테이블 위에 놓인 식전빵 바구니로 손을 뻗었는데 서로의 손이 닿았고, 상대방에게 먼저 권하느라 집어든 빵을 다시 놓치게 되었다. 그리고 세 번째 접시가 나왔다.

"이런 겁니다. 작가님의 그때 상황. 방금 나온 이 세 번째 접시 때문에 식전빵이 잊혔던 것이지요. 타이밍이 그랬습니다."

그즈음 되자 나는 슬슬 짜증이 오르기 시작했는데, 최 부장이란 사람의 화법도 한몫하는 것 같았다. 중간중간 쉼표를 많이 넣고 느리게 이야기를 하는데, 그 내용이 내가 운 나쁜 식전빵 정도로 요약되는 거라면 오래 견딜 사람이 있을까.

"그래서 지금 굳어버린 식전빵에게 사과하러 오신 건 아니시죠?"

"갚을 기회를 주시지요. 로버트 재단에 기회를 주세요."

오히려 선을 그은 건 내 쪽이었다. 등이 워낙 자주 터지는 새우여서 그런지는 몰라도 이런 일은 너무 잦고, 사실 세상이 이렇게 움직이는 거 아니겠느냐고. 악연이란 것도 그냥 웃자고 한 소리일 뿐이니 나는 괜찮다고.

"물론 그 이유만은 아니지요. 로버트 재단은 냉정한 곳입니다. 후원 작가를 정하기까지 시간이 아주 오래 걸리거든요. 여러 면에서 그 사람을 봅니다. 서두가 너무 길었는데요. 로버트 재단은 전 세계 여러 갈래로 흩어져 후원 작가를 발굴하는데…… 아, 일단 드시지요. 따뜻할 때."

"식전빵에 감정이입되네요. 식전빵처럼 굳으면 안 되니까요?"

최 부장은 잠시 소리내서 웃더니 "요즘엔 죽은 빵도 살린다는 오븐도 있습니다. 로버트 재단도 그런 곳이지요"라고 했다. 그러면서 어떤 사진을 보여주었다. 두 달 전에 어느 플랫폼에 올려둔 나의 최근작 〈숙취 해소〉였다. 그러니까 나의 현재였다.

"로버트가 이 작품에 하트를 눌렀습니다."

"로버트요?"

"우리 이사장이요."

그러면서 최 부장은 손가락 끝으로 자신의 명함에 그려진 개의 이미지를 가리켰다. 그때만 해도 나는 그게 어떤 농담 같은 거라고 믿어서 크게 웃었는데, 최부장이 자신의 상사를 조롱하고 있다고 생각했던 것이다. 오래전 로버트를 처음 만난 라스베이거스 경찰서의 형사들처럼, 나 역시 '개'를 은유로 받아들였다. 물론 지금은 최 부장이 단지 사실을 말했음을 알지만.

"로버트가 작가님께 관심을 갖고 있습니다. 제 개인적으론, 작가님이 어느 잡지와 나눈 인터뷰가 놀랍도록 지금 상황과 들어맞는 것 같아 흥미롭게 다가왔습니다. 9년 전인가요, 10년 전인가요. 마당 딸린 개를 기다린다고 말씀하셨던 것. 기억하십니까?"

"그랬나요. 아마 동물을 좋아하느냐는 질문이었던 것 같은데. 마당 딸린 개를 기다린다고 했었죠."

"참 재미있는 상황입니다. 로버트에게 마당이 있으니까요. 마당 딸린 개로부터 초대를 받으신 겁니다. 말이 씨가 된 셈이지요. 그런데 마당 딸린 개를 기다리셨던 특별한 이유가 있습니까?"

"그때 저의 가장 큰 고민은 집이었거든요. 뭐, 지금이라고 해서 다를 건 없지만."

그 인터뷰의 내 답을 정리하면 이렇게 되는데.

1. 개를 만나고 싶다.
2. 이왕이면 마당이 딸린 개.
3. 그럼 그 개에게 잘 말해서 나도 그 마당에 함께 산다.

이 순서대로 말하긴 했지만, 사실 그 이면에 담긴 내 마음을 해체해서 재조합하면 이렇게 된다.

1. 마당 딸린 집이 내 꿈이었지만, 나는 이미 글렀어.
2. 마당 딸린 개가 있다면, 내가 그 개의 마음에 든다면?

3. 그렇게 하는 편이 더 빠르지 않을까.

4. 얼핏 보기엔 내 마당에서 개가 뛰노는 것이나, 개 마당에서 내가 뛰노는 것이나 비슷해.

올해의 작가상 후보 넷 중 하나가 됐을 때 내 나이는 스물여섯 살이었다. 지금으로부터 12년 전. 그때는 내 인생의 몇 페이지가 전혀 다른 국면으로 넘어갔다고 믿기도 했다. 그러나 어느 순간 돌아보니, 내가 서 있는 지점은 오래전에 운 좋게 통과했다고 생각했던 그 예전 페이지였다. 페이지의 교란이 있었던 것처럼 다시 그 불안과 초조 속에 놓인 것이다. 조금 더 무뎌진 채로.

나는 변두리로 밀려나 있다는 것을 그리 일찍 체감하지도 못했다. 스무 살 때부터 함께했던 친구들 속에서 내 좌표를 가늠했기 때문이었다. 미술학원을 차리자 친구들은 나를 안 원장이라고 불렀지만 학원을 운영하는 동안 내가 꿈꿨던 세계와는 더 멀어졌다. 7년 만에 학원을 접게 되었을 때 친구들은 이제야말로 모아둔 돈을 쓸 때라고, 그림에 집중할 때라고 말해주었지만 내게는 모아둔 돈 같은 게 없었다. 그림을 다시 그리기 위해 애쓰고는 있었지만 생계를 위한 일도 그만두지 못했다. 한때는 나를 제외한 모두가 유명한 작가가 될까봐 두려웠는데 진짜 불안한 건 그런 게 아니었다. 재능이 뛰어나고 꿈이 원대했던 친구가 갑자기 공무원 시험을 준비했고, 그게 파장이 좀 커서 다들 파트타임으로 뛰던 곳에 뿌리를 박는 분위기가 되었다. 서로가 작가라는 사실을 알아주던 몇 안 되는 타인들이었다. 모두가 바빠지니 그즈음엔 내가 그림을 그린다는 사실을 스스로도 잊었다. 그러다 학원을 정리하기 1년 전부터 다시 그림을 그리기 시작했고, 온라인 플랫폼에 작품을 올렸던 것이다. 별 기대 없이. 그걸 로버트 재단에서 봤을 줄이야.

모두 열 접시로 이루어진, 그 두 시간의 식사가 일종의 면접 같은 것이었음을 나중에서야 알게 됐는데, 최 부장에 따르면 로버트의 식사 시간이 기본적으로 90분 이상이라고 했다. 코스 요리를 좋아하고, 두런두런 대화를 나누며 최소 90분은 꼭 채운다는 것이다.

"밥 먹으면서 바로 반찬통 뚜껑 닫아야 하는 스타일의 작가분이라면 얼마나 식사가 괴롭겠습니까. 긴 시간을 견디지 못할 만큼 허리가 아프다거나 해도 좀 어렵겠고요."

로버트 재단의 안내서에는 '어둠의 해변에서 이 세계를 1인치 바꿀 발자국 하나를 찾아 움직이는 로버트'라는 표현이 나온다. 유니크한 개성을 가진 예술가를 발굴하기 위해 로버트 재단이 기울인 노력을 설명하는 데 이 책은 꽤 많은 페이지를 할애하고 있다. 나 또한 그 과정을 거쳐 발견된 새로운 발자국이었다. 사실 이건 믿을 수 없는 일이었다. 왜 나를?

최 부장은 로버트의 안목을 믿으라고 했다. 지난 7년간 로버트 재단의 창작 프로그램을 거친 작가는 모두 스무 명이었고, 그들 대부분이 미국 팜스프링스의 로버트 미술관에서 보낸 16주를 '중대한 기회'라고 표현했다. 로버트 재단은 그들의 이력에 가장 화려한 한 줄로 남았으며 그 영향력을 이후로도 계속 발산했다. 시드머니, 절벽에서 만난 사다리, 슬럼프를 극복하게 된 전환점, 천사, 로또……. 이것이 창작 프로그램을 거친 작가들의 고백이다. 나는 여기에 초대된 최초의 한국 국적 작가였고, 그들은 나를 위해 이 긴 안내서를 한국어로 번역해주었다. 가장 중요한 건 책의 19페이지부터 23페이지 사이에 있었다.

지원 내역

-왕복 항공권 및 차량 등 작가가 필요로 하는 교통편

-쾌적한 숙소, 독립된 아틀리에

-무제한의 식사

-일주일 활동비 500달러 (16주 기준 8000달러)

-작업 재료비 (2000달러 바우처 제공)

-통역, 번역, 전시 기획 전문 인력 제공

활동 내역

– 체류 12주 차까지, 로버트 재단 인근 도시(Q)에서 영감을 받아 한 작품 이상을 완성한다.

– 체류 13주 차부터 16주 차까지, 창작 프로그램을 통해 완성한 작품들로 전시회를 한다.

– 전시회 마지막 날에 작품 중 하나를 소각한다. 소각할 작품은 로버트 재단에서 선택한다.

소각?

혹시 '구매'가 '소각'으로 잘못 번역된 것은 아닌지, 인쇄상의 오류가 아닌지 의심했는데 그건 정말 작품을 불태우는 행위 그 자체를 가리키는 것이었다. 은유나 상징의 표현도 아니었다. 정말 불태운다고 했다.

미술작품을 일부러 불태우는 경우는 종종 있었다. 나폴리의 어느 미술관에서는 심지어 하루에 한 점씩 작품을 불태우기도 했는데, 무관심한 미술 정책에 항의하기 위해서였다. 비슷한 의도로 작가들이 직접 자신의 작품을 소각하기도 했다. NFT로 만든 후 원본을 소각하는 작가도 있지 않은가. 그러나 작가를 지원하는 창작 프로그램에서 작품을 태운다는 이야기는 들어본 적이 없었다. 그렇다면 당연히 로버트 재단에서 소각할 작품을 구매한 후에 적용되는 이야기가 아닐까 싶었는데 최 부장은 로버트 재단에서는 작품을 구매하지 않는다고 했다.

"그럼 제가 기증하는 방식인가요?"

"구매도 기증도 아닙니다. 굳이 작품의 소유권을 따지자면, 그것이 작가님에게 있는 상태로 소각합니다. 소각이 로버트 재단을 유지해온 중요한 메시지이기 때문에 작가님이 동참해주시기를 요청합니다. 소각에 동의하셔야 창작 프로그램이 시작되는 셈이지요. 어떻게 생각하십니까?"

"아…… 재밌네요. 당혹스럽기도 하고요. 소각할 작품을 제가 고르는 게 아니라고 하시니…… 제가 오래전에 네덜란드에서 창작 프로그램에 참여한 적이 있는데요. 그때는 거기서 그린 작품 하나를 그곳에 기증하면 되는 거였어요. 당연히 기증할 작품을 제가 선택했고요. 그런데 여기서는 불태울 작품을 제가 고를 수 없는 거잖아요?"

최 부장은 작가의 마음을 이해한다면서도, 소각의 핵심은 바로 작가의 당혹감에 있는 거라고 말해주었다. 그 당혹감을 기반으로 한 소각 방식이 그들의 전시회를 지탱해온 거라고. 작가의 신작이 얼마간 전시된 후 작가에 의해 태워진다는 사실, 그리고 전시회의 모두가 불타는 작품을 지켜본다는 사실이 전시 관람에 인색한 사람들을 동요하게 만든다는 것이다. 로버트 재단에 초대되었던 작가들 중 몇은 그때 울었다고 했다. 이 모든 과정은 영상으로도 남고 기억으로도 남지만 작품은 사라진다.

"그 네덜란드 창작 프로그램은 체류 기간이 3주였지요? 그 기간에 얼마나 작품 활동을 하셨습니까?"

"그때…… 스무 점 정도."

"재료비로 200달러가 지급됐지요."

"어우, 잘 아시네요?"

"저희야 늘 연구 중이니까요. 물론 그 프로그램도 훌륭하더군요. 그렇지만 로버트 재단의 지원 규모가 훨씬 크지요. 훨씬 긴 시간, 훨씬 좋은 공간 속에서 작가님은 더 왕성하게 작품 활동을 하실 수 있고, 소각 대상은 수많은 작품 중 하나일 뿐입니다. 아아, 이런 비교가 무슨 의미가 있는지 모르겠습니다. 로버트 재단을 통과하면 그 자체로 작가님 경력에 도움이 될 텐데요."

최 부장의 말처럼, 체류하는 동안 단 한 작품만을 만들어서 그 유일한 결과물을 소각해야 하는 경우가 아니라면 소각은 작업의 일부일 수도 있다. 작품은 그 자체 하나하나로 유일한 세계인데 일부라고 말해버리다니 슬프지만, 소각으로 잃을 것과 소각을 피하려다 영영 만나지 못할 것을 따져보면 내가 무엇을 선택해야 할지가 보였다. 사실상 이건 내가 거부할 수 있는 제안이 아니었다. 최대한 부지런히 그리자. 그러면 된다. 그러면…….

소각에 동의했다. 다음으로 내가 할 일은 로버트 재단의 온라인 안전 교육을 수료하는 것이었다. '빨리' 배달 앱의 안전 교육과 마치 같은 업체에서 만든 것처럼 닮은 구성이었다. 배달 중 접할 수 있는 교통사고 유형 열 가지가 나오는 지점에 창작 프로그램 가동 중 접할 수 있는 사고 유형 열두 가지가 등장하는 식이었다. 작품 표절이나 성희롱, 계약서상에 허위 정보를 기재한 경우 등등. 배달이든 창작이든 두 안전 교육이 모두 접속하자마자 내 노트북 위에 '안전하지 않음'이라는 표시를 띄운다는 게 좀 웃겼다. 안전한 배달 노동자가 되기 위해, 안전한 노동 환경을 위해 나를 안전하지 않은 사이트에 잠시 노출해야 했던 것처럼 이번엔 안전한 예술가가 되기 위해, 안전한 창작 환경을 위해 나를 안전하지 않은 사이트에 또 던져놓아야 했다. 그것도 세 시간이나 더.

미국으로 가기 이틀 전부터 한국에 장마가 시작되었다. 천둥번개를 동반한 비를 뚫고 미국행에 필요한 것들을 사러 나갔다가 몸만 흠뻑 젖어 돌아오던 길, 어떤 아이디어가 떠올랐다. 지금 이 날씨와 교통 체증이 분명히 '스페셜'일 거라는 생각에 이르자 한 세계와 결별하기 위한 이벤트를 하고 싶어진 것이다. 어차피 집으로 가는 길이고, 마침 배가 고프고, 무언가를 사거나 시켜 먹을 생각을 하고 있었으므로, '빨리' 앱의 주문 고객과 라이더 역할을 동시에 해내고 싶어졌다. 내가 내게 별 다섯 개 만점을 준다면, 이건 완벽한 마지막 배달이 될 수 있었다.

내가 주문하고, 내가 배달하고, 내가 평가한다. 완벽한 삼합!

목표물인 파스타집이 저만치 보였다. 나는 얼른 배달 주문을 넣었다. 이제 주문이 울리면 바로 그걸 잡아 내 집으로 가면 되는 거였다. 그런데 실패했다. 분명히 내가 노려보고 있었는데, 나보다 더 빠른 누군가가 내 계획을 망쳐놓은 것이다. 내 것을 빼앗은 배달 라이더의 실루엣이라도 확인하고 싶었지만, 놀랍게도 내가 비를 뚫고 집에 도착했을 때는 이미 음식만 문 앞에 덩그러니 놓여 있었다. 손을 대보니 따뜻했다. 내가 꿈꾼 방식의 결별은 아니었지만, 식지 않은 파스타를 가지고 집 안으로 들어갔다. 그리고 이틀 후 로스앤젤레스행 비행기를 탔다.

내 기분은 로스앤젤레스로 가는 비행기 좌석이 한 단계 업그레이드 되었을 때 최고조에 이르렀다가, 그 비행기의 착륙 이후 곤두박질쳤다. 짐을 찾아 입국장으로 들어왔을 때 거기서 나를 기다리고 있을 거라던 사람들은 없었다. 내 이름이 적힌 피켓은 보이지 않았고, 나를 픽업하기로 한 담당자도 최 부장도 전화를 받지 않았다. 입국장의 카페에 앉아 한 시간을 기다렸는데도 상황은 달라지지 않았다.

처음엔 그 담당자가 지각하는 거라고 생각했다. 기다림이 두 시간 가까이 이어지자 그가 혹시 이 약속을 잊었을 가능성에 대해서도 생각하게 되었다. 잠시 후에는 내가 실수한 것이 없는지 되짚어보게 되었다. 휴대폰이 정상적으로 작동하는지 다시 확인하고, 약속 장소가 여기가 맞는지 혹시 다른 터미널에 있는 것은 아닌지 의심스러워 공항을 한 바퀴 돌아보기도 했다. 그러느라 한 시간이 더 소요되었다.

화장실로 가서 찬물 세수를 하고 거울을 바라보았다. 불안감을 들키지 않으려고 애쓰는 한 사람이 거울 안에 있었다. 다부진 손짓으로 얼굴의 물기를 닦아내고, 로션을 바르고, 초록색 파우치의 지퍼를 열고 그 안에서 립스틱을 막 꺼내 들었을 때, 누군가가 옆에서 말을 걸었다.

"립스틱 있어요?"

나보다 훨씬 키가 큰 여자였는데 내 스스로도 무게중심이 뒤로 이동하는 게 느껴질 정도로 긴장이 됐다. 어딘가 이상한 사람, 이라는 인상을 받았던 것이다. 기괴할 정도의 노출에 과하다 못해 징그러운 메이크업을 한, 그 이상한 사람이 내게 립스틱 있느냐고 묻고 있었다. 이미 립스틱을 손에 들고 있는 상태였던 나는 거절할 방법을 찾지 못한 채 그것을 건네주었다. 그리고 거울을 통해 그 여자가 립스틱을 자신의 입술 안쪽까지 몇 겹으로 덧바르는 걸 보았고, 여자가 그것을 돌려주었을 때는 최대한 방어적으로 받으려다가 떨어뜨릴 뻔했다. 면세점에서 구입한 새것이었지만, 여자가 시야에서 사라진 후 그걸 휴지통에 버렸다.

비행기가 착륙한 시간이 오후 5시, 입국장 약속 장소에 닿은 시간이 오후 6시였는데, 밤 9시가 넘도록 나는 공항을 떠나지 못했다. 립스틱을 버리게 만든 여자처럼 어딘가 수상해 보이는 사람들이 조금씩 늘어나고 있었다. 나 역시 누가 보면 수상하기는 마찬가지였을 것이다. 예정대로라면 팜스프링스에 도착하고도 남았을 시간인데 여전히 공항 대기 중인 이 상황을 어떻게 설명해야 할까. 5회 분량의 안전 교육 어디에도 이런 상황은 나와 있지 않았다. 우버 앱을 켜고 로버트 재단의 주소를 도착지로 입력해보았다. 여기서 그곳까지 우버로 간다면 얼마 정도 나올까? 경로가 어긋나 더 혼란스러워지려나? 예의가 아니려나? 이런저런 방법을 가늠하면서도 부디 어서 담당자가 내 앞에 나타나 내가 아무것도 결정할 필요가 없어지기를 간절히 바랐다.

그때까지만 해도 나는 문제가 하나라고 생각했다. 또 다른 공백을 인지하기 전까지는 말이다. 신용카드가 보이지 않았다. 옷과 가방에 달린 모든 주머니를 수색했지만 어디에도 신용카드는 없었다. 공항에 내린 다음의 내 동선을 더듬어보았다. 카페 두 곳을 거치는 동안 신용카드를 꺼냈던가? 신용카드는 초록색 파우치 안에 있었고, 파우치를 꺼냈던 건 조금 전 화장실이 유일했다. 그 기괴한 느낌의 여자가 내 주의를 분산시켜놓고 신용카드를 빼간 걸까? 휴대폰! 휴대폰은? 그러자 차마 못 봐주겠다는 듯이 팔꿈치 아래에서 휴대폰이 몸을 내밀었다. 분실신고를 한 시점까지 내가 모르는 이용 내역은 다행히 없었다. 그러나 그건 내가 유일하게 가지고 온 신용카드였다. 현금을 500달러 갖고 있지만 이걸로 충분할까? 로버트 재단에서 모든 걸 다 제공한다지만, 지금 나는 그들을 만나지도 못했는데.

그사이에 주변은 더 어두워졌다. 밤을 보내기 위해 공항으로 몰려든 것 같은 사람들이 하나둘 눈에 들어왔다. 그때서야 공항 내 스크린을 통해 계속 흘러나오던 산불 뉴스에 관심이 갔다. 출국 전에도 캘리포니아 산불 소식을 알고는 있었지만, 거리감의 차이 때문인지 좀 다른 온도로 다가왔다. 코끝에서 매캐한 냄새가 나는 것 같았다. 내가 비행기에 있던 몇 시간 사이에 피해가 더 번져 있었다.

호텔 예약 앱을 켜고 현장 결제 가능한 곳을 찾아보았다. 공항에서 가장 접근성이 좋은 호텔은 만실이었다. 그다음 호텔도 그랬다. 시내 쪽도 거의 만실이었다. 산불 때문인지 다른 이유 때문인지는 몰라도 빈방을 찾기가 쉽지 않았다. 게다가 신용카드를 분실한 내게는 선택권이 많지 않았다. 할리우드의 오래된 호텔 한 곳만이 도착 후에 결제하는 걸 받아준다고 했다. 다만 이곳은 화장실이 옵션으로, 세 유형 중에 하나를 선택할 수 있었다. 방 안에 개인 화장실이 포함된 형태, 방 두 개가 화장실 하나를 공유하는 형태, 그리고 복도의 공용 화장실을 쓰는 형태. 그러니까 방과 화장실의 비율이 1:1이냐 2:1이냐 n:1이냐의 문제인데, 1:1 비율의 화장실은 이미 만실이었다. 2:1 혹은 n:1 중 하나를 고민한다는 게 좀 우습기도 했는데, 휴대폰으로 이용자들의 리뷰를 읽는 동안에도 마음 한편에서는 누군가를 애타게 기다렸기 때문이다. 내 이름이 적힌 푯말을 들고, 너무 늦었다고 미안해하면서 올 누군가를.

모르는 옆방과 화장실 하나를 나눠 쓰는 것보다는 차라리 복도의 화장실을 쓰는 게 나을 것 같아 n:1의 방을 선택했다. 그러나 셔틀을 타고 그곳에 도착했을 때 프론트의 여자는 내게 '업그레이드'되었다고 말해주었다. 더 좋은 방으로 줄 수 있다고. 다만 빨간 버튼을 꼭 눌러야 한다면서 뭔가를 장황하게 설명했다. 그게 무슨 얘기였는지는 방문을 열고 들어가자마자 알 수 있었다. 내 방은 일부러 기피했던 2:1의 방이었던 것이다. 방에는 커다란 테라스가 딸려 있었으나 그 너머에 무엇이 있는지는 어두워서 보이지 않았다.

화장실 문 앞에는 밤 11시 이후에 샤워를 자제하고, 사용할 때는 내부의 빨간 버튼을 눌러야 다른 문이 잠긴다고 적혀 있었다. 다른 문, 그러니까 옆방의 누군가가 이 화장실로 들어오는 통로를 말하는 거였다. 화장실은 정사각형 형태였고 필요 이상으로 넓었다. 문을 열고 들어가면 왼쪽으로 샤워부스와 변기가, 오른쪽에는 일자 형태의 수건걸이와 거울이 있었다. 그리고 그 끝, 그러니까 변기 바로 앞에 옆방으로 이어지는 '다른 문'이 있었다.

빨간 버튼을 눌러도 아무런 반응이 없어서 이게 제대로 잠긴 것인지 아닌지도 알기 어려웠는데, 두 번째 사용할 때에야 처음엔 내가 화장실을 무방비 상태로 사용했다는 걸 깨달았다. 내 방으로 이어지는 문을 완전히 닫고 나서 빨간 버튼을 눌러야만 버튼에 불빛이 들어오면서 "딱!" 하는 소리가 났던 것이다.

"딱!" 하는 소리가 아니어도, 그러니까 빨간 버튼이 아니어도 어느 정도는 암묵적인 잠금이 존재했다. 호텔 전체가 그런 것인지 내 방만 운이 나쁜 것인지는 몰라도 방음 상태가 정말 별로였다. 한 사용자가 빨간 버튼을 누르면 다른 방 사용자는 화장실로 통하는 문을 열 수 없는 시스템이었지만, 나처럼 초반에 빨간 버튼을 제대로 누르지 않았더라도 곤란한 상황이 벌어지는 일은 드물 것 같았다. 벽 너머의 동선이 화장실을 타고 증폭되어 전달되는 구조라고 해야 할까, 누가 화장실 문을 열고 그 안으로 들어가는지 나오는지 소리로 알 수 있었다. 그 안으로 몇 걸음을 걸어들어가는지, 변기 뚜껑을 들어올리는지 내리는지 옷을 벗는지 입는지도 중계되었다. 새벽 3시, 정확히 새벽 3시에 누군가가 샤워를 시작했다. 쏴아, 두두두두두 쏴아 두두두두두. 그 밤의 사운드는 딱 그랬는데 쏴아는 당연히 물줄기겠지만 두두두두두는 대체 뭔지 알 수 없었다. 그 소음 속에서 무너지듯 잠이 들었고, 다음날 같은 상황이 반복됐다. 거기서 묵은 게 하루가 아니었다는 얘기다.

첫날 밤을 보내고 낯선 방에서 눈을 떴을 때, 활달한 빛이 커튼 뒤에서 침투하려는 기운을 감지한 건 일단 좋은 신호였다. 커튼을 열어젖히자 어제의 모든 불운을 소독하듯 빛이 들어왔다. 지난밤에 생략했던 샤워를 하고 싶었지만 화장실의 인기척이 바로 직전에 그친 참이었다. 옆방 투숙객이 자신의 방으로 돌아간 뒤에도 나는 20분을 더 흘려보냈다. 타인의 비누나 샴푸의 향취, 거울의 수증기 같은 것이 흔적 없이 증발할 때까지 기다리고 싶었다.

화장실을 공유한다는 건 그 안에 딸린 수건걸이나 선반도 공유한다는 애기였는데, 내가 모르는 보디클렌저 하나가 선반 위에 있었다. 샤워를 하는 동안 특별히 시선을 고정할 곳도 없어서 그 보디클렌저의 성분표를 읽었다. 한국어였다. 옆방 사람이 한국인이거나, 적어도 한국어를 알거나, 아니면 한국 제품을 우연히 쓰게 된 누군가일 가능성을 생각해보았다. 보디클렌저 통에 적혀 있던 날짜가 눈에 들어왔다. 유통기한이 15년이나 지난 제품이라고? 유통기한이 아닌 제조일자라고 생각하기에도 너무나 과거형이었다. 샤워를 마친 후 내 물건을 하나도 남김없이 챙겨 나왔다.

밤새 걸려왔던 낯선 전화를 모두 놓쳤고, '그들'과 연락이 닿은 건 오전 10시가 넘어 다시 공항으로 나가야 하는지 로버트 재단으로 알아서 가야 하는지 고민하던 시점이었다. 휴대폰을 타고 익숙한 목소리가 들려왔다. 최 부장이었다. 그는 내게 아직도 공항에 있느냐고 물었다. 노숙은 하지 않았다고 하자 그는 안도했다. 몇 시간 전에야 로버트 재단에서 자신에게 연락을 해왔고 피치 못할 착오가 있었음을 서로 확인했다면서 곧 담당자가 빠르게 연락할 거라고 했다. 그는 내게 많이 놀라지 않았느냐고 물었지만, 내가 볼 때는 나보다도 최 부장이 더 놀란 것 같았다. 그는 나를 계속 위로하려 했으며 그것이 자신의 의무 혹은 업무라고 생각하는 듯했다. 그러다 보니 "로버트 재단의 창작 프로그램이 생긴 이래로 이런 일은 전무후무한 것 같지만 큰 일은 아닙니다"와 같은, 정리되지 않은 말을 했다. 나로서는 놀라지 않았느냐고 묻는 최 부장에게 의연한 대답을 하느라 약간 피로감이 느껴질 지경이었지만, 그래도 다행스러웠다. 연락이 닿았으니까.

로버트 재단에서 바로 연락이 올 줄 알고 휴대폰을 내내 의식했는데, 근처 카페에서 베이글과 아메리카노를 먹고 다시 방으로 돌아올 때까지도 연락이 오지 않았다. 신용카드는 멈춰버렸고 내게 있는 건 약간의 현금뿐이라는 게 영 불안했다. 은행에 가서 현금을 인출할 방법을 찾아보려 했지만 일요일이었다. 기다리는 것 외엔 할 게 없다는 사실에 지쳐갈 무렵 드디어 전화가 왔다.

"로버트 재단입니다. 안이지 씨 맞나요?"

그렇다고 하자 상대방은 빠르게 웅얼거리는 말투로 무언가를 전달하더니 나중에는 아예 영어가 아닌 말을 했다. 로버트 재단에서 나를 위해 통역사를 고용해줄 거라고 했지만 그건 모두 로버트 재단에 입성한 이후의 약속이었다. "영어 하시는 분 없나요?" 그러자 상대방은 다시 조금 느리게 "영어예요. 전 태어나서 지금까지 영어로만 말해왔습니다"라고 했다. 어쨌든 내 부탁은 효용이 있었다. 전화기 속의 목소리가 조금 더 또렷하게 말하기 시작했으니까. 젊은 여자의 목소리였는데 그녀에 따르면 연락처를 잘못 받은 것은 아니었으며, 단지 로버트 재단에서 로스앤젤레스 공항을 잇는 도로의 곳곳이 통제되어 비상 상황이 좀 생겼다고 했다. 내가 얼른 답하지 않아서인지 그쪽에서는 "뉴스를 좀 보셨나요?" 하고 물었다.

"네. 지금도 보고 있어요."

산불 뉴스를 보고 있다고 하자, 그녀는 좀 안도한 듯했다. 그러더니 지금 내가 있는 곳의 주소를 물었다.

"오렌지트리 호텔."

오렌지트리 호텔이 또 있을까 불안해서 상세 주소를 두 번이나 불러주었는데도 그녀는 계속 "오렌지 호텔"로 말했다. 곧이어 걸려온 전화에서 최 부장 역시 내게 "산불 뉴스를 보셨습니까?" 하고 물었다.

"네, 네. 봤습니다. 계속 보고 있어요."

그의 부연 설명에 따르면 산불로 인해 캘리포니아의 주요 도로 곳곳이 통제되어 담당자의 발이 묶여버렸으며, 그로 인해 로스앤젤레스 공항 쪽에 대신 나를 픽업해주길 부탁했는데 그 과정에서 엄청난 착오가 발생했다는 것이다. 나와 이름이 비슷한 다른 사람이 나로 오해되어 그 차에 올라탔다고 했다.

"그래서 안영 씨가 로버트 재단으로 가게 되었다는 겁니다.

이거 원, 참."

"안영 씨가 누군데요?"

"그 잘못 오신 분이요."

"이름 완전 다른데요? 안이지와 안영. 동명이인도 아닌데."

"그러니까요. 작가님. 제가 사과드립니다. 정말 죄송합니다. 담당자가 초보라 일 처리가 너무 미숙했던 모양입니다. 연타발 실수를 어마어마하게 한 겁니다. 안영 씨도 공교롭기는 마찬가지입니다. 그분은 로스앤젤레스에서 연결편을 타셔야 했는데, 공항 밖으로 잘못 나오시는 바람에 문제가 복잡해진 거예요. 그분도 가이드를 기다리고 있었기 때문에 어처구니없는 착오가 벌어진 겁니다. 서로가 서로인 줄 오해한 거예요. 그분 입장에서도 얼마나 황당합니까. 멕시코에 가야 했는데 팜스프링스로 가다니."

"부장님, 저는 그분 안 궁금해요. 제가 궁금한 건 지금 제 상황인데요."

"아, 작가님은 이제 걱정하실 게 하나도 없습니다. 다 영수증 처리하면 되는 거니까 비용 부담 없이, 가장 좋은 호텔에 숙박하시고 계시지요. 곧 로버트 재단에서 모시러 갈 겁니다. 길어야 이틀이에요. 모레까지만 기다려주십시오."

"모레요? 내일이 아니고요? 아니, 아까는 내일 오신다고 하시던데."

"최대한 그럴 겁니다. 그런데 도로 통제 구역이 점점 더 많아지고 있다고 합니다. 설사 조금 늦어진다고 해도, 모레까지는 반드시 작가님을 모시러 갈 겁니다. 로버트와의 만찬일이 정해져 있으니까요, 그 시간을 엄수할 거라고요."

픽업 시간은 흐트러져도 만찬 시간은 변치 않는다고 단언하는 그 자신감이 어디서 출발한 것인가 순간 삐딱한 마음이 치솟았지만 가만히 듣기만 했다. 최 부장이 자꾸만 더 좋은 호텔로 옮기라고 하기에 신용카드 분실 얘기를 했다. 로버트 재단 담당자가 내 위치를 아무래도 잘못 알아들은 것 같으니 그 또한 확인해달라고 강조하면서.

"오렌지트리든 오렌지든 상관없습니다. 작가님. 더 좋은 호텔로 옮기면 되니까요. 카드 분실로 얼마나 놀라셨습니까, 아, 현금을 좀 갖고 계시다고요? 다행입니다. 일단 재단 차원에서 호텔 변경을 결제까지 다 해두도록 할 테니 걱정 마십시오. 작가님? 듣고 계십니까?"

"부장님……. 있긴 있는 거죠?"

"예?"

"아니에요."

마치 잘못된 주소로 간 배달 음식이나, 열차와 승강장 사이틈새로 홀랑 빠져버린 우산 같은 게 된 기분이었으나 뭐, 초조해할 필요는 없었다. 차분해지자, 차분해지자. 나는 마음을 그렇게 다잡았다. 한 시간 후, 로버트 재단 담당자가 내게 다시 전화를 걸어왔다. 이 일대 호텔이 다 만실이라는, 이미 내가 다 확인했고 몇 차례 얘기했던 내용을 이제야 알게 된 모양이었다. 가장 좋은 호텔은 물론이고 그보다 덜 좋은 호텔도 웬만하면 다 만실이었다. 담당자가 말했다.

"죄송합니다. 작가님. 오렌지티 호텔에서 가장 좋은 방으로 옮겨드릴게요."

"오렌지트리."

"예, 거기요. 지금 계신 곳이요."

그러나 이 호텔의 가장 좋은 방이라는, 화장실과 방의 비율이 1:1인 곳 역시 여전히 만실이라는 사실을 그들이 알까. 그러니까 내가 지금 있는 곳이 최선이었다. 통화를 끝낸 후에도 나는 한동안 침대에 앉아 있었는데 다음 행동을 할 힘을 모으기 위해서였다. 있긴 있는 거지? 로버트 재단이라는 거, 설마 사기는 아니겠지? 사기일 리 없다는 걸 알기에 더 찜찜했다. 혹시라도 로버트 재단에서 초대를 철회한 게 아닌가 싶어서였다. 내가 로버트 재단의 창작 프로그램에 초대되었다고 했을 때 대학 동기 하나는 미친 게 아니냐는 극한 반응을 보였다. 미친 쪽이 누구냐고 묻자 그는 "한마디로 대박이란 얘기야!"라고 얼버무렸다. 사실 나 또한 동의하는 지점이었다. 어찌 내게 이런 기회가? 진짜 일생일대의 기회라고 생각했는데, 픽업조차 안 된다는 게 불안하지 않겠는가. 누락 공포증이랄까 그런 게 생길 지경이었다. 나는 왜 이렇게 쉽게 되는 게 없나 하는 자조와 체념에 이르렀고 거기에도 무뎌질 때쯤 로버트 재단에서 내게 이메일을 보냈다는 알림이 떴다.

"신용카드 분실 이슈에 대해 들었습니다. 저희 재단과 파트너십을 맺은 업체의 리스트를 보내드립니다. '로버트 재단'의 작가라고 하시면 별도의 결제 없이 이용하실 수 있습니다. 그리고 지금 머물고 계신 호텔의 비용을 조식 포함으로 계산해두었으니 편안하게 며칠만 더 머물러주세요. 담당자가 오는 대로 작가님을 모시러 가겠습니다."

담당자가 오는 대로? 이 사람도 담당자가 아니란 말이야? 담당자는 대체 어디로 간 거야, 안영 씨 따라 멕시코라도 간 거야? 나는 반쯤 포기한 기분으로 작은 가방에 짐을 주섬주섬 넣었고, 호텔 연장을 하든 아니든 뭐라도 결정하자 하는 생각으로 방을 나섰다. 그리고 두 가지 사실을 새로 알게 되었는데, 옆방 투숙객이 한국인이라는 것(동시에 문을 여는 바람에 인사도 나누게 되었다. 안녕하세요? 아, 안녕하세요!), 다른 하나는 로버트 재단에서 내 호텔 비용을 즉시 결제했다는 것이었다.

프론트의 직원은 나를 보고는 "당신 친구가 비용을 보내줬어요. 요청하신 대로 단독 화장실이 딸린 방이 나오면 바로 옮겨드릴게요. 모레 정도에는 그 방이 빌 거예요. 콘서트가 내일까지라서"라고 했다. 모레라고? 추가된 숙박 일수가 6일이나 되었다는 사실이 나를 당혹스럽게 했다. 조금 전 내게 온 그들의 문자에는 분명 'a couple of days'라고 적혀 있었는데 돈을 일주일 치나 보내두다니. 이것은 의욕 과다인가, 아니면? 첫 통화 때는 분명 '하루'였던 것이 '최대 이틀'이 되고, 결과적으로는 '일주일'분이 결제되었다는 건 뭘 의미하는 걸까. 찜찜했다. 나는 기약 없는 정차 중이었다.

3

로버트 재단과 파트너십을 맺은 식당 리스트에는 내가 머무는 호텔에서 걸어갈 수 있는 곳도 있었다. 프론트 직원에게 그중 한 곳의 예약을 부탁했다. 이왕 이렇게 된 거 최대한 즐기자는 각오로 할리우드와 베벌리힐스 일대를 부지런한 관광객처럼 구경했다. 줄 서서 핫도그를 사먹고 베벌리힐스 담벼락의 벽화들을 휴대폰에 담고 기념품 가게에서 10달러가 조금 넘는 오스카 트로피도 샀다. 수많은 부문 중에서 내가 선택한 건 'Best Artist'였다. 'Best Tourist'와 고민하다가 내린 결정이었는데 나중에 다시 보니 내 가방 안에 담긴 건 'Best Person'이었다. 여전히 오류의 가능성은 나를 따라다니고 있었다.

예약된 식당으로 갔을 때 뭐랄까…… 굳이 예약이 필요하지 않았던 것이 아닌가 하는 생각을 하게 되었는데, 그 정도로 아주 허름했던 것이다. 테이블은 세 개뿐이었고, 그마저 하나에는 냅킨과 빨대가 가득 올라가 있었다. 음식을 포장해가는 손님들만 좀 보일 뿐 앉아서 식사하는 이는 없었다. 식당에서 딱히 예약 장부를 갖고 있는 느낌도 아니었고 음식 맛도 그저 그랬다. 그래도 로버트 재단이라는 말을 하자 그들은 음식값을 받지 않았다.

배를 채웠지만 다른 곳도 가보고 싶다는 욕심이 생겼다. 리스트의 식당 중 한 곳이 내가 있는 지점에서 겨우 두 블록 떨어진 거리에 있기도 했다. 충동 방문이었는데, 앞에 가보니 이곳이야말로 예약이 필요했던 게 아닌가 싶을 만큼 꽤 큰 곳이었다. 예약하지 못했고, 혼자 왔으며, 로버트 재단의 작가라는 얘기를 하자 웨이터가 야외 테라스 자리가 어떠냐고 물었다. 'HOLLYWOOD' 사인을 볼 수 있는 방향으로 딱 한 자리가 남아 있는데, 오늘 아니면 못 볼 풍경이 있다는 거였다. 그가 안내하는 곳으로 따라가니 과연 놀랄 만했다. HOLLYWOOD 입간판이 있어야 했던 자리에 조금 다른 글자 HQLLYWQQD가 보였다. O가 있어야 할 자리에 Q가 들어가 있어서, 현재 보이는 건 어쨌든 할리우드가 아니었다. 밤사이에 저렇게 되었다고 웨이터가 말했다. 그러고는 내게 저 뜻이 무엇인지 아느냐고 물었다.

"전 지금 저걸 처음 보는데요. 무슨 뜻인데요?"

"저도 몰라서 물어본 것이죠. 오는 손님들마다 다 모른대요."

"저건 불법이죠?"

"불법이고 이벤트죠."

그는 식당 벽면을 가리켰다. 그쪽에 할리우드 입간판 사진이 가득 붙어 있었는데 자세히 보면 모두 특이한 배열이라는 걸 알 수 있었다. HOLLYWEED, HOLYWOOD, BOLLYWOOD 등등, 기존 뼈대를 잘 이용한 경우가 있는가 하면 전혀 다른 글자를 가져온 경우도 보였다.

"올해는 벌써 두 건째예요. 이게 지난 부활절 때였거든요."

그가 가리킨 건 HOLLYWEEK였는데, 사실 부활절과 아무 상관이 없는 다른 의미의 조롱으로 통했다. 그 무렵 캘리포니아 일대는 온갖 기후 악재에 시달리고 있었다. 지금도 제때 불씨를 잡지 못한 산불이 계속 퍼져나가는 중이었고. 이러한 재난 속에서도 누군가가 보기엔 덜 중요한 축제만 열었던 주지사를 비꼬는 말이 HOLLYWEEK였다. 그것이 산의 할리우드 입간판까지 점령해버린 것이다. 그 이후 보안이 훨씬 강화되었는데도, 뭐라고 읽어야 할지도 모를 정도로 난해한 글자 배열이 다시 등장했다. 웨이터는 내게 메뉴판을 내밀면서 할리우드가 아닌 할리우드 사인을 배경으로 한 사진도 찍어주었다. 나는 내가 로버트 재단의 작가라고, 한 번 더 말했다.

"오오, 로버트 재단. 멋진 곳이죠."

"거기서 자주 오시나요?"

"보통 이 메뉴를 많이 드십니다."

그러면서 웨이터는 메뉴판 뒤쪽의 어느 페이지를 펼쳤다. 거기엔 3코스 조합이 다양하게 있었고, 나는 그의 도움을 받아 이곳의 시그니처 메뉴인 해산물크런치가 포함된 코스를 고를 수 있었다. 음료는 이 코스에 포함되지 않는다는 걸 확인했지만, 웨이터가 추천하는 대로 화이트와인도 한 잔 추가했다. 음악이 마음에 들었다. 거리를 지나다니는 사람과 나 사이에는 식물이 드문드문 놓여 있을 뿐이었지만, 여기에 앉아 있는 것만으로도 어딘가 소속된 기분을 느낄 수 있어서 편안했다. 이렇게 앉아서 이제 막 저녁 영업을 시작하는 가게들과 어디론가 이동하는 사람들을 보자 비로소 내가 로스앤젤레스에, 할리우드에 와 있다는 것이 실감이 났다. 비록 계획된 목적지가 아니라 예정보다 길게 머무는 경유지라 해도 말이다. 게다가 저기 보이는 HQLLYWQQD는 아마도 이 순간밖에 못 볼 풍경이지 않은가. 난입한 알파벳이 하필 Q라는 사실도 의미심장했다. 로버트 재단에서는 바로 내 차례부터 무료한 지역을 살리는 프로젝트를 시작했고, 내가 몸으로든 영혼으로든 충분히 누려 작품에 반영해야 할 도시의 이름이 Q였다. 저 Q가 그 Q라고 할 수는 없었지만 내겐 특별하게 다가오는 눈앞 풍경이었다. 한편으로는 한 발 늦었다는 생각이 들기도 했다. 내가 저런 아이디어로 작품을 했다면 좋았을 텐데, 하는 뒷북이랄까. 어쨌든 그 입간판 사진을 최 부장에게 전송하는 여유도 회복했다.

아까 그 가게에 비해 이곳은 적당히 손님들이 있었고 모두 멋져 보였다. 음식도 확실히 맛있었다. 다만 계산이 내 몫이었다. 웨이터가 가지고 온 계산서에 210달러가 찍혀 있었다. 내가 고른 와인 한 잔은 분명 20달러였는데, 세금을 포함한다고 해도 210달러라니?

“와인 한 잔과 3코스 식사, 모두 포함된 가격입니다.”

웨이터는 메뉴판 아래에 아주 작은 글씨로 적혀있던 ‘마켓 프라이스’라는 활자를 가리키면서 오늘은 HQLLYWQQD 뷰까지 반영된 금액이라고 설명했다.

“뭔가 착오가 있는 것 같아요. 로버트 재단에서 왔거든요. 그게 반영된 계산서를 주시겠어요?”

웨이터는 얼른 알아듣는 눈치가 아니었다.

“로버트 재단의 파트너십이요.”

“로버트 재단이 뭔데요?”

“아까는 아셨잖아요?”

그는 가볍게 웃으며 자신의 티셔츠를 가리켰다.

"언더아머도 알고, 나이키도 알고, 삼성도 알죠. 로버트 재단도 알고요."

이 가게 목록이 적힌 문자메시지를 보여주자 그는 어리둥절한 표정을 지으며 말했다.

"내가 모르는 사이에 우리 식당이 그곳과 뭔 관계를 맺은 게 있는지 확인해볼게요."

그리고 잠시 후 다시 돌아와 자기들은 어떤 파트너십도 맺지 않았다고 했다.

"우리 식당이 맞나요? 혹시 이 식당은 할리우드에 있나요? 우린 보시다시피 할리우드에 있는 게 아니랍니다."

그는 창 너머의 HQLLYWQQD를 가리키며 그렇게 농담까지 했는데, 나는 농담을 이해할 기분이 아니었다. 옆 테이블에서 흘끔흘끔 내 쪽을 보는 게 느껴졌다. 결국 지갑을 꺼냈는데 예상대로 돈이 부족했다. 내가 기입하도록 웨이터가 유도한 팁 25퍼센트를 합치자 지금 내 수중의 돈으로 커버할 수 없는 상황이 되어버렸다. 팁 비율을 수정했다. 웨이터가 살짝 건조해진 태도로 수정된 계산서를 갖다주었는데 그래도 돈이 부족했다. 내가 가진 현금의 절반은 호텔 방 금고에 넣어두었고, 오늘 250달러 가까운 돈을 다 써버리게 될 거라고는 생각하지도 못했다.

"손님, 13달러가 부족합니다."

웨이터가 그 말을 두 번이나 했다. 난처한 표정으로 잠시 호텔에 다녀오겠다고 말하자 그는 의례적으로 유지했던 최소한의 상냥함을 완전히 포기했다. 조금 더 고압적인 표정으로 지금 당장 계산을 하라고 말했다. 다른 직원 하나가 내게로 다가오는 게 보였다. 옆 테이블의 사람들이 이제 시선을 감추지 않고 나를 보았고…… 그때 거리를 지나가던 한 사람이 눈에 들어왔다. 아침에 로비에서 인사를 나눌 때와는 너무 다른 모습이어서 하마터면 못 알아볼 뻔했는데, 옆방에 투숙하는 남자였다. 나와 같은 화장실을 쓰는 사람.

안녕하세요! 오, 안녕하세요. 어디 가세요? 론칭 파티에 가요. 저 잠깐만, 제가 혹시 13달러만 빌릴 수 있을까요…… 그렇게 그는 레스토랑 안으로 들어와 결제를 하게 됐는데, 그 역시 "마켓 프라이스요? 와, 사기꾼들이네"라고 하긴 했지만, 그러면서도 영수증을 가져다주는 웨이터에게 미소를 짓는 건 잊지 않았다. 그는 선글라스를 단단하게 고쳐 쓰면서 주변을 엄청나게 의식했는데, 일종의 직업병이라고 했다. 그는 배우였고, TV시리즈 론칭 파티에 가는 길이라 좀 멋을 냈다고 했다.

"지금 다른 계획 없으면 같이 갈래요? 바로 저기예요."

그가 가리키는 쪽에 카메라를 든 사람들이 많이 몰려 있었다. 어둠이 살짝 내려앉으려는 거리에 플래시가 팡팡 터지고 있었다. 배우라고? 그가 포토월 앞에서 포즈를 취하는 모습이 한 장의 사진으로 내 폰에 남았는데, 포토월을 가득 채운 깨알 글씨를 확대해보니 'Hunting or Gathering'이라고 적혀 있었다. 해당 드라마의 홈페이지에 들어가 출연진 정보를 찾아봤지만 그의 얼굴은 없었다.

호텔 로비의 엘리베이터 옆에는 윌리 호니스의 사진이 걸려 있었는데, 그걸 보자 내가 두고 온 것들이 환기되었다. 아이가 제 키만 한 바게트를 들고 뛰어가는 장면조차 도보 라이더의 배달 장면처럼 보였던 것이다. 휴대폰의 '빨리' 알림을 'On' 상태로 켜보았다. 내 위치는 여전히 대한민국 경기도로 고정되어 있었는데 알림을 켜자 정말 내가 그곳에 있는 줄 알고 나를 부르는 메시지가 뜨기 시작했다. 현 위치를 미국으로 다시 돌리자마자 전화가 걸려왔다. 당연히 로버트 재단이리라 생각했으나 그 너머에는 내가 한국에 두고 온 '빨리'가 있었다.

"라이더님이십니까?"

"예?"

"지금 라이더님 가까운 곳에 음식이 있는데, 그걸 회수하실 수 있으십니까?"

"어, 제가 지금 미국……인데요?"

"1765 노스오렌지드라이브, 로스앤젤레스. 이렇게 확인됩니다만."

위치 추적이 되나? 동의한 기억은 없지만, 언젠가 동의 버튼을 누른 그 무수한 말 중 하나겠지? 어리둥절한 채로 전화기 속 말을 계속 듣게 됐다.

"지금 계신 곳으로부터 40미터 떨어진 지점에서 회수하시는 일입니다. 가능하십니까?"

"40미터요? 그러죠."

"해당 주소에서 음식을 회수하시고 자체 처리 부탁드립니다."

"자체 처리가 뭐죠?"

"네. 편하신 방법으로 처리해주세요."

"아……, 버려달라는 건가요?"

"많이들 드십니다."

"먹으라고요?"

"그러셔도 된다는 뜻입니다. 회수 후 편하신 방법으로 자체 처리해주세요."

한 줄의 주소가 '시크릿'이라는 설명과 함께 문자메시지로 왔다. '스페셜'도 아니고 '시크릿'이라니. 나는 이미 호텔 밖으로 나가고 있었다. '빨리'의 미국 진출 얘기를 듣긴 했지만 이렇게 몸소 접하게 될 줄이야. 목표 지점은 내가 머물던 호텔 바로 옆 건물에 있던 작은 가게였다. 계산대 위에 '35'라고 적힌 쇼핑백이 하나 놓여 있었다. 그냥 가져가도 되는 게 맞나 쭈뼛거리다가 그것을 집어들었을 때, 그 앞에 있던 사람이 내게 다가와 "빨리?"라고 말했다. 나도 대답했다. "빨리." 그게 끝이었다. 회수한 사진을 찍어 '빨리'로 보낼 필요도 없었다. 이런 메시지가 도착했던 것이다.

"음식을 회수하신 것으로 파악됩니다. 감사합니다. 시크릿 금액은 즉시 고객님의 라이더 계정으로 입금됩니다."

그리고 들어온 19달러. 미국에 왔다고 갑자기 단위가 달러로 표시되다니. 게다가 그저 옆 건물에 다녀왔을 뿐인데 이건 꽤 센 금액이 아닌가? 내가 받은 '35'에는 익숙한 맛의 핫도그가 들어 있었다. 그때 최 부장에게서 메시지가 왔다.

"완전 멋지네요! Q로 도배된 할리우드라니 대단합니다. 성공적인 창작 프로그램의 신호 아니겠습니까."

신이 나서 춤을 추는 이모티콘도 함께였다. 한숨이 나왔다. 이건 미국과 한국 사이의 시차가 아니었다. 완전히 다른 행성 사이의 시차라고 봐야 했다. 핫도그를 냉장고에 넣어두고, 13달러를 지퍼백에 넣어 화장실 선반에 올려두고, 트렁크에서 얇은 후드집업을 꺼내려고 했을 때 그 옷의 옆 주머니에서 신용카드를 발견했다. 신용카드 분실신고를 취소하자 온몸에 힘이 빠져 아무것도 할 수가 없었다. 뭔가에 홀린 기분으로 씻었고, 한참 후에야 내가 사용한 게 그 오래된 보디클렌저라는 걸 알았다.

잠과 잠 사이에도 인터미션이 필요하다는 듯이 자꾸 분절되는 밤이었다. 에어컨은 작동 상태가 시원찮았고, 소음은 끈질겼다. 벽이 얇은 이 호텔에서는, 게다가 타인과 화장실을 공유하는 이 방에서는, 조르륵 내려가는 물소리나 스위치를 껐다 켰다 하는 소리도 크게 증폭되어 들렸다. 우당탕 소음과 함께 속을 게워내는 소리가 들렸을 땐 거의 베개로 귀를 짓누를 지경에 이르렀다. 그는 몇 차례 더 토했고 나는 겨우 잠 속으로 다시 흡수되었다.

꿈에서 로버트를 만났다. 여러 자료에서 본 모습 그대로였다. 흑갈색과 흰색이 어우러진 파피용 한 마리, 너무 오만해서 귀엽게 느껴지는 표정. 그 로버트가 개인 폰 번호를 알려주겠다고 해서 얼른 휴대폰의 숫자판을 켜고 저장할 준비를 했다. 공일공, 삼칠사사에, 흘흘하하.

"010-3744-흘흘하하? 저, 뒤에 네 자리만 다시 불러주실래요?"

"공일공, 삼칠사사에, 흘,흘,하,하."

너무나 생경한 번호였지만 다급한 맘에 그대로 받아 적었다. 몇 개의 꿈을 연달아 꾸는 동안 로버트가 등장했던 꿈은 흐릿해졌는데, 최종적으로 모든 잠에서 깨어났을 때 내 머리맡에는 급히 갈겨쓴 듯한 메모가 있었다.

010-3744-흘흘하하.

이 호텔의 이름이 작게 인쇄된 메모지에 날림 글씨로 적어둔 로버트의 직통 번호. 그 메모는 확실히 지난 며칠을 압축해놓은 단면 같았다. 내가 처한 상황이 꼭 이런 것이다. 번호를 받긴 받았는데 걸 수는 없는. 혹시 이것이 테스트일까? 인내심 테스트 같은 것? 짓궂은 로버트가 제공하는 뜻밖의 상황 속에 내가 놓인 걸까? 이미 지난밤 '로버트 재단, 아티스트, 취소'와 같은 단어들을 검색창에 연신 넣어본 상태였다. 너무 앞서 생각하는 것은 나의 오래된, 그리고 불편한 버릇이었다. 시작과 동시에 끝을 걱정하던 시기를 지나 언제부터인가는 시작과 동시에 불발을 걱정하는 시기로 접어들었다. 그러나 아무리 불미스러운 단어를 집어넣어도 끌려나오는 사건들이 없는 것처럼, 지금 이 모험이 불발탄이거나 오발탄일 리는 없을 거라고 믿고 싶었다. 착오나 지원 취소, 끝없는 지연 같은 일들이 반드시 기사화되었을 거란 보장은 없지만 검색은 그 행위 자체로 효용이 조금은 있었다. 나는 검색을 멈출 수 없었고, 내가 두려워하는 결과가 나오지 않았기 때문에 짧은 안도와 불안 사이를 계속 오갔다. 어디에나 변수는 있고 그러니 며칠 기다리는 것이 대수겠냐고 생각하려 애썼지만, 꿈에서 깨어났더니 내가 받은 번호가 '010-3744-흘흘하하'라지 않는가? 그건 애써 이어 붙인 두 세계의 여전한 균열이었다.

'로버트 예술 재단, 도시 문화 활성화를 위해 나서', '전통적인 창작 프로그램에 새 변화, 1호 도시는 Q', 'Q, 예술가의 영감부터 시장 사이를 매우 가깝게'…… 집요한 검색으로 이런 기사들을 찾아내면 비로소 안심이 되었고, 겨우 며칠 지연된 걸로 내가 너무 요란을 떨었나 싶기도 했다. 아니지, 겨우 며칠이라고 말할 수는 없었다. 모든 일엔 오차 범위라는 게 있는데 그것이 공항 픽업에 관한 문제라면? 아무리 늦어도 이틀 안에는 모든 것이 바로잡혔어야 했다. 물론 유례없는 비상 상황임을 모르지 않았다. 바로 전날에도 로스앤젤레스의 어느 동네는 최고 119도를 찍었으니까. 화씨니까 섭씨로 환산하면 48도가 넘는 온도였다.

에어컨 전원을 껐다 켜기를 반복했지만 먹통이었다. 냉장고의 밀폐력도 좋지 않았다. 문을 열어보니 그 안에는 하룻밤 사이에 십 년은 늙어버린 것 같은 핫도그만 덜렁 놓여 있었다. 포장지는 눅눅했고, 냉장고 내부는 미지근했다. 밖으로 핫도그를 던지고픈 충동이 일 정도였는데, 창문을 열자 아침 여덟 시가 되기 전인데도 전혀 새것처럼 느껴지지 않는 오래 묵은 공기가 방 안으로 들어왔다. 안팎으로 모든 것이 고여 있는 상태였다. 목적지에 닿기도 전에 사흘이 넘는 계류라니. 이곳 하늘은 처음 도착했던 날보다 더 노래졌고 매캐한 냄새가 매일 조금씩 더 났다.

아침의 호텔 로비는 어수선했다. 에어컨이 작동되지 않는다고 말하는 투숙객이 한둘이 아니었고 그때마다 프런트 직원은 데스크에 놓인 아이패드 화면을 가리키며 같은 말을 했다.

"며칠 동안 번개가 만 번 넘게 떨어졌대요."

모바일 지도를 통해 현재 어느 곳이 불타고 있는지 알 수 있었는데 실제 상황의 심각성에 비하면 지도 위의 산불 표시는 참으로 앙증맞게 보일 지경이었다. 산불이 시작된 지점은 어느 국도 위였는데 그것이 곧 샌 버나디노 국유림을 만나면서 걷잡을 수 없이 커져버렸고 서쪽으로 계속 이동하고 있었다. 사람들이 우려하는 것은 국지적으로 발생한 소규모의 다른 산불들이 서로 만나는 것이었다. 그 우려대로 된 곳도 있었고 전혀 예상치 못한 경로에서 새 불씨가 번지는 경우도 있었다. 지도 위의 어느 마을은 모든 방향이 산불 표시로 촘촘히 둘러싸여 포위된 것처럼 보였다. 인간과 자연이 죽음의 바둑을 두는 형국이었다.

로비에 놓인 거대한 TV에서도 재난 속보가 나오고 있었는데 앵커의 목소리는 들리지 않았다. 일부러 음소거 상태를 유지하는 것인지 아니면 앵커의 말이 로비에 흐르는 음악에 묻힌 것인지 알 수 없었다. 불덩이가 툭툭 떨어지고 숲이 타오르는 이미지 위로 심각한 내용의 자막이 지나가는데도 로비가 북적이는 이유는 이곳이 그나마 시원했기 때문이었다. 모르는 이들끼리 대화를 나누기도 했는데 지난주엔 지금보다 더 심각했고 불길이 잡히는 상황이라고 누가 얘기하면 다른 이가 반박하는 식이었다. 여름이 이 정도면 추수감사절과 크리스마스 때는 어떨지 감당이 안 된다고 말하던 여자는 대뜸 나를 향해 "우리 엄마는 캘리포니아에 대한 환상을 갖고 왔는데, 특히 날씨 말이에요. 그런데 지금 우린 불타고 있어요!"라고 했다. 그 옆에 앉아 있던 은발의 여자가 그녀에게 말했다. "야, 집에 가자. 짐 싸." 그 말에 그녀는 "엄마, 우린 방금 왔잖아요." 그러고서 내게 "공항이 폐쇄되기 직전이라는데 우린 가까스로 통과됐답니다"라고 말했다.

"공항이 폐쇄됐어요? 로스앤젤레스 공항이요?"

"네, 우리 들어오고 문을 닫아버렸답니다."

로버트 재단은 아침부터 내내 전화를 받지 않았고 나의 기다림 또한 만성이 되어서 "로버트 재단입니다"라는 말이 들려왔을 때 하마터면 그것을 놓칠 뻔했다. 전화 건 목적을 잠시 잊을 정도였는데 상대방이 한 번 더 "로버트 재단입니다"라고 하자 정신이 번쩍 들었다. 어딘가 익숙한 여자의 목소리였다. 이미 통화한 사이일지도 몰랐다. 그렇다면 여전히 내 담당자는 아닌 셈이고. 그녀가 "개인 용무인가요?" 하고 물었는데, 이게 개인 용무는 아니지 않은가 싶어서 아니라고 했더니 그녀는 암호 같은 말들을 쭉 나열하고는 그중에 어느 프로젝트냐고 물었다.

다시 한번 설명해달라고 되물었더니 그녀는 굉장히 빠른 속도로 알 수 없는 이름들을 나열했다. 나와 연관된 프로젝트가 아니라는 건 일찌감치 파악했는데 전화기 너머 상대방의 말은 조금의 틈도 허용치 않고 계속되었다. 결국 나는 그녀의 말을 중간에 자를 수밖에 없었다. 조급하고 무례한 사람처럼 오해될 수도 있겠지만, 결국 잘라먹을 수밖에 없도록 하는 화법도 문제가 있는 게 아닌가 생각하면서.

"저기요, 저는 그런 건 잘 모르겠고요. 제 이름은 안이지라고 하는데요. 창작 프로그램에 참여하기 위해서 한국에서 출발했고, 사흘 전에 공항에 도착했어요. 픽업을 여전히 기다리고 있습니다."

'여전히'를 일부러 강조했다. 그녀는 잠시만 기다려달라고 말하더니 곧 뭔가 우당탕 무너지는 소리를 냈다. 대체 무슨 소리였을까, 그래도 영영 통화로 되돌아오지 않는 경우보다는 나았다. 여하튼 돌아온 그녀는 "성함이 안이지 씨라고 하셨죠?" 하고는 나와 관련된 업무는 담당자의 부재로 잠시 홀드되어 있다고 했다.

"홀드되어 있다고요? 어떤 상태로요?"

"기존 상태로요."

그러니까 그 기존 상태가 무엇이냐는 말이지. 오늘 혹은 내일 나를 데리러 이곳으로 차량이 온다는 뜻이냐고 묻자, 그녀는 "그것을 담당자가 오셔서 결정하실 겁니다. 그때까지는 모두 보류 상태예요"라고 했다.

"전화를 받으셨고, 지금 상황을 얼추 들으셨으니까, 아, 성함이 어떻게 되시죠?"

샘이라고 했다.

"샘이 이 일을 좀 도와주시면 안 될까요? 담당자처럼?"

그녀는 당황했는지 불쾌감을 느낀 건지 조금 작은 목소리로 "저는 인턴이에요"라고 했다. 다시 한번 "견습 중이어서 권한이 없습니다"라고도 했다. 어쨌거나 담당자가 아니라는 거였다.

"그럼 담당자 성함 좀 알려주시겠어요?"

"오고 계시는 중이니 제가 메모를 남겨드릴게요."

"아니 제 담당자 성함을 알고 싶다고요."

"아, 그건 곤란해요. 솔직히 얘기해드리면, 이게 제 업무거든요."

"예? 저를 지치게 하는 게 그쪽 업무라고요?"

"아니요. 담당자를 찾는 전화가 몹시 많은데, 당장 연결이 안 되는 경우, 그 사실을 알려드리는 게 제 업무고요. 저는 이 일을 잘하고 싶어요."

"그 사실을 제대로 알려주시지도 않았잖아요, 담당자를 알려주시지도 않았는데요?"

"담당자가 일시적으로 부재중임을 전달하는 것. 그게 업무입니다. 전 말씀을 드렸습니다."

"일시적인 게 아니라…… 제 담당자가 아주 없는 건 아니고요?"

아무도 이 일을 맡고 싶지 않은 건 아니고요? 거의 그렇게 묻기 직전이었다. 다행히 그 말들을 삼키고 다른 말을 내뱉었다.

"제가 택시로 가겠습니다."

"택시로 오신다고요? 알겠습니다."

그 말투가 어쩐지 조금 전보다 상냥하게 느껴졌기 때문에 좀 김이 빠졌다. 이들이 원한 게 진작에 이런 적극적인 이동이었나 하는 생각이 들 정도였다. 내가 언제 그곳에 도착할지 따위에 그녀가 관심을 둘 리 없어 보였지만 나는 최대한 빨리 가겠다고 굳이 덧붙였다. 그러나 이미 전화는 끊어진 뒤였다.

이제 택시를 타고 가기만 하면 되는데……전화를 끊은 이후 아무리 시도해도 차량이 잡히지 않았다. 우버, 리프트, 그리고 이름도 처음 들어본 택시 앱에서조차 그곳으로 가겠다는 차는 없었다. 호텔 프런트에 가서 팜스프링스로 갈 택시를 부를 수 있냐느고 물어보자 그쪽으로는 도로 통제 때문에 가기가 어려울 거라고 했다. 모든 길이 막힌 건 아니지만 빈 차로 돌아올 확률도 높으니 가지 않을 거란 얘기였다. 다른 방법이 없겠느냐고 물으니 직원은 며칠 새 번개가 만 번은 떨어졌다는 말을 했다. 과거형이 아니고 지금도 진행 중이라고.

"저는 그냥 공항으로 가야 되겠어요."

내 말에 프런트 직원은 안쓰럽다는 듯한 표정을 지으며 말했다.

"국내선 청사가 폐쇄됐대요."

"그럼 국제선 청사로 가서 집에 갈까봐요."

약간 진심이기도 했는데 그녀는 내 말을 농담처럼 받아들였다. 당신 친구가 당신을 데리러 온다고 했으니 기다리라는 거였다. 나는 그녀에게 통화했던 목소리가 신뢰감이 가는 편이었는지 어땠는지 물을 지경이 되었고, 그녀는 내가 농담을 하고 있다고 생각했다.

조식당에 가서 토스터에 식빵 한 조각을 넣었다. 불타고 있다던 모녀가 나를 보고는 자기들을 기억해달라고 했다. 불타고 있지만 기억해달라고. 나도 나를 기억해달라고 말했다. 거의 종말 직전의 아침 식사였고, 나는 그녀들을 잊지 못하게 될 것이 분명했다. 딸은 아름답고 긴 머리카락을 갖고 있었는데 그녀가 내게로 몸을 기울여 말할 때마다 그녀의 머리카락이 자꾸 내 팔에 닿았다. 내가 자꾸만 옆으로 몸을 빼고 있다는 걸 모르는 듯했지만(알아주길 바랐는데), 어쨌든 그들로부터 좋은 정보를 얻긴 했다. 이 호텔을 나가면 뒤쪽으로 작은 여행사와 렌터카 업체들이 몰려 있다는 거였다.

폭염 속으로 걸어나간 오전 10시부터 세 시간 동안 버스, 기차, 비행기, 택시를 막론하고 나를 이동시켜줄 수단을 찾아 헤맸으나 소득은 없었다. 산불 때문에 길이 막혔다고 말하는 곳이 대부분이었고, 그나마 가장 희망적인 경우가 최소 이틀 후부터 가능하다고 말하는 곳이었다.

교통편이 주어지기만 한다면 짐칸이라도 상관없다는 마음이었지만 실상은 꼭 그렇지만도 않았다. 한 택시 업체 직원이 차 키를 집어들면서 "당신 한 사람?" 했을 때 나는 선뜻 대답을 하지 못했던 것이다. 운전기사가 바로 그 사람일 거라고는 예상하지 못했기 때문인데 직감적으로 피하고 싶은 유형이었다. 단지 가격을 알아보고 있었노라고 둘러댔더니 그는 값을 더 깎아주겠다고도 했지만, 나는 결국 그곳을 나온 뒤 전혀 다른 여행사에서 오히려 더 비싼 값으로 그와 다시 맞닥뜨리게 됐다. '성실한 전문 기사'로 소개된 인물이 바로 그였던 것이다. 그즈음 되니 뭘 알아보겠다는 내 의지는 반토막 나고 말았다.

다르지 않은 상황이 이틀 더 지속되었고, 그사이에 내가 두 건이나 '빨리' 배달을 해냈다는 건 좀 우스꽝스러운 기록이었다. 안이지 작가에게는 연락이 오지 않고, 안이지 배달 라이더를 찾는 연락은 활기찼다.

그러다 숙박 5일째에 내 옆방 남자가 차를 갖고 있으며, 그 차로 라스베이거스를 향해 갈 거라는 소식을 듣게 됐다. 그것은 내게 기회였으나, 그는 단박에 내 제안을 거절했다.

"송준 배우님, 저 좀 도와주세요."

그러자 그가 깜짝 놀라서 되물었다.

"내 이름 어떻게 알았어요?"

"당신 나온 영화 〈Zero G. Syndrome〉 좋아해요."

5년 전 개봉한 영화였지만 나는 바로 하루 전에 그 영화를 봤기 때문에 더 생생하고 구체적으로 그 영화에 대한 감상을 얘기할 수 있었다. 준은 거기서 '부동산 회사 동료 2'를 연기했고, 나는 그 사실을 여러 단계를 거쳐 찾아냈다. 론칭 쇼케이스를 하던 그 TV 시리즈 이름을 검색해보자 몇 건의 기사가 올라왔고, 거기서 '송준'이라는 이름의 배우가 축하 인사를 남기는 걸 봤던 것이다. 그가 옆방 남자였다. 그의 필모그래피를 찾아보면 대개 단역이었다는 걸 알게 되지만, 그래도 〈Zero G. Syndrome〉에서는 비중 있는 조연으로 등장했다. 지구가 둥글다는 것을 믿지 못하는 무중력자 역할이었다. 그러므로 술을 마셔야 한다고, 그게 지구의 휘어진 부분을 밟을 수 있는 거의 유일한 순간이기 때문이라고 우기는 대사가 인상적이었다. 물론 이 과정에 대해 다 얘기할 필요는 없었다. 나와 아무 관련도 없는 이 퍼즐 찾기가 내게 어떤 안정감을 주었는지 설명하려면 좀 길어지니까.

준은 뭔가 우쭐해져서는 내게 사진을 찍고 싶으면 찍어도 된다고 했다. 거의 나를 태워줄 것 같은 분위기였으나, 그는 결국 동행하는 건 허락하지 않았다. 내일 떠날지 어쩔지 여정을 확실히 예측하기가 어려울 뿐더러 타인과 한 차에 타는 건 좀 그렇다는 거였다. 그는 내게 동의를 구하듯이 "자기 관리 차원에서요, 이해하시죠?" 했다.

"아니, 뭐…… 아이돌이세요?"

"어이쿠, 감사합니다."

"주유비 제가 낼게요. 산불을 뚫고 가는 안전 수당까지요!"

"미안합니다. 불필요한 오해를 받을 일은 벌이지 말자는 주의여서. 데뷔 이후 한 번도 불필요한 스캔들이 없었던 비결이지요."

그는 내 사정을 좀 듣더니 거기 빨리 도착하지 않으면 페널티가 있느냐고 물었다. 아니라고 하자, 바로 그런 게 현대인의 문제점이라고 했다. 단지 며칠 기다리는 것을 가지고 왜 안달복달하는지 모르겠다는 거였다. 자기 같으면 그냥 호텔에서 편하게 며칠간 기다리겠다고 했다. 나도 그러고 싶었지만, 다음 날 또 최악이 갱신되었다.

새벽 내내 사이렌 소리가 짐승의 울음처럼 들렸다. 아침 6시, 내가 로비에 내려갔을 때는 이미 한바탕 폭풍이 지나간 후였다. 끝없이 반복될 것 같던 클래식 음악이 뚝 끊겼다. 로비는 바람 빠진 공처럼 어딘가 핼쑥해 보였는데 음악이 빠져나간 공백치고는 너무 컸다. 투숙객인지 행인인지 모를 사람 하나가 살인사건이 있었다고 말해주었다. 오하이오에서 왔다던 그 83세의 할머니와 그녀의 딸이 호텔 문 앞에서 괴한의 습격을 받았다. 할머니는 혼절해서 들것에 실려갔고, 그녀의 딸은 죽었다. 얼른 실감이 나지 않았는데 로비의 소파에 앉아 있는 동안 서서히 내 몸에 닿았던 그 긴 머리카락의 감촉이 되살아났다. 며칠 전 그들이 자신들을 기억해달라고 말했던 것도 떠올랐다. 팔을 쓸어내렸다. 범인은 현장에서 바로 잡혔는데, 꼭 그 모녀를 공격해야 했던 게 아니었다. 그저 무차별적인 공격이었고 그들이 맨 처음 그를 마주한 것뿐이었다.

쓰러진 두 사람을 가장 먼저 발견했던 호텔 직원은 서둘러 짐을 싸고 체크아웃하는 투숙객들에게 연신 미안하다고 사과를 했다. 그러면서 이해한다고, 자신도 이 도시에 조금도 더 있고 싶지 않다고 했다. 그러면서도 나와 눈이 마주치자 이렇게 말하는 것을 잊지 않았다.

"보시다시피 1:1 방으로 옮기는 게 이제는 매우, 매우 가능해요. 원하시면 옮겨드릴게요."

나도 오늘 체크아웃을 할 거라고 하자 그녀는 숙박비가 모두 계산되었음을 상기시켜주었다. 알고 있었다. 알고 있지만 떠날 거였다. 대책이 있었던 건 아니지만 이곳에 계속 있을 수는 없었다. 단지 호텔을 옮기는 차원이 아니라, 내가 있어야 할 곳으로 어떻게든 가야 했다. 머리가 지끈거렸다.

"지금도 차편 구해요?"

준이었다. 전날까지만 해도 그에게는 나를 태울 의지가 조금도 없어 보였지만 지금은 달라 보였다.

"당장 출발할 건데, 혹시 안이지 씨도 그러고 싶다면 태워줄게요."

나는 10분 만에 짐을 꾸려 로비로 내려왔다. 마침내 차를 타고 이 도시를 빠져나가는 길, 원상복구된 할리우드 사인을 봤다. HQLLYWQQD가 다시 HOLLYWOOD로 돌아오는 데 그리

오랜 시간이 걸리지도 않았다. 어쩌면 내가 좀 늦게 발견한 것일 수도 있고. 마치 페이지와 페이지 사이에 끼워져 있다가 떨어진, 이 도시의 파본을 본 기분이었다.

며칠 전 로스앤젤레스 공항에서 '담당자'를 만난 안영 씨는 공항을 빠져나가 바로 10번 고속도로를 타고 리버사이드와 모롱고, 유카밸리를 빠른 속도로 스쳐지나가 '나의' 목적지인 로버트 재단에 도착했을 것이다. 이 한 줄의 동선이 기묘하게 다가오는 건 그게 원래 그의 목적지가 아니라 내 목적지였기 때문이다. 목적지에 엉뚱한 이가 도착하는 동안 나는 공항에서 하염없이 담당자를 기다리며 임시로 방 하나를 찾아 기다렸다. 그리고 결국 스스로 담당자를 찾아 나섰다.

산불로 인한 도로 통제가 더 심해졌기 때문에 며칠 전의 안영 씨와 나는 전혀 다른 경로로 이동하게 됐다. 로버트 재단으로 가기 위해서는 불타는 산을 최대한 우회해야 했으므로 위로든 아래로든 빵 돌아가는 경로만 가능했는데 우리는 위쪽 경로를 선택했다. 위로 가는 길에 페어블러섬 하이웨이가 있었던 것이다. 데이비드 호크니의 포토콜라주에 등장한 장소라고 하자 준은 관심을 보였다. 그게 어느 뮤직비디오에 등장했다는 얘기를 들은 적이 있다고 했다. 호크니의 작품 속 도로에 있던 'STOP'

글자가 실제 배경지에는 'SIGNAL'로 바뀐 지 오래였는데 그걸 다시 'STOP'으로 바꿔서 촬영을 했다고. 우리는 그곳을 경유하기로 했다.

'작가님, 전화를 안 받으시네요. 보시면 바로 연락 주십시오. 택시로 이동을 하시다니요.'

최 부장이 보낸 메시지는 내가 출발한 지 두 시간이 지난 후에야 도착했다. 그는 다른 방법을 찾아볼 테니 전화를 달라고 하고 있었지만, 이미 나는 거의 유일한 방법을 따라 이동하는 중이었다. 출발할 때 우리가 예상한 도착 시간은 적어도 오후 2시였다. 쉬는 시간을 포함한 넉넉한 계산이었는데 변수가 자꾸 생겼다. 카운터펀치는 출발한 지 세 시간 후에 찾아왔다. 우리 앞뒤로 차들이 빼곡했다.

"앞에서 관광버스랑 화물 트럭이 부딪쳤대요. 버스가 전복돼서 길을 가로막은 거지. 바리케이드처럼. 인명 사고도 있어서 경찰들이 통제하고 있다는데요?"

밖에 나가 상황 파악을 하고 돌아온 준이 이렇게 말했다. 아무래도 금세 흐름이 재개될 분위기는 아닌 듯, 도로 위의 사람들이 차를 벗어나 밖으로 나갔다가 다시 벌겋게 익은 얼굴로 차 문을 열곤 했다. 이 지역의 이름을 넣고 검색해보니 온라인 뉴스에 이미 실시간 소식이 떠 있었다. 내가 보지 못하는 저 앞 지점의 풍경도 사진으로 올라와 있었다. 헬리콥터가 동원되었고 들것에 실린 사람들이 옮겨졌다. 하필 이 광활한 미국에서도 도로 폭이 좁은 지점이었다. 왔던 길로 돌아가는 차량도 보였지만 우리는 그럴 수 없었다. 무조건 동쪽으로 가야 했다. 양옆이 꽉 막힌 지점에서 그나마 다행인 것은 도보 5분 거리에 쇼핑몰이 있다는 사실이었다.

우리처럼 몇몇 사람들이 차를 도로에 그대로 둔 채 쇼핑몰로 들어갔다. 완공은 되었으나 입점은 거의 되지 않은, 임대 문의 쪽지가 쇼윈도마다 붙어 있던 3층 건물이었다. 쇼핑몰 입구에서 몇 사람이 검은색 긴 우산을 하나씩 나눠주었는데 그게 구호 물품인가 했더니 쇼핑몰 개업 선물이라고 했다. 이왕 이렇게 된 거, 우리는 여기서 점심을 먹기로 했다. 피자집 창문 너머로 도로를 가득 채운 차량이 보였다. 우리와 비슷한 처지의 손님들이 옆 테이블에서 사고 이야기를 하는 게 들렸다. 그들이 아는 정보가 사실인지는 몰라도 내가 들은 바에 따르면, 전복되면서 버스 안에 타고 있던 한 아이의 손이 잘렸다고 했다. 그 아이가 가장 먼저 들것에 실려서 헬리콥터로 옮겨졌고, 그 아이 말고도 여기저기 부상자들이 있다는 거였다. 그리고 화물 트럭 안에 들어 있던 몇 톤의 장어가 도로에 나뒹굴고 있다고도 했다.

도로 사정은 우리가 피자를 먹고 화장실에 다녀오고 이 건물을 천천히 돌아볼 때까지도 회복되지 않았다. 이 쇼핑몰 안의 모든 바늘이 고장나 있다는 게 좀 기이했다. 시곗바늘은 움직이지 않았고, 무게를 잴 수 있는 저울도 바늘이 고장이었다. 정지된 구석이 많았다. 전망대로 가는 투명한 엘리베이터를 발견하고도 그걸 타도 될지 망설여질 정도였다. 준이 전망대에 올라가고 싶으냐고 물었다.

"올라가면 도로 앞을 좀 볼 수 있지 않을까요? 미래가 궁금합니다. 우리의 가까운 미래가."

"그런데 이거 작동하는 건가?"

그러면서 그가 버튼을 누르자 아무런 소음도 없이 엘리베이터 문이 열렸고 그 안의 바닥이 우리가 서 있는 지점의 높이와 동일해졌다. '승강기 바닥을 확인하세요' 라는 문장이 엘리베이터 문 바로 앞에 붙어 있기에, 들고 있던 우산으로 엘리베이터 바닥을 톡톡 건드렸다.

"장르가 슬랩스틱 코미디 같은데요."

"뭐가요?"

"우산으로 톡톡, 그다음 순간에 우리 둘이 탔다가 훌랑 추락하는 거죠."

"재수없게 왜 그런 말을 해요?"

"우산 톡톡으로 안전 확인이 되겠습니까?"

"우산 톡톡은 중량 체크가 아니고 노크거든요? 나 들어가도 괜찮니? 그런 의식인데요?"

사고 지점은 우리가 생각한 것보다 한참 앞에 있었다. 미래를 보기엔 최적의 장소였는데 다만 지붕이 없어서 정수리가 타들어갈 것 같았다. 그래도 도로 끝에서부터 차들의 간격이 좀 성글어지고 있다는 게 눈에 들어왔다. 도로가 뚫리기 시작한 것이다. 다시 우리의 차 앞으로 돌아왔을 때 그는 내 의식을 따라 했다. 우산 끝으로 보닛을 가볍게 두드린 후 "타도 되지?"라고 말했다.

우리는 주섬주섬 다시 출발했다. 장어로 인해 미끄러워진 도로를 통과했고, 그 흐름으로 페어블러섬 하이웨이의 어느 지점을 그냥 지나쳐버렸다. 준은 거기서 사진을 찍을 생각을 하고 있었기 때문에 뒤늦게 그곳을 그저 스쳐 지나갔다는 사실에 실망했지만, 또 다른 풍경이 새로운 세계처럼 눈앞에 펼쳐졌다. 도로를 촘촘하게 채웠던 차들이 뿔뿔이 흩어져 어느 순간부터 길 위엔 우리뿐이었다.

준은 오디션을 보기 위해 라스베이거스로 가는 중이었다. 출연 예정이었던 사람이 따로 있었는데 갑자기 취소되어서 자신에게 기회가 왔다고 했다. 산불로 도로 통제가 되었지만 그걸 뚫고 갈 만큼 절박한 기회이기 때문에 출발하는 거라고. 그러면서 내게는 그럴 만한 이유가 뭐냐고 물었는데, 나는 뭐라고 대답해야 할지 말을 한참 골라야 했다. 누락 공포? 혹은 의심? 그렇다면 무엇에 대한 의심? 나에 대한 불안? 내가 고른 말은 "궁금해서"였다. 뭐가 궁금하냐고 묻는다면 또 말을 한참 골라야 하겠지만 그는 더 묻지 않았다. 나는 로버트 재단이 해왔던 일에 대해, 그들이 발굴한 작가에 대해 이야기했다. 준이 졸음과 싸우는 것 같아서 시작한 이야기이기도 했지만, 그 말들을 하는 동안 내 머릿속도 조금 정리되는 것 같았다.

"그 얘기를 들으니까 이 곡이 떠오르네요."

준이 〈A day in the life〉를 틀어주었다. 이 노래에서 마치 정적처럼 들리는 고요한 부분이 사실 개들에겐 정적이 아니라고, 그건 전혀 다른 주파수로 음악이 존재하는 공간이라고, 그가 말했다. 내가 그 노래를 계속 듣길 원했기 때문에 나중에는 준이 이어폰을 건네주었다. 그와 나는 다른 곡을 들으며 달리다가 간혹 같은 세계에 대해 말을 나눴다. 그는 로버트가 개라는 것에 흥미를 느끼면서도, 그가 정말 개라는 사실을 얼른 믿지는 못했다. 나도 처음에는 그랬다고 말해주었다. 그러나 로버트 재단의 역사와 전통에 대해 알아갈수록 익숙해지고 말았다고. 액자 속 이야기 같던 그 낯선 세계가 이제 30분 거리에 있었다.

도로는 구름이 낮게 깔린 하늘과 연한 올리브색의 밭 사이로 세입자 둘을 잠시 허락한다는 듯이 좁게 뻗어 있었다. 실제 폭이 좁은 건 아니었는데 워낙 광활한 자연 속에 놓이다 보니 도로가 가느다란 선처럼 보였다. 달리다 멈춰 선 차들을 보게 된다면 거의 둘 중 하나였다. 폭염 속에서 차가 퍼져 더 달릴 수 없거나 야생동물을 발견한 경우. 우리는 둘 중 어느 쪽도 아니었지만 어느 구간에 이르자 속도를 줄일 수밖에 없었다. 길 위에 죽어 있는 게 너무 많았기 때문이다.

처음에는 로드킬당한 야생동물이라고 생각했는데 가까이 가서 보니 터진 타이어의 흔적이었다. 저만치 타이어 잔해가 하나 더 보였다. 차는 속도를 더 늦췄다. 그리고 타이어가 뒹굴고 있는 허허벌판이 우리 오른쪽으로 바다처럼 펼쳐지기 시작했을 때 결국 우리의 차는 도로를 이탈해 그 허허벌판으로 들어갔다.

안에서 밖으로 차 문을 열고 나가자 열풍이 훅 끼쳐왔다. 숨이 막힐 정도로 육중한 열기. 두 발을 땅에 디디었을 뿐인데 이 갈라진 땅이 내 몸의 수분을 거둬들이는 소리가 들렸다. 딛고 선 곳 모두가 거대한 균열의 연장선이었다. 손바닥만 한 퍼즐 조각이 수만 개였다. 내가 타이어라고 생각한 검은 형체는 가까이 가서 보니 타이어가 아니라 범퍼였다. 녹아내리는 게 꼭 지표면에 바로 닿은 것들만은 아니었다. 지면 위에 오래 서 있다가는 머리끝까지도 흐물흐물 녹아내릴 게 분명했다. 시선을 돌리니 여기저기 나뒹굴고 있는 검은 형체가 눈에 들어왔고, 한 곳에 시선을 고정한 채 가만히 들여다보면 더 많이 보였다.

"타이어가 꼭 벗겨진 허물 같네요. 이런 모습은 처음 봐요."

"신발로 치면 밑창이 떨어져나가는 거나 비슷해요. 고열로 인해서 바닥과 닿는 층이 분리되어나간 거죠. 이건 굉장한 열기와 고속에서 발생하는 건데, 원심력이 커지면서 박리된 거예요. 고무가 뜨거워지면 아주 말랑해지니까요. 연약해진 고무가 저렇게 벗겨져나간 거고."

"아, 타이어 정비소 직원도 했었죠? 그건 한국 드라마였는데?"

"진짜 내 팬이 맞군요."

그는 나를 자신의 여섯 번째 팬으로 인정해주었다.

"실제로 타이어 공장에서 오래 일했었어요. 타이어가 날 때부터 동그란 건 아니랍니다. 그게 다 트리밍을 거쳐서 만들어진 모양이거든요. Y자 모양 칼로 막 구워져 나온 타이어의 표면을 이발해주는 거예요. 요렇게."

이 산불의 시작점으로 언급되는 것은 하나가 아니었다. 번개라는 말도, 축하 파티의 폭죽이라는 말도, 도로 위를 달리던 어느 트럭의 타이어였다는 말도 있다. 타이어가 떨어져나가면서 드러난 휠이 아스팔트를 긁다가 스파크가 튄 거라고 들었다. 모든 것에서 스파크가 튀고 그것이 걷잡을 수 없이 퍼져나갈 수 있었다.

떨어져나간 타이어 조각을 열 개쯤 봤다면, 풍력발전기는 백 개, 갈라져 퍼즐처럼 변한 땅 조각은 천 개쯤 지나쳤다. 그리고 마침내 최종 목적지, 단 하나의 로버트 예술 재단에 도착했다. 오후 4시. 출발한 지 일곱 시간 만이었다.

차에서 내리자마자 가장 먼저 눈에 들어온 것은 누런 필터를 벗겨낸 듯한, 맨 하늘이었다. 매캐한 냄새가 사라진 지는 이미 오래되었지만, 이제는 시각적으로도 완연히 산불 이전으로 돌아온 느낌이었다. 인천공항으로 달려가던 그 아침의 하늘을 가져와 이어 붙인 것처럼 높고 산뜻해 보였다. 출발한 이래로 계속 하늘이 꾸물꾸물했기 때문에 이렇게 파란 하늘을 마주하니 전혀 다른 세계로 넘어온 느낌이었다. 상대적으로 로버트 재단을 알리는 표식은 더 낡아 보였다. 강렬한 햇빛에 바랜 것인지 이 간판만 화마의 그을음을 감추지 못한 것인지 조금 을씨년스럽게 보이기도 했다.

그 을씨년스러움이란, 열기와 함께 육박해오는 무지막지한 고요에서 기인했다. 오후 4시, 하루의 정점을 살짝 비껴간 시간이었음에도 여전히 햇볕은 묵직한 양감을 동반했고 그 때문에 소리가 멀리까지 나가지 못하는 게 아닐까 싶을 정도로 주변이 고요했다. 마치 물 속에 있는 것처럼 말이다. 초인종을 한 번 눌렀다. 가늘게 '삐' 하는 소리가 몇 초간 이어졌지만 아무런 응답이 들려오지 않았다. 조금 더 세게 꾹 눌러봤는데 여전히 아무 응답이 없었다. 준이 차에서 내려 초인종을 눌러도 마찬가지였다.

"이런 경우에 배달 라이더로서는 어떻게 해요? 초인종을 눌러도 사람이 안 나올 때."

"옵션을 다시 확인하죠. 다 다르니까. 초인종만 누르고 문 앞에 두세요, 초인종 누르지 말고 문 앞에 두세요, 초인종 누르지 말고 문 앞에 놓고 문자 주세요, 초인종 누르고 문 앞에 놓고 사진 찍어 전송해주세요, 누르지 말고 사진만 찍어 전송하세요, 문 앞에서 전화하세요…… 확인할 옵션이 엄청 많아요."

"그중에 제일 선호하는 건 뭐예요? 그냥 문 앞에 놓고 가기, 그건가요?"

"문 앞에 놓고 벨 누르세요, 이거?"

"벨 누르기도 옵션인데요?"

"놓고서 벨도 안 누르면 뭔가 찜찜해서. 손님이 받은 건지 안 받은 건지 걱정도 되고. 벨이 아니면 사진 찍어 전송해달라, 그것도 괜찮아요. 저 진짜 금방 찍거든요."

"그럼 그렇게 할게요. 자, 문 앞에 물건을 놨으니까 이제 사진!"

그러고서 준은 나를 향해 휴대폰을 들이밀었다. 그는 내가 내민 돈을 받지 않았다. 대신 내가 피자집 냅킨에 메모해준 쿠폰의 유효기간을 재차 확인했다. '쿠폰 - 필요할 때 도움을 요청하세요.—팬 6호. 안이지'라고 적힌 쿠폰이었다. 유효기간은 4개월, 내가 미국에 머무는 동안이었다.

그러는 사이에도 문은 열리지 않았다. 로버트 재단은 어떤 옵션도 설정하지 않았다. 아주 투박한 목소리가 스피커를 타고 흘러나와 "우린 어떤 것도 주문하지 않았다!"라고 소리 지르는 장면을 잠시 상상했다. 준이 우산 끝으로 문을 톡톡 두드리는 시늉을 했다.

얼금얼금한 철문 너머로 보이는 것은 쭉 곧게 뻗은 길뿐이었다. 이 일대에 많이 보이는 조슈아트리도 한 그루 없었고, 어떤 기척도 없었다. 마치 영화를 찍고 모두가 사라져버린, 철거 직전의 세트장에 철모르는 관광객이 되어 등장한 기분이랄까. 익숙한 문양이 찍힌 저 문패가 아니었다면 이곳에 로버트 재단이 있으리라고는 생각도 하지 못할 것 같았다. 모두가 낮잠에 빠진 게 아니라면 간격을 지키며 세 번에 걸쳐 누른 초인종 소리를 못 들을 리가 있을까? 배달 완료라며 이제 가보겠다던 그는 아직도 시동을 걸지 못하고 있었다.

한 번 더 초인종을 누르자 마침내 대문이 탁 열렸다. 준은 다시 차에 올라탔고 나도 올라탔다. 차는 한참을 더 들어가야 했다. 철문을 하나 더 통과했고(다행히 이번에는 아무 확인 절차 없이 문이 열렸다) 마침내 누군가 살고 있다는 흔적이 포착되었다. 왼편으로 넓은 수영장이 보였다. 수영장 벽은 아주 밝은 하늘색으로 물이 가득 채워져 있고 플라밍고 튜브가 둥둥 떠 있고 선베드가 총총총, 그 옆엔 잘 접힌 수건이 김밥이나 부리또처럼 돌돌 말려 있었다. 그 풍경이 나를 안도하게 했다. 수영장에서 5백 미터쯤 더 지나자 저 앞에 두루마리 휴지의 끝자락을 하늘에서 잡아당기는 듯한 형상의 건물이 나타났다. 로버트 미술관! 홈페이지에서 본 그 모습이었다.

'방문 차량 주차 구역'이라고 적힌 지점에 준은 차를 세웠다. 그는 안전하게 배달을 완료했고, 쿠폰의 힘을 지나치게 맹신하며 돌아갔다. 나는 이제 그와 헤어져, 두루마리 휴지 모양 건물을 향해 혼자 걸어갔다. 내가 서 있는 지점에서 거기까지는 차양막 효과를 주는 긴 회랑이 이어져 있었다. 늦은 오후의 빛이 비스듬히 침투해 회랑의 절반은 흰 빛으로 환했고 다른 절반은 차갑고 어두운 회색빛이었다. 회랑을 따라 걸어가는 동안 왼쪽으로 다양한 볼거리가 이어졌다. 물이 퐁퐁 솟아나는 분수대를 지나쳤고 두 귀가 쫑긋한 토끼 동상도 지나갔고 연못도 지나갔다. 연못 위로 돌로 된 징검다리가 총총총 놓여 있었다. 10분은 족히 걸은 것 같은데 회랑은 여전히 남아 있었고, 안내 책자에서 본 그 익숙한 건물로 이어지진 않았다. 처음 봤을 때와 달리 저 건물로 가기 위해서는 다른 경로를 선택해야 했는데 회랑 벽을 따라 계속 로버트 재단의 안내문이 붙어 있었기 때문에 이 길을 이탈하는 것이 좋을지 알 수 없었다.

놀라운 건 그때까지 로버트 재단의 누구와도 마주치지 않았다는 것이다. 방문객의 차가 들어왔다는 걸 모를 리가 없을 텐데 문을 열어주었을 뿐 지금까지 누구도 나와보지 않는다는 건 뭘 의미하는 걸까? 잠시 묻어두었던 불안과 피로가 스멀스멀 깨어나 마침내 당도했다는 안도감을 조금씩 갉아먹으려 했다. 그때였다. 저 회랑 끝에서 빛의 교란 같은 것이 일어나더니 낮은 휘파람 소리가 들렸다. 그리고 다급하게 가까워지는 말발굽 소리. 어디지, 소리가 나는 쪽으로 고개를 돌리자 회랑의 끝에서 검은 그림자 하나가 전속력으로 달려오는 것이 보였다. 이쪽으로, 나를 향해. 마치 배속 화면처럼 휘몰아치듯, 판단할 새도 없이, 튀어나갈 준비만 하고 있던 총알처럼 나를 향해 뛰어들었다. 나는 그대로 얼어붙었다.

그때 우산이 방패처럼 펼쳐졌다. 내 앞에서 조금 더 큰 검은 물체, 노크용 검은 우산이 펼쳐지지 않았다면 개가 덮치기 전에 그대로 쓰러졌을 것이다. 그러기 전에 우산이 왔다. 두 사람을 충분히 가릴 만큼의 우산이. 익숙한 땀냄새가 훅 끼쳐왔다.

4

그날의 폭염은 행인과 자동차, 키 작은 나무와 살아 있는 모든 것으로부터 몇 달러씩을 갈취하는 듯 포악한 것이었다. 그 한가운데 로버트 재단이 있었다. 느린 하품을 하는 모양새로 우두커니.

하필 올여름 최고 온도를 기록한 날 로버트 재단에 도착했으니 내가 누른 초인종 소리는 그들에게 잘 들리지 않았을지도 모른다. 이 정도 폭염과 산불이라면 무엇이든 제정신으로 버틸 수가 없는 것이다. 사실상 나 역시 약간 미치지 않았다면 거기까지 갈 수 없었을 테고. 그러니 그들의 대응이 좀 느리고 설사 보편이나 상식에서 약간 비켜난 듯 보여도 인류애로 이해한다는 암묵적 약속을 한 기분이었달까. 그렇게 마음을 먹었음에도, 도착한 지 몇 시간 지나지 않아 과연 이 선택이 최선이었는가를 재고하게 되었다.

검은 우산이 펼쳐진 건 단 한 번뿐이었지만, 그들이 제공한 저녁 식사를 하고 기절하듯 잠든 후에도 우산은 계속 펼쳐졌다. 우산이 커짐과 동시에 그 앞에서 튕겨나간 한 마리 개, 그리고 귓가에 들리던 준의 말 "와, 천재견이 아니라 맹견이었어요?" 그 장면이 꿈 내내 반복되었다. 긴 회랑 초입에 서면 개가 나를 향해 돌진하고 우산이 펼쳐지고, 모서리를 돌아 또 새로운 직선의 초입에 서면 개가 뛰어오고 우산이 펼쳐지고, 모서리를 돌면 또……. 그러다 조금 낯선 골격이 시야에 들어왔다. 꽤 높은 천장, 그 아래 몰딩, 그 아래 민트색 세로줄 무늬의 벽, 그리고 그 아래 얌전하게 서 있던 검은 우산. 아침이었다.

돌돌 말린 채 벽에 기대어 있던 우산, 그 우산 덕분에 살았다. 준과 나는 그 일이 있기 몇 분 전 작별 인사를 하고 서로 반대 방향으로 이동했다. 나와 헤어진 다음 우산이 여전히 자기 손에 들려 있음을 알아챈 그가 다시 나를 향해 뛰어오다 개를 발견했다. 그때 준이 달려와 내 앞에서 우산을 펼치지 않았다면 개는 맹렬한 돌진을 멈추지 않았을 것이다. 우산이 펼쳐지던 속도는 지난밤 내 꿈을 지배했던 속도이기도 했다. 달려온 준에게서 훅 끼치던 땀냄새, 쿵쾅거리던 심장 소리……. 가장 또렷한 건 우산이 펼쳐진 순간에 나를 향해 돌진하던 개가 방향을 바꾸었다는 것이다. 개는 돌연 달리기를 멈추었고 순식간에 반대쪽으로 사라졌다.

그 옆에 있던 직원 둘은 개를 통제하지 못했다. 한 사람이 개를 쫓아갔고 다른 한 사람이 내게 괜찮으냐고 물었지만, 그녀야말로 괜찮지 않아 보였다. 완전히 넋이 나간 듯 얼굴이 창백해진 그녀의 이름은 '샘'이었다. 나와 통화했던 샘 말이다. 적어도 샘에게는 예고를 했으므로 그들에게 준비할 시간을 전혀 안 준 건 아니었다. 그러나 로버트 재단 사람들은 아무 예고 없는 변수를 맞닥뜨린 듯 어쩔 줄 몰라 했다. 대체 이게 다 누구 탓일까. 한 사람이 더해졌을 뿐인데 로버트 재단의 거의 모두가 요동치는 것처럼 보였다. 그들은 내게 연락이 되지 않아 걱정했다고 말했지만, 그런 말을 차분한 어조로 한다고 해서 그 너머에 깔린 당혹감을 감출 수 있는 건 아니었다. 샘은 내가 마치 불청객이나 나아가 무단 침입자라도 된다는 식의 말을 하고야 말았고, 물론 그 발언으로부터 한 시간 후 내게 사과했지만 그래도 이미 내뱉은 말을 지울 수는 없었다. 그녀는 왜 이런 일이 벌어지도록 해서 자신을 곤란하게 만드느냐는 식으로, 마치 내가 자신을 공격하기 위한 덫이라도 파놓은 것처럼 대했다. 개로 인한 공포가 가라앉은 자리를 허탈감과 피로가 덮치기 시작했는데, 다행히 샘이 울었다. 혼란스러움에 휩싸여 아이처럼 엉엉 울었다. 그게 형식적인 사과의 말보다 훨씬 나았다. 샘이라는 직원이 굉장히 불안정한 상태이며 그녀의 외피가 아주 얇고 허술하다는 것을 내가 알아버렸기 때문에 그녀를 대하기가 차라리 편해진 것이다. 연민이라는 필터를 덧입히니 답답함이 조금 줄어들었다.

어쨌든 첫날 밤 이 방까지 오는 길은 샘이 안내했다. 한바탕 울고 난 다음, 그녀는 다시 정신을 수습하고는 내게 아직 담당자가 오지 않았다는 말을 했다. 담당자가 나를 데리러 로스앤젤레스로 간 상황이라는 말도 전했다. 결국 길이 엇갈린 것이다. 그렇지만 담당자에게 연락을 취했으니 내일은 만날 수 있을 거라고 했다.

미술관 건물로부터 좀 떨어진 곳에 여섯 칸 지하철 길이 정도 되는 길고 납작한 건물이 있었다. 그 건물 입구로 들어가 왼쪽으로 돌면 작은 응접실과 서재를 지나 내가 머물 방에 닿을 수 있었고, 방으로 가는 복도의 양옆으로는 사진이 빼곡했다. 사진 속에서 개는 언제나 로버트 하나였고 사람들은 무수히 많았다. 그리고 알파벳 블록들이 있었는데, 아무렇게나 배열된 것이 아니라 'I AM INDEX'라는 문장을 이루고 있었다.

내가 걷고 있는 길 말고도 벽 쪽으로 지면과 1미터 이상의 단차를 둔 또 하나의 길이 있었다. 폭이 50센티미터 정도 될까 싶은 그 공간은 누가 봐도 로버트의 길이었다. 고풍스러운 문양의 카펫이 길게 깔려 있었고 난간은 없었다. 그 길은 건물 입구에서부터 벽을 따라 쭉 이어지다가 방이든 식당이든 다른 입구를 만나면 곡선을 그리며 휘어져 지면까지 닿는 구조로 되어 있었다. 로버트와 같은 파피용은 소형견이기 때문에 시선이 내 무릎보다 아래에 위치할 수밖에 없지만, 이 통로를 이용하면 나와 대등하거나 혹은 나보다 더 위쪽에 눈높이를 두게 되는 것이다.

바닥 높이가 전혀 다른 두 갈래의 복도 끝에 내 방이 있었다. 당연히 미리 준비되었을 줄 알았는데 그렇지 않았다. 직원 여러 명이 와서 침구를 세팅하면서 어수선하게 구는 것이 보여 어쩐지 께름칙했다. 오죽하면 내가 샘에게 작가들이 늘 이 방을 사용하느냐고 물었을 정도인데, 거기엔 내가 당신들이 초대한 작가 중 하나이며 그러니 불청객이 아니라는 걸 확인받고 싶은 마음이 있었다. 그러나 샘은 내 의도를 파악하지 못한 듯 "이 방을 쓰셔야 해요"라고 대답했다. 내가 다른 방 타령을 하는 것으로 보였던 모양이다.

방은 꽤 넓었다. 두 면에 창이 있었고 창이 없는 한 면에는 인화된 〈캐니언의 프러포즈〉가 걸려 있었다. 그렇게 큰 사이즈로 보는 건 처음이었는데…… 압도적이었다. 달빛, 그랜드 캐니언의 첩첩 실루엣, 절벽 위의 연인. 그리고 이 사진의 와이드 버전인 〈캐니언의 로버트〉를 알고 있는 사람이라면, 눈앞의 사진 밖에 있었을 포토그래퍼의 순간도 함께 떠올릴 수밖에 없었다. 자동차의 사이드미러에 비친 한 마리 개, 로버트의 시선 말이다. 그러자 마치 내가 어느 방 안에 들어온 피사체고, 이런 나를 방 밖의 누군가 보고 있을 거라는 데 생각이 미쳤다. 〈캐니언의 프러포즈〉 포스터 옆으로 꼭 그 크기만 한 타공 아크릴판이 있었는데 전체적으로는 검정색이었고, 자세히 보면 조금 다른 색으로 '로버트'라는 글자가 마치 별자리처럼 표시된 것을 알 수 있었다. 그 타공 아크릴판을 왼쪽으로 잡아당기면 아마도 〈캐니언의 프러포즈〉 포스터를 가릴 수 있는 모양이었지만 나는 그대로 두었다. 그 달빛 아래 두 연인의 모습을 침실에 누워서 보는 것은 행운이었으니까.

방 안에는 모든 것이 충분히 있었다. 창문이 두 개, 각기 다르게 조절할 수 있는 조명등이 네 개, 다양한 형태의 의자가 네 개, 킹 사이즈 침대에 놓인 베개가 모두 네 개였다. 충전재의 종류와 밀도를 달리한 베개는 옷장 안에도 있었다. 1번부터 5번 중에 내가 원하는 베개로 더 준비할 수 있다는 메모와 함께. 화려한 장식의 옷장과 서랍장, 책상 위에 놓인 메모지나 펜까지 평범한 것은 하나도 없었다. 그리고 모든 것이 제자리에 있는 느낌이었다. 제자리에 있어야만 하는 느낌이었다. 내가 크로스백을 테이블 위에 잠시 올려두자 샘이 그것을 "가방의 자리에 둘게요"라며 옮겨두었기 때문에 나로서는 그 외의 다른 것들—이를테면 모자는 어디에 내려놓을 수 있는지 두리번거리지 않을 수가 없었다. 벽에 붙은 옷걸이를 가리키며 "모자는 여기에 걸까요?" 하자 샘은 "그러라고 그게 거기 있는 거예요. 걸어두시라고 거기 있는 거라고요"라고 대꾸해서 나를 좀 무안하게 했다.

"침실 청소는 매일 해드려요. 세탁도 매일 한답니다. 혹시 원치 않으시면 여기에 체크하시고요. 이건 로버트 재단의 손님들께 제공되는 잠옷 세트예요. 세 벌이나 여분이 있으니 편하게 갈아입으셔도 되어요."

앞에 단추가 달린 셔츠와 끈으로 묶는 바지 형식으로 된 잠옷이었다. 톡톡한 면 재질이 듬직해 보였다. 다림질이 아주 잘된 듯 반듯했는데, 나중에 보니 상의의 목 칼라 부분이 몸체에 완전히 고정되어 있었다. 깃이 흐트러지지 않도록 말이다. 잠옷의 깃, 시접 하나조차도 제자리에 있을 수밖에 없었다.

이렇게 모든 것의 제자리가 있는데 정작 내 자리는 아주 희미해 보였다. 방이 나를 뱉어내려고 애쓰는 것처럼 느껴진 건 곳곳에서 사소하다고 말할 수도 있는(그러나 사소한 게 아닌) 무신경의 흔적들이 보였기 때문이다. 이를테면 책상 위의 탁상 달력 같은 것. 그것은 이미 네 달이나 뒤로 넘겨진 채 11월 4일에 동그라미를 달고 있기까지 했다. 나는 퇴실 날짜를 그렇게 눈으로 확인한 후, 달력을 몇 장 앞으로 되감아 지금 이 시점이 되도록 해야만 했다. 누군가를 초대했다면, 그리고 이렇게 탁상 달력을 올려뒀다면 당연히 오늘 날짜가 보이도록 해야 하는 게 아닌가? 베개 높이를 다섯 단계로 나눠 제공하려는 섬세함에 비하면 이런 부분은 너무 무신경해서 마치 일부러 무례를 선택한 것처럼 보일 지경이었다.

내 짐 가방은 건물 밖에서 보안 검사를 거친 다음에야 안으로 들여놓을 수 있다고 했는데 그 보안 절차라는 게 세 시간도 넘게 걸렸다. 검색할 가방이 내 것 하나뿐인데 로스앤젤레스 공항에서보다 더 긴 시간이 걸린다는 걸 어떻게 받아들여야 하나? 샘의 설명에 따르면 최근 이 일대에 폭탄 테러가 있었기 때문에 어쩔 수 없는 거라고 했는데, 그 말도 의심스러웠다. 그들이 제공한 멕시코 요리로 저녁을 먹고, 씻고, 그들이 제공한 잠옷으로 갈아입은 다음에야 가방은 낙오된 패잔병처럼 돌아왔다. 가방만 그랬던 건 아니고…… 화려한 거울에 비친 내 모습도 한참 해진 것처럼 보였다. 공항에 내렸을 때에 비하면 분명 며칠 새에 급속도로 낡아버렸다.

다음 날 아침이 되자 그들은 체계적인 태도로 행동해 짧은 악몽을 꾼 것뿐이라고, 지나가던 무언가가 나를 잠시 할퀸 것뿐이라고 느끼게 했다. 가장 큰 차이는 샘이었다. 그녀가 내 방 앞 초인종을 누르길래 문을 열었는데 전날보다 한 옥타브는 더 올라간 목소리로 "좋은 아침!" 하고 인사를 하는 거였다. 표정도 화사했다.

"아침 식사는 10시까지 하실 수 있어요. 원하실 때 식당으로 내려오시면 된답니다."

그러면서 반짝반짝한 은쟁반을 탁자 위에 올려주었다. 물론 "은쟁반의 자리!"라고 말하는 걸 잊지는 않았는데 목소리가 전날에 비해 훨씬 경쾌했기 때문에 재미난 게임의 룰을 알리는 것처럼 들렸다. 쟁반 위에는 빨간 봉인이 된 편지 봉투 하나와 삼각 텐트처럼 올려진 '오늘의 날씨'가 있었다.

"어제 그 친구분은 괜찮으신가요?"

샘은 그렇게 준의 안부를 묻는 여유까지 회복했다. 그 당당함에는 믿는 구석이 있었다. 내 담당자가 드디어 돌아왔던 것이다.

나는 와이파이 비밀번호를 받을 수 있는지 물어보았다. 샘은 책상 위에 있던 안내 책자의 맨 뒷면을 펼쳐 내밀었는데 내가 살면서 본 모든 비밀번호 중에 가장 긴 것이었다. 아무 의미도 없어 보이는 그 문자와 숫자의 조합은 너무 길어서 입력하는 걸 중도 포기하고 싶어질 정도였다. 아주 작은 알파벳과 숫자 하나도 모두 제자리를 지켜야 했으므로, 나는 두 번 실패한 후 세 번째에야 겨우 와이파이 연결에 성공했다. 그러자 준이 지난밤에 보내두었던 메시지가 기다렸다는 듯 날아들었다.

'이어폰으로 쓰기엔 너무 기네요.'

그가 첨부한 건 흰색의 동글동글한 치실 케이스 몸체에서 가느다란 치실을 길게 뽑아낸 사진이었다. 이게 뭔가 싶었는데 정작 치실이 있어야 할 나의 파우치 안에는 꼭 닮은 이어폰 케이스가 있었다. 한 번도 그런 생각을 해보진 못했는데 그러고 보니 둘은 놀라울 정도로 색이나 모양, 그립감까지도 닮아 있었다. 헤어지면서 우리가 주고받아야 할 것은 우산뿐이 아니었던 것이다. 준은 내게 곧 영상 통화를 걸어왔는데, 익살맞게도 치실을 길게 뽑아 양 귀에 대고 '〈A day in the life〉'의 한 소절을 흥얼거리는 모습이었다. 그걸 보여주려고 전화를 건 것 같지는 않았고, 그는 내가 무사한지 알고 싶은 것 같았다. "살아 있는 거죠?" 하길래 나는 "아직은요!"하고 대답했다. 그는 라스베이거스에 도착하진 못했고, 몸도 피곤한 데다 마른번개가 너무 치는 바람에 도로에 인접한 작은 호텔로 들어왔다고 했다. 그러면서 내 뒤로 보이는 고풍스러운 장식에 감탄했다.

은쟁반 위의 편지 봉투는 붉은색 실링 왁스로 봉인되어 있었다. 개봉할 때 바삭한 소리가 날 만큼 두터운 봉인이었다. 그 안에 금박 장식이 돋보이는 도톰한 편지지가 한 장 들어 있었고, 꽤 긴 내용이 몹시 작은 글씨로 타이핑되어 있었다. 7포인트? 6포인트 정도 될까 싶은 크기였다.

친애하는 안이지 씨께,

사납고도 아름다운 폭염과 화려한 산불을 뚫고 여기까지 와 주신 데 대해

깊은 감사의 뜻을 전합니다.

이 일대 최대의 호수가 말라 거친 바닥을 드러낸 것은

이미 몇 년 전의 일이나,

최근에는 그 호수 바닥의 균열이 또렷해지기 시작했고,

딱딱하게 굳은, 작은 물고기도 발견됐습니다.

그 물고기의 머리는 하나가 아니어서, 우리는 호수에서 그것을 가져와

이것에 대해 연구할 수 있는 기관에 연락을 했습니다.

그들은 곧 찾아오겠다고 했지만, 그 물고기는 지금

나의 냉동고에 보관되어 있습니다. 그들이 아직도 도착하지 못했거든요.

네, 바로 그 산불 때문입니다. 산불의 확산으로 우리는

완전히 고립될 위기에 놓였습니다만
다행히 불길이 잡히고 있다는 소식을 들었습니다.
참으로 다행스러운 일입니다. 그러나 당신에게만 말해두자면
산불이 폭주할 때 나는 그 안에서
마로니에 열매를 구울 때 나는 냄새를 느끼기도 했습니다.
휘몰아치는 불길이 때로는
녹아내리는 마시멜로우의 농축된 단내를 전하기도 했고요.
이제는 모두 지나간 꿈이로군요.

로스앤젤레스에서 여기까지는 그리 먼 거리가 아니지만
불 속을 통과하는 것은 또 다른 일이겠지요.
그 속을 뚫고 당신이 여기에 도착했다는 것에 심히 놀랐습니다.
그로 인해 우리가 고용한 특수 인력의 수고로움이 무용하게 되었지만요.
그들은 어제 당신을 향해 출발했으나,
당신이 이미 호텔을 떠났기에 심히 혼란스러워했습니다.
언젠가 아름다운 허리케인으로 비슷한 상황에 놓였을 때
우리가 초청한 작가는 우리를 배려해 오래 기다려주었습

니다.

예술가의 낙천성과 재난에 대한 이해로요.

그래서 우리는 당연히 당신도 그러하리라 생각했으나

그게 패착이었습니다. 당신은 예고 없는 타입이시더군요.

배달 일을 하셨다고 들었는데 그 때문인가요?

당신은 정확히 이곳으로 왔습니다. 놀랍게도 정확히,

우리가 주문한 피자보다 더 빨리.

그래서 본의 아니게 당신에게 폐를 끼치게 되었고요.

우리가 당황한 건 이러한 오판 때문이었습니다.

당신이 재단에 연락을 취해주셨다면 좋았겠지만,

아니면 조금만 더 인내해주셨다면 좋았겠지만,

저는 당신이 오는 날 아침에

이 일대 최대 호수의 바닥이 더 말라붙었다는 것을 기억해냈고,

그 균열이 인간의 손금과 비슷한, 무한한 가능성으로도 읽혔기에

예고 없는 당신에게서 새로운 가능성을 보았습니다.

당신이 무사히 도착했다는 소식을 들었기에

당신이 외부인과 동행이라는, 우리의 규칙을 위배했더라도

저는 당신을 환영합니다. 폭염이니까요.
지금 상황은 정상이 아니니까요. 미친 아름다움이지요.

아, 서류상의 문제도 조금 있었습니다.
한국 담당자를 통해 받은 당신의 서류는 지나치게 근본이 없어서
우리는 두 번 세 번 일을 해야 했지만,
누구의 아집 때문이었던 것인지
후속 작업이 제대로 이뤄지지도 않았습니다.
그러나 모두 지난날의 궤적입니다.
저는 이러한 상황을 뚫고 이곳에 마침내 도착해낸 당신이
엄청난 작업을 이곳에서 일궈내리라 의심치 않습니다.

오늘 새벽, 제가 키우는 장미 중 하나가 남은 꽃잎을
모두 떨어뜨리고 말았습니다.
연노란빛의 장미였지요, 이름은 로코코였습니다.
로코코의 마지막은 아름다웠습니다.
마치 새로운 처음의 놀라운 시작을 알리는 눈물 같기도 하고
빗방울 같기도 했습니다. 당신을 진심으로 환영합니다.
로코코! 저는 이제

로코코라는 이름을 새로운 존재에게 부여하기로 했습니다.
냉동고에 오래 있었던, 그 호수에서 주워온 물고기에게.
이름을 붙여주었다는 것은 이제 내 것이라는 뜻입니다.
당신도 그 이름 붙이기에 기여했습니다.
이 놀라운 상황을 뚫고 당신이 여기까지 도달한 것을 보고
저는 몇 주째 여전히 오지 않고 있는 그 연구 단체를 떠올렸거든요.
그들은 올 생각이 없는 것입니다. 그렇지 않고서야 어떻게
당신이 도착하는 동안 그들이 안 올 수가 있습니까.
저는 그래서 그들을 만날 마음을 산뜻하게 접고,
냉동고의 물고기를 꺼냈고, 그에게 로코코라는 이름을 붙여주었지요.
바로 오늘, 이 물고기는 로코코가 되었습니다.
저는 물고기를 어디에 둘지 당신과 의논하고 싶습니다.
확실한 것은 로코코가 다시 헤엄치지는 못해도
이름을 부여받음으로써 영구적인 존재가 되었다는 겁니다.
불멸, 그것이지요. 우리가 예술을 사랑하는 이유 말입니다.

네 달간, 당신에게 이 로코코가 영감이 되길 바랍니다.
그럼 단 한 번뿐일 바로 그 저녁에 뵙겠습니다.

쓸쓸한 벽난로의 오렌지빛 불이 춤추듯 타오르는 그 저녁에.

로버트.

편지 말미에는 로버트의 발바닥 인장이 금빛으로 찍혀 있었다. 내 손가락 지문 하나의 두 배 정도 크기였다. 작고 아름다운 영문 글꼴로 적힌 이 편지를 읽은 후, 나는 한 번 더 찬찬히 그것을 읽어보다가 번역 앱을 켜고 미심쩍은 구간들을 하나씩 확인해보았다. 제발 내가 오역한 구간이 있길 바라면서. 그게 아니고서야 이것을 환영 인사라고 할 수 있단 말인가? 마치 개에게서 인간으로 번역기를 잘못 돌린 것처럼 보이는 이 문장들이? 그의 편지는 뻔뻔하고 오만한 말투로 나를 꾸짖고 비꼬고 있었다. 책임 전가의 끝판왕 아닌가?

게다가 로버트는 나에게 편지를 쓰는 중임을 중간중간 잊어버린 듯 보이기도 했다. 산책 중 여기저기 냄새 맡는 개처럼 말이다. 이 편지는 굉장히 유려한 미사여구를 동원해서 시작하고 나의 안부를 묻고 있지만, 주차 금지나 쓰레기 투기 금지 경고문들이 종종 범하는 실수—그 정돈되지 못한, 감정의 격앙을 그대로 드러내고 있었다. 처음에는 안 그랬는데 글을 쓰다 보니 자꾸 억울한 기분이 들고 부아가 치밀어 격노의 벼랑에서 투신

해버리는 것 같은 문체의 변화 말이다. 군데군데 로버트가 언급한 아름다움이란 대체 무엇인지, 이것을 제대로 이해하고 쓴 것인지, 거의 망언이 아닌지 혼란스러웠다. 폭염과 산불로 난리인데 벽난로가 웬 말인가. 이 초대장인지 경고문인지 술주정일지 모를 편지를 받아드는 바람에 그 옆에 놓인 오늘의 날씨 카드의 '웃는 해' 모양이 어떤 조롱처럼 느껴졌다.

"로버트의 편지를 읽을 때는 문해력이 필요하죠."

내 담당자라는 사람, 대니가 그렇게 말했다. '로버트 리터러시'가 필요하다고.

"로버트 리터러시?"

"그는 형식미를 중시하기 때문에 길고 고전적인 문장을 나열합니다. 단어 하나하나에 모두 의미 부여를 할 필요는 없습니다. 단지 그가 좋아해서 넣은 장식적 요소들도 있으니까요."

그렇지만 로버트가 토씨 하나까지 사람의 말을 직접 불러주는 건 아닐 테고 이건 실무진이 쓴 게 아닌가? 그러니까 개의 눈이나 코, 귀, 꼬리, 발성, 자세, 표정, 반응 속도까지 그 모든 것을 오래 관찰해온 전문가들이 그것을 사람의 언어로 자막을 달아주는 게 아니냐는 것이다. 나는 그동안 로버트의 언어 능력이라는 것을 그렇게 이해해왔다. 그러나 대니는 꼭 그렇게 볼 수만은 없다고 했다. 로버트는 문장부호 하나까지 직접 고른다는 거였다.

"로버트의 언어 소통을 두고 마법이라는 표현을 쓰기도 하지만, 그 마법은 누군가의 반복적인 훈련과 믿을 수 없을 정도의 공력, 수작업으로 탄생하는 겁니다. 이 편지를 쓰는 데 로버트는 새벽의 네 시간을 할애했습니다."

"번역기가 있다는 얘기를 들었어요. 엄청 큰, 장롱만 한."

"블랙박스 말이군요. 흔히들 그의 말이 블랙박스로 들어갔다가 사람의 말이 되어 나온다고들 하지요. 그건 그리 간단하게 떠들 세계는 아닙니다. 확실한 건 편지의 경우, 그가 아주 고전적인 방식으로 퇴고를 한다는 겁니다. 인간이 여러 버전으로 글을 소리 내 읽어주면 그는 그걸 주의 깊게 듣고 있다가 선택하죠. 개는 사람의 억양을 놀랍게 구분해냅니다. 스스로도 모르는 마음의 미세한 기류를 개가 먼저 감지하기도 하고. 물론 그는 평균적인 개가 아니기도 합니다만."

"그러니까 이게 퇴고에 퇴고를 거듭한 거란 말이죠? 로버트의 선택이고요? 그럼 이런 표현을 제가 어떻게 받아들여야 할지."

그러면서 나는 불쾌했던 구절들을 몇 개 나열하려고 했는데 대니가 손을 들어 나를 제지하며 말했다.

"그는 단지 독설가입니다. 핵심만 보시면 됩니다. 원래는 그렇게 새벽에 그런 작업을 할 필요가 없었지만, 당신이 예고 없이 왔기 때문에 그로서는 편지를 준비할 시간이 촉박했습니다. 그의 피로도가 조금 더 반영되었을 수는 있겠지요."

"저도 독설가예요."

"답장은 하지 않으셔도 됩니다. 그는 어차피 읽지 않을 테니까요."

지금까지 만나본 로버트 재단 사람들의 최대 장점은 단지 로버트보다 겸손하다는 것뿐이었다. 최 부장은 좀 달랐나? 그러나 그는 한 박자 느렸다. 지금도 내게 도착한 거냐고 메시지를 보내고 있었으니. 뒤늦게 나타나서는 그간의 착오와 혼동에 대해 형식적 사과조차 하지 않는 '담당자' 대니는 발트만 회장의 유언에도 등장했던, 로버트의 최측근이었다. 굵은 저음의 목소리와 날카로운 눈빛으로 어딘가 위압적인 느낌을 주는 사람이기도 했다. 키가 컸고, 웃지 않는 건 아니었는데도 내내 무표정이라는 인상을 남기는.

그랬기 때문에 그가 내게 작업실로 가는 길을 안내할 때 연못을 통과하는 아름다운 길과 회랑을 거치는 빠른 길, 둘 중 하나를 고르라고 선택권을 준 건 좀 의외였다. 나중에야 이 재단 사람들이 '아름다운'이라는 표현을 습관적으로 많이 쓰고 있다는 것을 알게 됐지만. 나는 빠른 길을 선택했다. 속도 때문이 아니라 회랑 때문이었다. 어제 개가 나를 향해 돌진했던 그 길을 다시 통과할 필요가 있었다.

"로버트는 괜찮은가요? 어제 일 말이에요."

"무슨 뜻입니까?"

"솔직히 저는 로버트가 제게 사과를 해야 한다고 생각해요. 어제 제가 도착하자마자 그는 나를 향해 달려들었어요."

그는 내 말을 듣고 어디론가 전화를 걸더니 잠시 후 내게 사과를 했는데, 그 행동조차도 책임 회피를 위한 장치처럼 보였다. 여기는 그 정도의 일에 대해서는 보고도 안 한단 말인가?

"로버트가 아니라 마티입니다. 로버트도 감당하기 어려워하는 녀석이죠. 마티는 몇 가지에 특히 예민해서 공격성을 보이는데, 혹시 피자를 드셨습니까? 마티는 이미 소화된 지 며칠 된 피자 냄새까지도 알아냅니다. 태어나자마자 피자 배달원한테 맞은 적이 있거든요."

당혹스러웠다고 말하자 그는 앞으로 마티와 마주할 일은 없을 거라며, 진짜 중요한 것은 천방지축 마티가 아니라 날 초대한 로버트와의 관계라고 강조했다.

"그렇다면 로버트도 어제의 상황을 알고 있나요?"

그걸 알고 있었다면 내게 보낸 첫 편지에 적어도 그 일에 대한 언급을 하고 호스트로서 사과해야 할 테니까. 그러나 대니의 대답은 그런 사소한 일까지 로버트에게 보고할 필요는 없다는 식이었다. 그러면서 이야기를 다른 방향으로 돌렸다.

"개가 후각에 둔감하기란 쉽지 않습니다만 로버트는 노련합니다. 그는 적당히 무심해야 살 수 있다는 걸 터득했죠. 그렇지만 그의 경우에도 특정 계열의 향수는 피해야 합니다. 찾아보니 그 안의 어떤 향료가 문제였고, 그래서 그 향료 베이스의 향수 몇 개는 로버트 재단 반입 금지 품목에 들어가 있어요. 그런데 당신 가방에서 그게 나왔습니다."

"그런 얘기는 못 들었는데요."

"안전 교육을 제대로 수료했다면 아시겠지요. 그건 반입 금지 품목 중 하나였어요. 로버트의 생명을 위협할 수도 있는 문제니까 말입니다."

그 향수는 지퍼백에 넣어 따로 보관되었다. 로버트 재단 안에서는 쓸 수 없으니 나갈 때 돌려주겠다는 거였다.

그 이야기를 나누며 우리는 마침내 그 사고 지점에 다다랐는데, 그 일대에 어떤 표식이 붙어 있었다. '보수 요망 - 바닥 패인 지점'이라고 적힌 입간판이었다. 어제는 이런 표식 자체가 없었다. 나로 인해 바닥이 패였을 리는 더더욱 없었고. 대니는 "보수가 필요한 지점이 많습니다. 최선을 다해 관리를 하는데도"라고 말했고, 그렇게 어제의 이슈는 전혀 다른 것으로 물타기가 되어 버렸다.

회랑 모퉁이를 돌자 작업실이 나타났다. 미술관을 닮은 원형 건물이었는데 조금 더 규모가 작았고 낮은 풀숲 사이에 숨어 있어 눈에 띄지 않는 건물이었다. 은신처처럼 보이는 이 건물 입구에 카드키를 대자 문이 천천히 열렸다. 내부의 둥근 천창에서 빛기둥이 여럿 떨어지고 있었다. 바닥에서 천장까지의 높이가 꽤 높았기 때문에 마치 기둥만 남은 신전 내부에 들어온 기분도 들었다. 나도 모르게 작은 탄성을 내질렀다. 진짜 아름답네요, 라고 말하자 대니가 빙긋 웃었다. 작은 천창이 여러 개 있는 그 작업실은 천창 개폐 정도를 조절할 수도 있었다.

그리고 엄청나게 넓은 작업대가 있었다. 작업대 위에 정갈하게 놓인 각종 도구들, 거기에도 로버트의 인장이 찍힌, 봉인된 선물상자가 있었다. 뚜껑을 열자마자 비명이 나오게 만든 선물, 보자마자 외면하게 된 선물이 그 안에 있었다. 로코코였다. 머리가 둘이라던 그 물고기, 그게 왜 거기에. 대니도 예상하지 못한 걸까? 그는 재빨리 선물 상자의 뚜껑을 닫았다.

"이것도 로버트 리터러시가 필요한 부분인가요?"

로버트의 진심을 이해해달라고, 그는 말했다. 로버트가 개라는 것, 그걸 나는 한순간도 잊을 수가 없었다. 이게 웰컴 선물이란 말인가, 편지에 있었던 말들이 떠올랐다.

"웰컴 선물은 언제나 조금씩 달라집니다. 이전에는 꽃이 있었죠. 연노란 장미꽃 말입니다. 이번에는 물고기를 준비한 거고."

"죽은 물고기죠. 아니, 이게 보편적인 선물은 아니지 않나요?"

"그에게는 장미꽃이나 죽은 물고기나 크게 다르지 않을 겁니다. 둘에 같은 이름을 붙여준 걸 보면 말입니다."

"이걸 어떻게 해야 하죠? 보관해야 하나요?"

"꽃을 선물할 때, 받은 사람이 그걸 말리든 병에 꽂아두든 사진으로 찍고 버리든, 그 이후까지 통제할 수는 없는 것처럼, 이 또한 마찬가지겠죠."

"꽃이었다면 저도 알아서 했을 것 같은데. 아아, 로코코 얘기가 편지에 있긴 했는데 이렇게 만날 줄은 몰랐습니다."

"로코코,라고 이름 붙였던 나프탈렌도 있었습니다. 그 선물을 받았던 작가는 나프탈렌의 증발을 이용해 작품을 완성했고. 로코코라는 이름의 장미꽃도 작품이 되었죠. 꽃잎 하나하나가 다 재료였습니다."

그럼 나는 저걸 뭐 포름알데히드 용액에 담그기라도 해야 하나. 어떤 것도 내키지 않았다. 로코코를 사진으로 찍은 후, 일단 다시 냉동하기로 했다. 냉동고 외에는 떠오르는 게 없었다.

대니가 작은 냉동고 하나를 식당에서 작업실로 옮겨오도록 지시했고, 내가 이 작업실에 도착하자마자 한 첫 행동이 냉동고 배달을 기다리는 것일 줄은 미처 생각지도 못했지만 그렇게 됐다. 마침내 냉동고가 왔고 그 안에 로버트의 선물을 넣었고, 작업실이 준 설렘은 그렇게 금세 잊혔다. 침대로 돌아가 눕고만 싶었다.

그러나 작업실에서 나왔을 때 몇 사람이 우리를 기다리고 있었다. 대니가 나를 그들에게 소개했다. 그들은 모두 Q의 주민 대표들로, 그들 중 하나는 "숙취 해소! 그분이시군요. 그 작품은 정말 최고예요!" 하면서 악수를 청해왔다. 나로서는 그들이 내 최근작을 알고 있다는 것 자체가 놀라워서 좀 무방비 상태가 되고 말았고, 그 바람에 그들에게 아티스트 토크를 하겠다고 덜컥 약속해버렸다. 떠밀리듯 하게 된 대답이긴 했는데 대니는 이러한 요청이 앞으로도 많을 거라고 했다.

"Q에서 이번 창작 프로그램에 대한 관심이 아주 큽니다. 로버트 재단이 지자체와 협력하는 첫 번째 프로젝트이기도 하고, 사실상 저희로서도 도전인 셈인데. 작가님 입장에선 피곤하실 수도 있겠군요. 작업에 방해가 된다면 거절하셔도 됩니다."

만나자마자 명함을 많이 받았는데 그들은 잘 구분되지 않았다. 지자체의 여러 직함, 정도로 요약되었다. 대니가 시계를 보더니 만찬장으로 가자고 했다. 로버트와의 만찬을 위한 리허설이 필요했다. 만찬장 건물은 겉에서 볼 때는 내부가 전혀 짐작되지 않았지만, 문을 열고 안으로 들어가자 화려하기로 작정하자면 모든 것이 가능할 법한 공간이라는 느낌이 왔다. 그 문이 좀 재미있었는데 아주 작았다. 높이가 1미터 정도 되려나? 로버트는 우아하게 저 문을 통과하겠지만, 손님들은 그러지 못할 확률이 컸다. 대니도 그 큰 몸집을 겨우 욱여넣었고, 나 역시 몸을 수그려야 했다. 만찬장 내부에는 길이가 5미터에 달하는 직사각형 테이블이 있었다. 대니가 한쪽 끝에 있는 의자를 빼주면서 "여기가 작가님의 자리"라고 말했다. 그리고 내 반대편으로 이동해 의자를 빼고 앉았다.

"여기가 로버트의 자리."

테이블 상판은 반투명 흰색과 푸른색 촛농으로 완전히 코팅된 상태였다. 얼핏 보면 설탕이나 고기의 지방 부위를 두껍게 바른 듯도 보였다. 원래는 검은색 대리석 상판이었는데 콜린 나이팅게일과 스티븐 도비가 함께 기획한 전시에 다녀온 후 지금 같은 형태가 되었다고 했다. 전시에서 받은 영감과 감동을 공간 곳곳에 적용하는 것이 발트만 회장과 로버트의 즐거운 놀이였다. 축광 안료가 주 재료였던 어느 전시에 다녀온 후에는 이 만찬장의 벽을 모두 축광 페인트로 칠했다. 그래서 처음에는 밝았던 벽이 시간이 흐를수록 조금씩 어두워질 거라고 했다. 빛을 잃어가는 것이다. 다시 조명을 받으면 빛을 회복했다가 또 조금씩 잃어간다. 그 빛이 지속되는 한 구간을 그들은 하나의 계절로 불렀다. 여하튼 시간에 따라 가시거리가 좁아질 수 있으며 그것은 조명상 계획되어 있는 것이니 신경 쓸 필요 없다는 얘기였다. 내 자리에서 보면 소실점처럼 로버트의 의자가 보였다. 대니는 거기 앉아 나를 보다가 다시 내 쪽으로 다가와 의자의 높이를 조금 높여 주었다.

"너무 긴장하고 있군요. 둘의 시선이 가장 편안한 각도로 만날 수 있도록 의자 높이를 조정하는 게 좋겠습니다. 아, 훨씬 낫군요. 그는 두려움의 냄새를 맡습니다. 당신이 느끼는 감정의 전조까지도 읽어내죠. 어깨 펴고 당당하게 앉아서 정면을 보되 그를 너무 뚫어져라 보지는 말아요."

정면을 보되 뚫어져라 보지 말라고? 알쏭달쏭한 말이었다.

"로버트는 노련하지만, 일부러 긴장을 유발할 필요는 없겠죠. 테이블 위에 당신의 시선이 닿을 지점들을 만들어둘 겁니다. 아름다운 오브제들이죠. 이걸 봐요."

먼저 꽃병, 다음 은촛대, 맞은편 의자의 오른쪽 끝점, 왼쪽 끝점, 그리고 다시 시선을 거둬들이고 필요할 때 또다시 꽃병부터 로버트가 앉은 의자의 왼쪽 끝점까지를 반복한다. 그게 내 시선이 이동할 경로였다. 꽃병, 은촛대, 의자 오른쪽, 왼쪽, 4분의 4박자 리듬인가. 시력 교정 운동 같기도 하고. 나는 이런 방식으로 누군가와의 식사를 준비해본 적이 없었다.

"당신 눈이 보는 것을 그도 함께 볼 겁니다. 그의 시선을 무작정 회피하는 것도 좋은 신호는 아니고, 계속 눈 맞춤을 하는 것도 무례가 되니 적당히 시선의 무게중심을 옮기시죠."

무례라니, 그게 무슨 뜻인지 그들이 알고 있다는 말인가.

"계속 바라보면 어떻게 되나요?"

"불편함을 느낄 겁니다."

"로버트가?"

"당신도."

첫 만찬 때 청바지를 입고 온 손님을 보고 로버트가 만남을 거부했다고 한다. 나는 오렌지색 드레스를 입고 청록색 샌들을 신었다. 로버트가 보색 대비를 좋아한다는 말을 어디선가 읽었기 때문이었는데 사실 이 모든 준비는 미국에 도착하기 전에 했던 것이므로 만찬을 앞둔 날의 마음과는 온도 차가 좀 있었다. 만찬을 위한 리허설을 거친 후에는 오히려 이러한 색 구분이 무슨 의미가 있을까 하는 생각을 하게 되었으니까. 개가 색을 사람과 같은 민감도로 느낀다는 얘기는 들어본 적이 없었다. 로버트 재단의 사람들은 로버트는 보통의 개들과 다르다는 대답을 하겠지만.

발트만 회장은 로버트와 만난 이후로 특히 올리브색 차림을 선호하게 되었는데 그렇게 입으면 로버트가 그의 품으로 뛰어들었기 때문이라고 한다. 발트만은 그걸 두고 올리브색이 로버트가 누비던 그랜드캐니언의 기억 아니겠느냐고 말했다. 모두가 회장의 의견에 동의하는 건 아니었다. 개에게 올리브색이 어떤 의미가 있을까요, 그들의 눈엔 정원의 초록도 하얗게 보이는데요. 풀밭과 눈밭과 대리석이 모두 같은 색으로 보일 텐데요. 개들은 둘 혹은 세 개의 색만 구분하니까요. 개는 색맹이 있지 않나요? 정말 로버트가 색을 구분한다고 생각하세요…… 그런 말이 들리면 발트만은 바로 말을 멈추었는데 그게 아주 순간적인 침묵이었다고 해도 상대방이 그들 사이에 아주 깊은 균열이 생긴 걸 느끼기엔 충분했다. 시간이 흐를수록 발트만 곁에는 로버트를 보통 개와 구분하는 걸 당연하게 여기는 사람들만 남게 되었다. 그러니까 "개들은 색맹을 갖고 있지만, 보통의 개와 로버트는 다릅니다. 로버트가 보는 세상이 어떤지 우리는 정확히 모릅니다. 다만 짐작해볼 뿐이고요." 최소한 그 정도의 믿음은 보유한 사람들만.

로버트의 색 감각에 대한 이야기는 점점 많아져 이제는 로버트가 보색 대비를 유쾌하게 받아들인다는 정보까지 떠돌았다.

그리고 여기, 로버트 재단에 온 작가 한 사람은 그 보색 대비 힌트를 온몸으로 소화하고 있는 것이고. 이미 여러 차례 마음이 상한 상태로, 조금도 개운치가 않았지만 나는 애써 스스로를 설득했다. 이건 어차피 비즈니스다! 경매로 내놓지 않을 뿐이지 대부분 그와 식사하기를 원한다. 로버트를 만난 이들의 증언에 따르면 그는 귀족적이고 고상하고 우아하다. 어디에도 그의 배려심이나 친절에 대한 언급은 없다. 내가 조금만 시각을 바꾸면 그는 그럭저럭, 아니 나름 매력적인 존재일지도 모른다. 그에게서 좋은 인성은 기대하지 말자, 어차피 개잖아? 인간에게서도 기대하기 어려운 것을 왜 그가 기본값으로 갖고 있을 거라 생각했을까? 그렇게 되뇌며 마음을 다잡았다.

대니가 건물 앞에 차를 대기시켜놓고 있었다. 내 숙소에서 만찬장까지는 도보 20분도 걸리지 않는 거리였지만 우리는 차를 타고 이동했다. 그는 나에게서 위험 요소를 찾아내려는 것처럼 보였으나 나는 걸릴 게 하나도 없었다. 문제는 그쪽에 있었다. 대니는 약간의 불편함이 있을 수도 있다고 말했다. 통역사 문제였다. 그렇게 그들은 한국어 통역사를 구하기 위해 들였던 수고로움까지 내게 들키고야 말았는데 내가 서둘러 오는 바람에 원래 예정되었던 한국어 통역사를 미처 초대하지 못했다는 거였다.

"저는 서둘러 온 게 아니라 오히려 늦게 도착한 거잖아요?"

"모두가 당신처럼 산불을 통과해 올 수 있는 건 아닙니다. 우리가 선택한 통역사 역시 로스앤젤레스에서 출발했어야 하는데 산불로 통행이 자유롭지 않아 그가 오지 못한 겁니다. 우리는 모든 것을 최종적으로 세팅한 다음 당신을 초대하고 싶었습니다. 그게 완벽한 로버트 스타일이니까. 그래서 당신에게 조금만 기다려달라는 뜻을 전달했던 것인데 당신이 온 겁니다, 어제. 급히 한국어 통역사를 구했지만 그는 이 분야의 전문 통역사가 아닙니다. 매끄럽지 않은 부분이 있어도 양해해주시길 바랍니다."

"전 지금도 당신과 영어로 대화 중인데요?"

그때까지만 해도 나는 로버트와 얼마나 많은 말을 나누겠나, 하고 생각하고 있었다. 인간과 개가 주고받을 수 있는 대화에는 어느 정도 소통의 임계점이란 게 있을 테니까. 게다가 어쨌든 한국어 통역사가 있다는 것 아닌가?

만찬장은 활활 타오르는 것처럼 느껴졌다. 내부가 아주 밝은 게 아니었는데도 그랬다. 너무 화려해서 전체가 녹아내리는 듯한 촛대가 테이블 위에 여럿 놓여 있었고 그 끝에서 주홍 불빛이 일렁이고 있었다. 적당히 어둡고 불빛은 흔들리고 음악은커녕 모든 소리를 차단해두어서 가만히 앉아 물만 마셔도 취기가 오를 듯한 분위기였다. 로버트와 나. 우리는 열 명이 족히 앉을 수 있는 공백을 사이에 두고서 마주 앉았다. 로버트가 개라는 것은 이미 알고 있었고, 내가 그의 초대를 받아 여기 왔다는 것은 며칠 내내 곱씹었던 것이고, 새삼스럽게 놀랄 일이 더 있었던 게 아님에도 로버트와 5미터 길이의 식탁 양 끝에 마주 앉는 건 상상한 것보다 더 낯설었다.

로버트는 마치 인형처럼 미동도 없이 있었지만 그가 살아 있다는 것을 알려주는 명확한 신호가 있었다. 콧소리였다. 웬만한 소음을 모두 죽여버린 고요함 때문에 나는 그의 콧구멍 근육이 잔뜩 긴장하고 있음을 알 수 있었다. 그는 나를 파악하느라 바빴다. 마치 나를 속속들이 추적하듯 느껴질 만큼 집요하고 끈질긴 탐색이었다. 잘 보려고, 그러나 로버트를 정면으로 보지 않으려고 애쓰는 나만큼이나 그 역시 잘 알려고, 그러나 의자에서 내려와 내게 코를 들이밀지는 않으려고 노력 중이었을 것이다.

어쩌면 그게 아니었을지도 모른다. 나는 로버트가 어떤 생각을 하는지 궁금했다. 첫인사를 나눈 후 그는 한동안 아무런 말을 하지 않았으니까. 촛불의 심지가 타들어가는 소리, 작은 조명등의 웅웅거리는 소리가 들릴 만큼 모든 게 고요했다. 저 끝에서도 이쪽이 같은 느낌으로 보일까 궁금했다. 어쨌든 개는 사람보다 어두운 환경에서 훨씬 더 잘 보니까 로버트는 우리를 둘러싼 밤의 조도를 층층이 겹겹이 섬세하게 읽어낼지도 모르고.

침묵을 단지 침묵으로 부르는 것 또한 나의 오만이었을까?

불안한 시선을 고정할 지점이 곳곳에 가로수처럼 있다는 것이 다행스러웠다. 꽃병, 은촛대, 저 맞은편 의자의 오른쪽, 왼쪽…… 그것들은 안전하고 자연스러운 나의 도피처였다. 게다가 그냥 소품이 아니고 모두 어마어마한 작품이기도 한. 그럼에도 로버트를 아주 보지 않을 수는 없었는데 애초에 이 빛의 배치부터가 저 끝의 상대방에게 주목할 수밖에 없는 구조였기 때문이다. 갈색과 검정이 뒤섞인 털, 흰 몸체……. 특히 로버트의 흑갈색 귀가 움직이는 방식이 자주 나를 홀렸다. 파피용의 특징 중 하나가 나비의 날개처럼 팔랑이는 귀라고 생각했는데, 로버트의 흑갈색 귀는 나비와는 어쩐지 어울리지 않았고, 굳이 찾자면 뭐랄까…… 봉황? 봉황의 날개 쪽에 가까웠다. 그리고 봉황의 날개 뒤로 언뜻언뜻 수상한 장치가 보이는 것 같기도 했다.

저것일까? 로버트의 의식이 그의 몸에 부착된 장치를 통해 외부로 표출되는 것이 그와 인간 사이의 소통 첫 단계라는 글을 읽은 기억이 떠올랐다. 어떤 사람은 그 장치가 머리띠 모양이라고 했고 어떤 사람은 목걸이 형태라고 했고 어떤 사람은 왕관 같은 거라고 했는데, 그 모양까지는 모르겠지만 여하튼 로버트의 귀 뒤로 뭔가 이질적인 물체가 달려 있다는 것만큼은 알 수 있었다. 그마저도 실물을 본 게 아니라 벽에 어른거리는 그림자를 통해 짐작한 것이었지만. 만찬장의 조도가 점점 낮아지고 있었음에도 불구하고 로버트의 모든 것이 실제보다 더 크게, 심지어 그림자까지도 그렇게 보인다는 게 놀라웠다. 로버트는 미동도 없이 앉아 있었기 때문에 나는 그의 다리인가 했던 게 실은 의자의 프레임이고, 의자의 프레임인가 했던 게 사실 그의 귀 뒤로 연결된 낯선 물체라는 것을 파악할 수 있었다. 뿔처럼 보이기도 하는, 단지 장식용인지 어떤 기능을 가진 것인지 판단할 길이 없는 물체. 가만 보니 로버트 앞에 놓인 검정색 큐브도 수상했다. 저게 바로 블랙박스인가? 이 상자로 로버트의 의식을 읽어내나? 그 상자에서 가장 가까운 곳에 앉은 이는 대니였다.

우리의 대화는 이렇게 네 개의 게이트를 거쳐야 가능했다.

'로버트 → 블랙박스 → 대니 → 영-영 통역사 → 영-한 통역사 → 나.'

설령 내가 영어를 자유자재로 쓰는 사람이었다고 해도 그들은 통역사를 고용해야 했을 거라고 나중에 샘이 말해주었다. 이곳의 통역사들은 단지 언어의 흐름만을 고려하는 게 아니라 그 이상의 일을 해야 했고, 거기 포함된 게 보안이었다. 안전상의 이유로 로버트의 말은 일부러 중간중간 여러 관문을 거쳐 내게 도착했던 것이고, 내가 영어를 모국어로 쓰는 사람이었다면 단지 한 단계 정도가 줄어들 뿐, 작가와 후원자인 로버트 사이에는 반드시 몇 개의 경유지가 필요했다.

"나의 첫인상이 어떤가요?"

로버트가 그렇게 말을 걸었다. 그랬다고 했다. 그 말은 내가 바로 들을 수 있는 음성 언어가 아니었지만, 대니와 영어 통역사, 그리고 한국어 통역사. 세 사람의 두 언어를 거쳐 내가 알아들을 수 있는 형태로 도달했다.

"봉황이 떠올랐어요."

한국어 통역사가 '봉황'이라는 한국어 발음을 그대로 영어로 전달했고, 곧 영어 통역사가 한국어 통역사에게 봉황이 무엇이냐고 묻는 게 작게 들렸다. 그러자 한국어 통역사가 "새의 한 종류. 많은 것을 상징합니다"라고 설명했고, 영어 통역사가 "비둘기?" 하고 되물었다. 한국어 통역사가 그 새가 현실에 존재하지 않는다는 것을 너무 강조한 나머지 다른 것을 좀 놓쳤는데, 그래서 결과적으로 영어 통역사는 대니에게 이렇게 전달하게 됐다. "봉황은 신화 속의 한국 비둘기입니다." 그게 끝이었다.

한국 비둘기라니? 그걸 알아들은 이상, 내가 끼어들지 않을 수가 있단 말인가? 나는 봉황은 비둘기가 아니라고 한국어로 한 번, 영어로 한 번 말했다. 그건 왕의 상징으로 통할 만큼 신비한 새라고도 한국어로 한 번, 영어로 한 번 말했다. 내 말이 다시 "한국 비둘기 중에서도 왕" 정도로 옮겨지는 게 귀에 들리자 답답해 미칠 지경이 되었는데 로버트와의 만찬 중에 휴대폰을 쓰지 말아달라는 조건이 있었기 때문에 검색해볼 수도 없었다. 한국어 통역사를 향해 봉황이 영어로 뭐냐고 물었으나 그는 얼른 그 답을 찾아내지 못했다. 그때 어둠 속에서 누군가 "피닉스"라고 말했다. 대니의 목소리였으리라 짐작이 되었지만 확실하지는 않았다. 사실 식탁 위를 제외하면 다른 것은 분간하기 어려울 정도의 어둠이었다. 식탁 위는 무대였다. 그렇다면 음식이 배우인가? 아니, 극을 진행시키는 것은 우리의 대화였다. 말들이었다. 내게서 출발한 말들이 잘 전달되는지 주의 깊게 살펴야 했다. 모든 말이 제대로 배달된 후 로버트가 이런 말을 했다.

"여기서 멀지 않은 애리조나주의 상징이 피닉스죠. 기어코 오신 김에 그곳도 둘러보시면 좋겠군요."

이번엔 '기어코'라는 말이 상당히 거슬렸다. 그게 로버트가 선호한 '장식'이었는지 서툰 통역이었는지는 구분하기 어려웠다. 그저 여러 단계를 거치는 동안 엉뚱한 표현 하나가 엉켜 들어온 거라고 믿는 편이 내 기분을 위해서는 확실히 좋았다.

만찬은 정말 두 시간을 꽉 채워 진행되었다. 꿈의 한 장면처럼 느껴지는 식사였다. 식사는 가스파초 수프로 시작해서 자몽 푸딩으로 마무리되었고 중간중간 그 음식들이 어떤 식재료로 만들어졌는지를 안내받을 수 있었다. 이를테면 '황금 자몽 푸딩'은 캘리포니아 자몽으로 만든 푸딩에 애리조나 선인장 가루를 듬뿍 뿌린 것인데 그 선인장 가루가 바로 내가 영감을 받아야 할 도시—Q의 특산물이라고 했다. 명함을 받은 기억이 났다. 푸딩은 마치 살아 있는 것처럼 탱글탱글해서 뾰족한 구석이라고는 조금도 없는 스푼으로 그 푸딩을 먹는데 뜻밖에 애를 먹었다. 푸딩이 자꾸 도망을 가서 겨우, 그것을 스푼 위에 올린 후에도 입으로 가져갈 때 흘리지 않도록 주의해야 했다. 거의 묘기에 가깝게 푸딩을 먹은 후 앞을 보니 로버트는 이미 디저트를 다 비워낸 후였다. 로버트의 것은 분자 요리로 단지 내 것과 형태가 달랐을 뿐 같은 맛을 낸다고 들었다. 그래서 그는 나와 달리 혀를 한두 번 날름거리는 것만으로 그 작고 동글동글한 음식들을 우아하게 먹을 수 있었다. 프로슈토처럼 긴 혀가 나왔다가 다시 쏘옥 들어가는 장면을 보고 있을 때 로버트가 나를 쏘아보았다. 얼른 시선을 그의 왼쪽 윗부분, 의자 모서리로 가지고 갔다가 다시 내 앞으로 가져왔다.

"당신에게 그 색이 어울립니다. 오렌지를 내가 아주 좋아하거든요."

로버트가 그렇게 말했다. 그렇게 말했다고 그의 통역사들이 말했다. 나도 그의 옷이 잘 어울린다고 말해주었다.

"청록색 신발과의 조합도 좋습니다."

그가 언제 내 신발을 본 것인지가 좀 의문이었다. 나는 그가 들어오기 전부터 같은 자리에 앉아 있었으니까.

"두 색의 조합이 당신의 홍채 색깔과도 잘 어울리는군요. 에일 맥주 같은 황금빛이잖아요."

홍채 색깔이라니. 개가 밤에 인간보다 훨씬 잘 본다는 것을 알고 있었지만 그가 이 어두운 거리를 뚫고 내 눈동자 색깔을 말하자 극도로 긴장이 되기 시작했다. 그러고 보니 그의 두 눈이 보통 개들보다도 유독 더 측면에 위치해 있는 것 같기도 했다. 어쩌면 그게 넓은 시야 확보에 도움이 되는 건지도 몰랐다. 아니면 그의 주변에 몇 개의 귀가 더 있기 때문일 수도 있었다. 그의 사각지대를 줄여주는 통역사 그룹 덕분에 그가 평균 이상의 광활한 시각을 확보하게 되었을 수도. 털을 터는 횟수, 털을 터는 각도, 재채기나 딸꾹질이나 기침은 물론이고, 발의 어딘가를 긁는다든지 하는 모든 행동들이 그의 언어였다. 거기에 블랙박스도 있을 테고. 이 모든 것을 다각도로 읽어낸 대니가 통역사 두 사람을 거쳐 내게로 그의 생각을 전달해주었다. 완벽한 통역이 아니라면 완벽한 연기, 혹은 광기라고 봐야 할 정도로 그들은 집요하게 로버트의 의중을 읽어냈다. 그러니까 이 어둡고 화려한 식탁에 나와 로버트만 앉아 있는 것처럼 보여도, 실은 그렇지 않았다는 것이다.

그리고 그들에 비하면 나는 혼자였다. 로버트 재단에 도착하면 농담처럼 내 꿈에 등장한 흘흘하하에 대해 이야기할 생각이었는데 그럴 분위기는 전혀 아니었다. 그들은 내가 무슨 말만 하면 자신들을 탓한다고 여기는 듯했다. 그들이 방어적인 건 사실이었다. 이를테면 로버트가 묻기에, 지난 저녁 로버트 재단에서 먹었던 멕시코 음식이 너무 맛있었다고 말했을 뿐인데 한국어에서 영어로 전달하는 통역사는 그걸 제대로 통역하는 것 같지 않았고 내가 통역해달라고 요청한 다음에야 뭐라고 전달해주긴 했는데 분위기가 좋지 않았다.

"다른 이를 당신으로 착각한 걸 말하는 거군요. 그 일에 대해서는 충분히 설명을 드린 것 같습니다만."

로버트의 그 말은 다시 개에게서 인간으로, 그리고 인간에서 인간으로 이동해 마침내 내게 닿았는데 이건 내가 생각한 반응이 아니었다. 이들이 나와 이름이 같다고 착각해서 잘못 픽업했던 그 사람의 원래 목적지가 멕시코였다거나 담당자가 그래서 멕시코까지 그를 바래다주어야 했다는 식의 이야기는 이미 잊어버린 상태였다. 그들의 다소 무능력했던 픽업 서비스를 비꼰 게 아니란 얘기다. 그저 실없는 농담이었음을 덧붙이고 분위기를 전환하기 위해 몇 마디를 더 했지만 아무도 웃지 않았다. 로버트와 내가 바로 소통하는 게 아니라 통역을 거치기에 벌어지는 일일 수도 있었다. 농담을 전달할 때는 속도도 중요한데 몇 사람을 거쳐 로버트에게 전달될 무렵에는 이미 온기가 다 식어 버리는 것이다.

한국어와 영어 사이의 소통이 태평양을 가로지르는 규모였다면 인간과 개의 언어 소통은 지구 대기권 탈출 정도의 규모가 아닐까 생각했으나 첫 만찬에서 내가 마주한 현실은 달랐다. 모두 로버트가 나보다 영어를 잘하기 때문에 벌어지는 일이었다. 보더콜리 리코는 200개가 넘는 단어를 알았고, 체이서라는 개는 1000개가 넘는 단어를 알았다고 하던데, 나는 로버트 역시 그 정도 수준이 아닐까 막연히 추측하고 있었다. 어쩌면 예술을 논하는 게 그 정도 수준의 단어로 다 가능한 일일지 모른다며, 예술가의 오만에 대해 반성까지도 했던 것이다. 그런데 막상 이 앞에 와 보니 그건 단어나 문법 수준에서 논할 것이 아니었다. 로버트가 나를 그대로 스캔하는 기분이었다.

동시에 나는 작아지고 있었다. 대니는 자세의 중요성을 얘기해주었지만, 아무리 반듯하게 위풍당당하게 앉아 있으려고 해도 초조해지자 자세가 꼬이기 시작했다. 우리는 조금 더 깊은 대화를 해야 하는데 지금 내가 너무 빨리 오는 바람에(엄밀히는 빨리가 아니지만) 만찬에 아무런 준비 없이 임하게 된 거라고 생각하자 내 조바심이 기회를 망쳤나 싶어 자꾸 속이 탔다. 개와 인간 사이의 의사소통보다 더 힘든 건 우리의 모국어가 다르다는 데서 오는 한계였다. 로버트의 모국어를 영어로 볼 수 있다면 말이다.

그 거리를 통역사가 좁혀주기를 기대했다. 그러나 한국어와 영어 사이의 통역사는 나에게 그리 호의적이지 않았으며 내 말을 댕강댕강 걸러내고 있었다. 내가 운 좋게 알아들은 게 그 정도였으니 누락은 훨씬 많았으리라 생각한다. 짜장면과 짬뽕과 탕수육을 시켰는데 마치 짬뽕이 배달되지 않은 상황이랄까. 짜장면과 탕수육은 제대로 배달이 된 것인가? 그것도 확인할 길은 없었다. 결국 나는 선택적 통역을 해버리는 통역사에게 문장 전체를 그대로 전달해달라는 요청을 하기에 이르렀는데 그는 이렇게 대꾸했다.

"편집이 필요합니다."

그리고 지금까지 본 적 없는 인자한 표정과 나긋한 목소리로 마치 타이르듯 말하는 거였다.

"그렇기에 지금 이 식사가 유지되는 겁니다. 그렇지 않으면 아까 멕시코 음식 발언처럼 어색해진다고요."

어쨌든 내가 그렇게 말한 것이 영 효과가 없진 않았다. 그가 로버트의 말을 통역한 후에 보충 설명을 해주었는데 그게 도움이 되었다. 이를테면 로버트가 오렌지 농장이나 대추야자 농장, 심지어는 풍력발전단지를 가리킬 때도 'Farm' 대신 'Plantation'이라는 단어를 사용한 것에 대해서 그는 얼른 덧붙였다. 단지 로버트가 선호하는 몇몇 단어가 있다는 것이었다. 그중 하나가 플랜테이션이어서 그는 내가 오는 길에 보았던 풍력발전단지도 'Windmill Plantation'이라고 표현했다.

그날 네 개의 톨게이트를 거쳐 내게로 왔던 말, 그리고 나에게서 출발해 그에게로 날아간 말들은 이랬다.

"최근에 인상적으로 본 전시가 있나요?"

"미국에 오기 전에 마이클 크레이그 마틴 전시를 봤어요."

"어떤 점이 인상적이었습니까?"

"전시장이 꼭 코스트코 같다고 느꼈죠. 후추 그라인더, 전동칫솔, 휴대폰…… 다 마트에서 볼 수 있는 것들이니까요. 그렇게 흔한 사물들인데 그 전시에서는 낯선 존재처럼 경이롭게 다가왔어요. 꼭 심해 생물을 미술관에서 만난 것처럼? 그런 느낌이었어요. 와인 오프너나 줄자의 움직임을 생물의 혀나 촉수, 골격으로 보는 거예요. 제 머리를 쿵, 때린 작품들이었어요."

로버트를 보는 내 마음도 비슷했다. 마주칠 일이 없었을 존재와 이렇게 마주 앉아 있지 않은가. 비록 5미터의 거리를 두긴 했지만.

"흥미롭군요. 나도 그 전시를 봤습니다. 몇 년 전 발트만과 함께. 우리는 특히 벨라스케스의 〈시녀들〉을 오마주한 작품을 좋아했지요. 기억나십니까? 〈시녀들〉에서 인간이 있던 자리에 마이클 크레이그 마틴은 공산품을 놓았습니다. 공주의 자리엔 선글라스, 예술가의 자리엔 소화기…… 벨라스케스의 〈시녀들〉에는 개가 등장하기도 하죠. 그 개의 자리에 마이클 크레이그 마틴이 뭘 그려넣었는지 기억나십니까?"

"글쎄요."

"허리띠. 허리띠입니다. 나는 그날 너무 몰입한 나머지, 밤에 그 허리띠가 나오는 꿈을 꿨어요. 길가에 그 초록색 허리띠가 구불구불 지나가더군요. 네, 내 꿈에서는 뱀 같은 형상이었어요. 꿈을 많이 꿉니다. 최근에는 차웨이 차이의 작품을 봤습니다. 두부 위에 만트라를 깨알같이 적어넣는 과정을, 그것이 쪼그라들다가 붕괴할 때까지를 모두 찍은 영상 작품이었는데 내 꿈으로도 이어졌습니다. 그 장면이 내내 반복되었지요."

"이번엔 두부가 되셨나요?"

"나는 그 두부 위에 적힌 만트라의 일부, 글자 하나였습니다. 얼른 쓰여지길 원했지만, 작가가 나를 미처 그려넣기 전에 꿈이 끝나버렸지요. 요약하자면 내 차례가 오지 않을까봐 노심초사하며 한없이 기다리는 꿈이었다고 할까요. 나는 전시회에 다녀오면 거기서 벗어나는 데 시간을 많이 할애해야 합니다. 출구가 몇 겹의 구조로 되어 있는 것 같습니다. 이런 경험을 해본 적이 있습니까? 나는 예술이 그런 거라고 생각합니다. 현실에서는 막다른 골목이지만, 꿈으로 넘어가서 계속 얘기하자고 말해주는 마음. 그게 예술가가 우리에게 심어주는 빛이죠. 안이지 작가님, 당신의 전시가 끝난 후에도 나는 한동안 당신 작품 속에 살고 있을 겁니다. 잘 부탁합니다."

로버트를 정면으로 보지 말아야 한다는 압박으로부터 슬쩍 벗어나 그의 표정을 훔쳐봤다. 로버트가 나를 보고 있었다. 착각일 수도 있지만 그가 미소를 짓는 것처럼 느껴졌다. 홀린 기분이었다. 이럴 수가 있나? 이렇게 충만한 대화를 나눌 수가 있단 말인가? 오르락내리락 롤러코스터를 몇 번이나 반복한 끝에 마침내 도달한 경이로운 목적지였다.

디저트가 나오자 로버트는 테이블 거리만큼을 유지한 채 내게 좋은 밤을 보내라고 인사했다. 오늘 식사가 즐거웠으며, 이런 자리를 최대한 많이 가졌으면 한다고도 말했다. 우리는 5미터 거리에서 인사를 나눴다. 나는 텅 빈 긴 테이블에 앉아서 고개를 뒤로 젖혔다. 머리 위 샹들리에가 검은 다리를 드리운 거미처럼 나를 보고 있었다.

다시 정면으로 시선을 가지고 왔을 때 내 앞에 있던 그 의자는 텅 비어 있었다. 여전히 나는 조금 헷갈렸다. 어디선가 진짜 로버트가 나오리라는 상상, 부끄러움이 많거나 너무 바쁜, 혹은 짓궂은 진짜 로버트가 어디선가 이 식사 장면을 영상으로 볼 거라는 상상도 했다. 오래전 로버트를 처음 봤던 형사들처럼 말이다. 그러나 그 시절의 로버트와 지금의 로버트는 달랐다. 그때 로버트는 낯선 사람들 앞에서 자신의 특별함을 증명해 보여야 했지만 이제는 그럴 필요가 없었다. 지금 존재 증명을 해야 하는 건 내 쪽이었다.

"편집이 성공적이었던 것 같군요. 너무 아름다운 대화였습니다."

만찬이 모두 끝난 후, 내 말을 알아서 편집했다던 그 뻔뻔한 통역사가 이렇게 속삭였다. 그는 로버트가 특히 좋아하는 단어들 중심으로 재편성을 했을 뿐이라며 고맙다는 인사는 접어두라고 했다. 그러면서 대니를 향해 "내가 피닉스를 놓쳤네요, 봉황을 알고 있었어요?" 하고 물었다. 대니는 "해리포터"라고 대답했다.

로버트와의 첫 식사 때 된통 체했다는 작가의 후기를 읽은 적이 있었기 때문에 내 경우엔 어떨까 걱정했는데 그러진 않았고, 심지어 너무 많은 말을 한 건지 만찬 후 두 시간이 지나자 다시 배가 고파지기 시작했다. 감자칩 하나를 뜯어 먹었지만 그런 걸로 채워지지 않는 허기였다. 가방 속 비상식량, 햇반을 들고 식당으로 가자 샘이 전자레인지의 위치를 알려주었다.

"풀코스 만찬 후에 즉석밥을 데운 작가가 있나요?"

내 말에 샘은 "걱정하지 마세요, 작가님. 언제나 사례는 있죠. 로버트와의 첫 식사잖아요. 중노동을 하신 거예요"라고 했다. 햇반이 돌아가는 2분 동안 식당 주변을 구경했다. 밤이었지만 낮처럼 밝았다. 서재에는 발트만과 로버트가 전시 관람 후 만들어둔 흔적이 놓여 있었다. 아날로그 시계 두 개가 나란히 붙어 있는 흔적. 얼핏 보면 같은 시간을 가리키는 것처럼 보이지만 자세히 보면 하나는 3시, 다른 하나는 9시 30분. 그럼에도 두 시계가 같은 각도로 보이는 건 둘 중 하나가 물구나무를 서고 있기 때문이었다. 기사에서 읽었던, 바로 그 시계 작품이었다. 오래전 발트만을 울렸던 로버트의 마음. 내가 기사에서 읽지 못했던 부분에 대해 샘이 얘기해줬는데 지금은 뒤에 배터리가 빠져 있다고 했다. 발트만이 배터리를 빼냈고, 그 두 시계는 영원히 같은 시간을 가리키는 사물로 남게 됐다. 2분이 흘렀고, 햇반이 데워졌다.

첫 식사로부터 사흘 후 로버트는 또 식사를 제안했다. 구면이니 생략할 법도 한데 아침에 빨갛게 봉인된 손글씨 초대장을 또 보내왔다. 두 번째 편지에 대해서 굳이 떠올리고 싶지 않은데 그래도 첫 번째 편지 때 느꼈던 모멸감에 비하면 훨씬 나았다. 그의 표현 수위가 약해졌다기보다는 나의 기대치가 약해졌다고 보는 게 나을 것 같다. 요약하자면, 안이지 당신이 창작의 고통에 허덕이든 말든 그것은 작가의 몫이며 그 정도도 감당하지 못할 거라면 뭐하러 여기까지 왔느냐는 것이었다. 솔직히 미친 게 아니고서야 이런 표현을 쓸 수가 있나 싶을 정도인데, 이제 나는 로버트 리터러시를 발휘해 편지에 드러난 오만과 힐난이 일종의 양식임을 알게 됐다. 불필요한 장식이 많이 달린 양식.

다른 작가들의 경우가 늘 궁금했는데 샘이 말해준 바에 따르면 대부분은 로버트와 첫 식사 혹은 마지막 식사 정도를 할 뿐이었다. 그러니 그들은 한두 번 로버트의 편지를 받았을 뿐이지만, 내 경우에는 사흘 만에 다시 그 괴상한 수식이 가득한 편지를 받게 된 것이다. 팬데믹 이후 폭염까지, 최근에는 로버트가 이곳에 머무르는 경우가 많아서 벌어진 상황이었다.

샘은 매일 아침 은쟁반에 '오늘의 날씨'를 담아서 내 방 안의 탁자에, 혹은 방 앞의 탁자에 올려놓았다. 그것은 마치 어릴 때 쓰던 일기 노트처럼 모두 다섯 개의 날씨 그림 위에 체크를 하는 방식이었다. 해, 구름과 해, 구름, 비, 눈. 그리고 최고와 최저 온도, 일출과 일몰 시간을 적는 칸이 있었다. 그것을 버리지 않고 하나씩 모으기 시작했다. 이 일대의 호텔에서는 날씨 안내를 성실히 해준다는 걸 알고 있었지만 로버트 재단은 숙박업소가 아니었다. 그곳의 외부인은 나 하나였는데 그들은 나의 어떤 활동을 위해 날씨 안내를 해주는 것일까.

"날씨를 아는 건 중요하지요. 당신은 화가잖아요!"

샘은 그렇게 말하면서 이번에는 로버트와 식사를 할 때 드레스코드를 크게 신경 쓰지 않아도 될 거라고 했다. 로버트가 점심 식사를 제안했으며, 캐노피가 길게 드리워진 야외 테라스에서 식사를 하게 될 테니 편하게 입어도 된다는 거였다. "냉풍기의 호위 속에서 식사하실 수 있으니 너무 겁먹진 마시고요." 샘의 화법은 좀 특이했는데 나를 늘 겁에 질린 사람으로 전제한 채 이뤄지고 있었다. 그럴 때마다 나는 그 검은 우산이 펼쳐졌을 때 그 앞에서 한 박자 늦게 주저앉았던 샘의 모습을 머릿속에 재생했다.

우리는 오후 1시에 오렌지색 캐노피가 돋보이는 야외 테이블에서 만났다. 로버트의 몸에 걸쳐진 아이템 수가 내 것보다 많았다. 그는 나를 보자 "올리브색이 잘 어울립니다" 하고 인사했고 그게 시작이었다. 그가 내게 건넨 두 번째 말은 "최근에 인상적으로 본 전시가 있는지"였다. 사흘 전의 만찬과 오늘 사이에 내가 어떤 전시를 새로 봤어야 했던 것인가 싶어 조금 어리둥절해졌다. 한국에서 본 전시부터 시작해 할리우드에 와서 봤던 전시 두 건까지 언급했지만 그럼에도 로버트는 계속 내 말을 기다렸다. 마치 정답이 아니라는 듯이.

"어…… 전에도 말씀드렸지만 마이클 크레이그 마틴 전시도 인상적이었어요. 사실 그게 가장 인상적이었지요. 그가 한국에 온 건 처음이었거든요" 하자, 로버트는 드디어 반응했다.

"흥미롭군요. 나도 그 전시를 봤습니다. 몇 년 전에, 발트만과 함께. 나는 특히 벨라스케스의 〈시녀들〉을 오마주한 작품을 좋아했지요. 기억나십니까? 〈시녀들〉에서 인간이 있던 자리에 마이클 크레이그 마틴은 공산품을 놓았습니다. 공주의 자리엔 선글라스, 화가의 자리엔 소화기, 그리고. 〈시녀들〉에는 개가 등장하지요. 그 자리에 뭐가 있었는지 기억나십니까?"

지난번과 거의 같은 말이었다. "거의"라고 생각했지만 어쩌면 한 치의 오차도 없이 똑같은 말이었을지도 모른다. 내가 대답할 차례였다. 허리띠라고 답할 수도 있었지만 그러지 못했고, 내가 뜸 들이는 사이에 그가 다음 말을 했다.

"허리띠. 그날 너무 몰입한 나머지 그 허리띠가 나오는 꿈을 꿨어요. 내 꿈에서는 뱀 같은 형상이었어요. 꿈을 많이 꿉니다. 최근에는 차웨이 차이의 작품을 봤습니다. 두부 위에 만트라를 깨알같이 적어넣는 과정을 찍은 영상물이었는데 내 꿈으로도 그 장면이 반복되었지요."

어떻게 반응해야 할지 갈피를 잡지 못한 채 고개만 주억거렸다. 지난번과 거의 비슷하지 않은가? 로버트가 내 말을 기다리는 것 같았는데 내 대사가 기억나지 않았다. 당연했다. 나는 부여받은 대사가 없었다. 어떤 말이든 할 수 있었으나 어쩐지 정답을 말해야 할 것 같은 압박으로 어리둥절한 상태였다. 겨우 입을 열어 "어떤 꿈이었나요?" 하고는 곧 다시 덧붙였다. "두부가 되신 건 아니죠?"

예상대로 로버트는 자신이 그 두부 위에 적힌 글자 하나였음을 말했다. 이 대화가 흥미로운가? 아무리 흥미롭다고 해도 같은 대화를 반복하며 살 수는 없는 일이 아닌가? 대화라는 건 일회성으로 사라지는 게 아니니까. 우리가 대화를 하면 그 말들은 서로의 마음속에 누적되어 살과 피를 이룬다. 비록 각자의 관심사에 따라 적당히 선별되고 편집되는 것을 피할 수는 없겠지만, 우리가 어떤 전시에 대한 이야기를 나눴다면 사흘 만에 다시 그 얘기를 하게 되었을 때는 적어도 어느 정도 암묵적인 축약과 생략이 필요하다. 둘 다 아니까 가볍게 지나가는 공동 지대가 생길 수밖에 없는 것인데, 여기엔 그게 조금도 없었다. 개에게는 시간이 현재뿐이라던 사람들의 말이 사실이었나? 아니다. 내가 아는 한, 개도 과거를 기억한다. 그렇다면 그는 이 대화가 즐거운가? 로버트와 나 사이에는 박스 하나와 인간 셋이 있었다. 밝은 대낮이었으므로 나는 통역사들의 표정을 볼 수 있었다. 그들은 물론이고 로버트까지도 모두 그 대화를 처음 접하는 것 같았기에 더 혼란스러웠다. 로버트가 이 말을 할 차례였고, 정확히 그 말을 했다.

"나는 예술이 그런 거라고 생각합니다. 현실에서는 막다른 골목이지만, 꿈으로 넘어가 계속 얘기하자고 말할 수 있는 마음. 그게 예술가가 우리에게 심어주는 빛이죠."

첫 번째 식사 때는 뭘 먹었는지 다 기억했으나 두 번째 식사 때 나는 어떻게 접시를 비웠는지 제 속도로 실감할 수 없었다. 디저트가 나왔을 때 놀랍게도 그는 한 번 더 같은 질문을 했다.

"최근에 인상적으로 본 전시가 있나요?"

울고 싶은 심정이 되었다. 그래서 다른 전시 얘기를 몇 개 찾아보았지만 결국 답은 정해져 있는 것이다. 마이클 크레이그 마틴에 이르렀을 때 로버트는 또 같은 구조의 대화를 이어가려고 했다. 다만 조금 전에 비해서 더 압축된 형태였다. 로버트는 매번 호기심이 샘솟는 것인가? 어떻게 같은 대화를 세 번이나 반복할 수가 있지? 그는 그 식사가 끝나기 전에 한 번 더 같은 구조의 대화를 시도했다. 이번에는 나에게 인상적으로 본 전시가 있는지 묻지도 않고 자신이 했던 말을 절반 정도로 압축했다. 말이 끝나자 로버트는 앞서 한 말을 한 번 더 요약했다. 5분 정도가 흘렀을까? 다음엔 그것을 또 절반으로 요약했다. 2분 정도로. 그러다 맨 마지막에 이르자 그는 자신의 말을 단 한 줄로 줄일 수 있었다.

"나는 예술이 그런 거라고 생각합니다."

이 한 줄을 남긴 후 로버트는 그 대화를 종료했다. 아주 포만감이 가득한 표정이었다. 나는 그저 고개를 끄덕일 뿐이었고, 스스로도 의식하지 못했지만 로버트의 말을 듣는 내내 냅킨으로 종이배를 접고 있었다. 종이배에서 한 번 더 접고 다음 단계를 따라가면 그것이 학이 된다. 종이배나 학이나 일단 출발점은 같으니까. 내 무릎 위에는 접힌 종이배 네 개가 뒹굴거렸고, 그 중에 몇이 가벼운 낙엽처럼 아래로 떨어졌다.

이야기가 끝나면 그것을 반으로 접고 또 반으로 접어 요약하는, 그러다 나중에는 온전한 한 줄이 되게 하는 것. 일종의 강박처럼 보일 만큼 어딘가 기괴한 화법이었다. 우리의 대화를 개껌처럼 여기는 것이 아닌가 싶기도 했는데, 대니는 그게 로버트가 굉장히 중요하게 생각하는 형식이라고 했다.

어쨌든 그런 화법이 가져온 뜻밖의 효과가 있었다. 내 긴장감을 다소 덜어준 것이다. 내용이 한 줄이 될 때까지 그가 말을 이어가는 동안 나는 웅크린 어깨를 펴고 목에 힘을 주고 그의 언어 능력이라는 것이 어쩌면 학습된 몇 가지 패턴에 불과할지 모른다고 생각했다. 가령 '최근에 본 인상적인 전시가 있나요?'는 그가 누구와 만나더라도 건네기가 무난한 질문일 테니까.

그래도 마이클 크레이그 마틴의 작품에 대해 로버트와 내가 '대화'를 나누었다는 걸 부인할 수는 없었다. 로버트가 내게 던진 것이 설사 학습된 고정 질문이었다고 해도 과연 내가 어떤 대답을 할 줄 알고 그 이후의 말들을 미리 준비한단 말인가? 그렇지만 내 SNS에 있는 전시 관람 기록들을 로버트가 봤다면? 그에게 내가 예측 가능한 세계였을 가능성이 여전히 존재한다.

나흘이 지난 후 로버트의 초대장이 또 날아왔다. 저녁을 같이 하자는 것. 그 초대를 거절할 권리를 내가 갖고 있는지, 혹은 거절의 가능성이 있다는 사실을 그가 인정하고 있는지가 궁금할 정도였다. 역시 아침에 샘이 로버트의 초대장을 가지고 왔는데 어김없이 내 속을 긁어놓는 표현들이 있었다.

5

로버트 재단을 거친 작가들의 다음 행보를 생각하면 재단 이사장과의 식사가 길고 잦은 것 정도는 감당할 만한 부분이라고, 처음에는 그렇게 생각했다. 문제는 그 식사라는 게 상상 이상으로 지루했다는 점이다. 이 창작 프로그램의 안내책에 '무제한의 식사 제공'이라고 적혀 있던 것이 떠올랐다. 무제한이라니……. 몇 번인가는 로버트가 좋아한다는 형식을 깨기 위해 뭔가를 시도했다. 그가 두 번 정도 같은 내용을 요약하기 시작했을 때 그것이 끝나자마자 짧게 화제를 돌려보려고 했던 것이다. 요약이 끝나기 전에 치고 들어가면 매너가 좋지 않다는 인상을 줄 수가 있으니, 가장 좋은 건 요약 버전 하나가 끝났을 때였다. 그 짧은 타이밍을 놓치면 또 긴 시간 붙잡혀 있어야 할 테니까. 다만 나는 조금 소심했고 주저했고 찰나를 놓쳤고 그래서 로버트가 세 번째 요약에 막 돌입했을 때 더 큰 폭으로 지쳤다.

로버트와의 다섯 번째 식사를 같이 할 때 괴로움이 거의 최고조에 달했는데, 그즈음에는 그도 최근에 본 전시에 대해 묻지 않았다. 세 번째와 네 번째 대화에서 열심히 접고 접었던 빅토리아 시대의 레몬 스퀴저 이야기도 꺼내지 않았다. 그런 것들은 이제 '온전한 한 줄'이 되었으므로 더 갖고 놀 이유가 없어진 것이다. 침묵이 계속되었다. 그동안의 종이접기식 반복이 차라리 그리울 지경이었다. 화려한 열대온실의 원형 식탁에 모인 여섯 사람, 아니 다섯 명의 사람과 한 마리의 개는 누구 하나라도 이탈하면 식탁이 무너지기라도 한다는 듯이 자기 자리를 지키고 있었다. 어떤 질문을 던져도 로버트가 별 반응을 하지 않았으므로, 나로서는 그가 기분이 안 좋은가 생각할 수밖에 없었는데 여섯 번째 식사에서도 거의 비슷한 패턴이 이어졌다. 긴 코스로 이어진 식사의 한복판에 던져진 채 어떤 말도 흐르지 않는 걸 바라봐야 했다. 얼마나 조용했냐면 식사 중 내 옷 소매의 콩알만 한 단추 하나가 바닥으로 톡 떨어졌는데, 그것이 바닥을 콩콩콩콩 네 번이나 스타카토 기법으로 두드린 게 너무 크게 들려 마음을 졸일 정도였다. 처음에는 떨어진 게 단추가 아니라 마치 한 개의 치아처럼 보였기에 가슴이 철렁했다. 단추는 정말 내 송곳니만 한 크기인데다 상아색이었다. 그게 설령 내 입 안에서 빠진 것이라 해도 속을 만큼 주변은 비현실적으로 고요했다.

로버트가 드디어 나에 대한 탐색을 멈춘 것이라면 차라리 안도할 만한 일이었다. 그와의 두 시간 만찬은 나의 에너지를 앗아가는 시간이었고, 만찬이 끝난 후 나 홀로 작업실에서 컵라면을 먹거나 쿠키 한 통을 다 비운 적도 있었으니까. 그러나 로버트가 없을 때도 로버트의 자리는 여전히 내 곁에 있었다. 매일 아침 뷔페식 식사를 준비해주던 식당에서도 제자리에 대한 강박이 보였던 것이다. 그들은 내게 원하는 메뉴가 있으면 최대한 맞출 테니 미리 알려달라고 했는데, 내가 요청하고 싶은 건 사실 새로운 메뉴가 아니라 식탁 정리의 문제였다. 제발 정리를 덜 해주면 좋겠다고 두 번이나 얘기했음에도 불구하고 그들은 치우는 걸 멈추지 못했고, 그들이 치운 것에는 내가 방금 전에 가지고 온 샐러드, 방금 전에 가지고 온 오믈렛, 한 모금 겨우 마신 커피도 포함되었다. 샐러드 접시를 식탁 위에 내려놓은 후 요구르트를 갖고 오기 위해 자리를 비우면 그새 식탁 위의 샐러드 접시가 사라졌다. 한 입도 먹지 않은 새것이었다고 해도 가차 없이 치워지는 것이다. 예외는 없었다. 커피잔을 식탁에 놓아둔 채로 자리를 비우면 당연히 돌아왔을 때 커피잔이 보이지 않았다. 설령 내가 단지 종이 냅킨을 가지러 다녀온 거라고 해도 말이다. 그러면 뭘 더 추가해서 먹고 싶다는 의지가 싹 사라졌다.

"커피잔은 좀 심하네요. 보통 그렇게까지는 아닌데."

통역사가 말했다. 내 식탁이 보이는 위치에 그가 앉아 있었기 때문에 조금 더 방심한 참이었는데, 이번에도 역시나 과일을 접시에 담아 오는 사이에 식탁 위에 있었던 커피잔이 사라진 것이다.

"겨우 한 모금 마신 건데. 그거 치우지 말라고 좀 말해주시지."

"여기 스타일을 따라야지요. 그게 다 로버트 스타일이라, 어차피 안 바뀝니다."

여기서도 로버트의 강박적 형식미가 작동하는 것일까. 로버트는 주인 없는 빈 접시가 덩그러니 놓인 풍경을 좋아하지 않는다고 했다.

"로버트는 정작 이 식당 이용하지도 않잖아요?"

"공기가 못 가는 곳이 어디 있습니까? 여기서는 공기의 기분을 존중해야죠."

언젠가 내가 "제 말을 좀 그대로 통역해주세요. 직역이요"라고 했을 때 그는 "로버트에게 인간의 단어를 그대로 주입하려는 건 굉장히 오만한 생각"이라고 말했다. 인간이 한 줄 한 줄 말로 생각을 전달하는 동안 로버트는 그 대화가 오가는 시공간의 모든 공기를 통으로 저장하는, 일종의 대용량 파일 전송 시스템처럼 움직인다는 거였다. 그런 로버트와 대화한다는 건 체력 소모가 엄청난 일이기에 자신은 늘 든든하게 먹어야 한다고도 했다. 그러나 엄밀히 따지면 그는 이 통역 시스템에서 로버트와 가장 멀리 떨어져 있는 통역사로, 로버트와 직접 소통을 하는 건 아니었다. 나를 위해 특별 고용된, 한국어와 영어 사이를 오가는 통역사였으니까. 이런 말을 하면 그는 뭘 모른다는 투로 쏘아붙였다.

"한영 통역사가 한둘입니까? 그중에 내가 온 건 다 그럴 만해서라고요. 나는 로버트가 좋아하는 단어들을 알고 있어요. 이를테면 당신과 로버트가 대화할 때 나는 일부러 히트(hit) 대신 스트라이크(strike)를 골랐습니다. 그가 그 단어를 유독 편애하니까 선택한 거라고요. 그런 정교함이 분위기를 호의적으로 만드는 데 얼마나 큰 영향을 끼치는지 아십니까? 이건 전문 영역이에요. 로버트와 당신 사이 최전선에서 나는 엄청난 에너지를 소모하고 있다는 걸 알아주세요. 그러니 이렇게 접시 위에 산처럼 쌓아놓고 먹는 것이지요."

저만치서 더 최전선의 통역사가 걸어오고 있었다. 대니는 로버트에게서 출발해 내게로 도착하는 모든 말의 첫 번째 게이트였고, 그가 어떻게 로버트의 말을 인간의 언어로 바꾸는지에 대한 것은 늘 미스터리였다. 세 가지 도구가 있긴 했다. 그 블랙박스, 그가 목양견 핸들러 출신의 동물행동학자라는 것, 그리고 그와 로버트가 함께 쌓아온 시간이었다. 그러나 두 번째와 세 번째 것으로 예술을 논하는 데에는 한계가 있지 않나? 모두가 그 블랙박스의 작동 원리에 대해 궁금해했다. 듣기로는 그 기계가 발트만과 대니에 의해 개발된 거라고 했는데 몹시 비싸기도 하지만 로버트에게 맞춤한 거라서 돈이 있다고 해서 누구나 가질 수 있는 것도 아니라고 했다. 생김새가 냅킨통처럼 보이기도 했고, 오디오 스피커처럼 보이기도 했는데 내부가 어떻게 되어 있는지는 알 수 없었다. 그 생김새를 떠올리면 언젠가 버스에서 우연히 들었던 누군가의 통화 내용이 자동적으로 연상되었다. 내 뒷자리의 여자가 "검정색 캐비닛이에요. 네, 거기에 자료가 있는데 열쇠가 없나봐요" 하면서 울먹였던 것이다. 버스에 30분 앉아 있는 동안 나는 그 여자가 어떻게 그 일을 해결했는지를 모를 수가 없었는데, 여자는 고요한 버스 안에서 이렇게 소리쳤다. "네, 부숴주세요. 괜찮아요. 부숴주세요, 꼭 그 자료를 꺼내야 해요."

"그런데 그건 일부러 선택하신 건가요?"

대니가 내 접시 위의 빵을 가리키며 그렇게 말하기 전까지 나는 그게 모형이라고는 생각도 하지 못했다. 내 접시 위의 지나치게 단단한 플라스틱 빵이 통역사뿐 아니라 대니를 피식 웃게 만들었다. 모형 빵이 빵 바구니에 있을 건 뭐란 말인가. 진짜와 똑같아서 그걸 집게로 집는 순간에도 단지 딱딱한 빵이라고 생각했을 뿐 장식을 위한 모형이라고는 생각하지도 못했다. 내가 빵을 담아 돌아온 사이에 대니는 이미 식사를 다 마친 것인지 자리를 떴다. 저만치 유리창 밖으로 대니가 로버트와 함께 걸어가는 것이 보였다. 단둘이 있을 때 그들 사이에는 블랙박스가 필요하지 않았다. 대니의 몸체는 평소보다 훨씬 커 보였다. 단단해 보였고, 체구는 큰데도 잉여분이 전혀 없는 것 같았다. 온몸의 근육을 쓰면서 로버트와 대화하는 게 멀리서도 느껴질 정도로 절도 있는 동작이었다. 그가 로버트와 나누는 대화는 내게 전달되지 않았으므로 나는 단지 그들이 함께 있는 풍경을 눈으로 볼 뿐이었는데, 그럴 때마다 대니의 몸짓이 무용수처럼 우아하게 느껴졌다. 의외로 로버트보다 대니 쪽이 내 시선을 오래 붙잡았다.

로버트 재단에 입주하면서 내가 받은 열쇠는 모두 세 개였다. 침실, 작업실, 자동차. 차는 주행거리가 1만 킬로미터도 되지 않은 오렌지색 람보르기니로 기름이 채워진 채 응달진 주차장에 있었다. 어떻게든 활용도가 있지 않을까 싶어 국제면허증을 발급받긴 했지만 운전을 하지 않은 지도 너무 오래되었기에 내게는 그 멋진 차가 무용지물이었다. 하지만 시동을 걸면 차 아래가 오렌지빛으로 물들면서 자체 카펫을 깔아두는 방식이 좋아 종종 운전석에 가만히 앉아 있곤 했다. 새벽에 거기 앉아 있으면 다양한 높이의 야자수가 고요히 흔들리는 것이 보였다. 공룡의 긴 목처럼 키가 큰 야자수는 이곳에서 자라기에 적합한 수종이 아니었다. 그럼에도 여기에 있었다.

7월 초 이곳에 도착해서 3주간, 외출이라고는 대니와 함께 미술 재료를 사러 나갔던 게 전부였다. 로버트 재단의 담벼락을 넘어가면 외부에서는 가만히 있어도 자연 발화되는 것이 여전히 많았다. 타들어가는 날씨 때문에 한낮에는 밖에 나갈 엄두가 나지 않기도 했고, 어쩌면 꼭 날씨 때문만이 아니었을 수도 있다. 재단 안에서 적응하기에도 마음이 바빴던 것이다.

그렇다고 내내 작업실에만 틀어박혀 있었던 것은 아니고 이른 아침이나 해질 무렵에 외부로 나가 뛰었다. 로버트 재단을 통과하는 산책로는 모두 열여섯 가지였다. 재단과의 접점은 단 세 곳이었는데, 걷다 보면 갈림길이 많이 나오기 때문에 열여섯 가지 선택지가 주어졌다. 그러나 대체로 비슷한 모양새였기 때문에 서로 구분되지는 않았다. 게다가 모든 구간이 조금씩 공사를 하고 있었다. Q는 자고 일어나면 조금씩 달라지는 도시였다.

산책로에는 경찰들이 자주 보였다. 한낮에는 산책로에서 탈진 사고가 나기도 했으므로 몇몇 포인트에서 사람들이 물을 갖고 다니고 있는지 확인하는 것이었다. 그러나 45도가 넘는 폭염 속에서도 내 몸을 로버트 재단 안으로 들여놓으면 전혀 다른 계절이 펼쳐졌다. 최적의 온습도를 내내 유지했다는 말이다. 너무 뜨겁고 건조하지 않게, 마치 열대로 온 한대식물을 보호하기 위한 유리온실처럼. 근교의 인공 호수는 말랐지만 재단 내부의 연못은 마를 틈이 없이 늘 싱그러웠다. 연못을 가로지르는 징검다리 위로 올라가보았다. 다 통과하고 보니 징검다리의 가운데 돌 두 개가 새로 끼운 듯 조금 다른 빛이었다.

로버트 재단의 거대한 마당은 쾌적했다. 건축 설계 때부터 빛과 그늘을 잘 계산한 덕분이기도 했지만, 이 거대한 면적이 모두 차양막 아래에 있는 건 아니었으니 실외 공간을 다스리기 위해서는 별도의 에너지가 들어가야 했다. 샘은 로버트 재단에서 쓰는 물의 양이 매일 2천 톤이라고 얘기했는데 후원 작가를 위해 그만큼의 노력을 하고 있다는 의도로 꺼낸 말인 듯했으나, 내가 너무 놀라자 곧 외부에 말하면 안 된다고 재차 강조했다. 계산해보면 그것은 이 근처 호화 리조트의 하루 소비량보다도 많은 수치였다. 로버트 재단에 상주하는 인원은 그리 많지 않았으므로 1인당 물 소비량으로 계산하면 훨씬 심각해지는 기록이었다. 이 쾌적한 환경에서 로버트와 나는 식사 전후로 산책을 함께했다. 주로 로버트가 재단 내의 시설물과 조경을 소개하는 형태였는데 네 달 내내 산책해도 다 보지 못할 만큼 부지가 넓었고 숨은 공간이 많았다. 산책을 한다고 해서 그와의 식사 시간이 짧아진 것은 아니니 어떨 때는 하루에 네 시간을 함께 보내기도 했다. 7월 한 달이 다 지나가도록 나는 작업을 시작도 하지 못했다. 정말 여기에 '오는' 게 전부였던 사람처럼 말이다. 로스앤젤레스행 비행기를 탈 때까지만 해도 도착하자마자 하고픈 게 많았는데, 당시에 해두었던 메모를 다시 찾아봐도 동기부여가 되지 않았다. 7월 말부터는 너무 답답해서 람보르기니를 몰고 근처를 조금씩 돌아보기도 했다. 이 얘기를 한국에 있는 친구에게 했더니 창작을 못하면 운전 연습이라도 확실히 하고 돌아오라는 메시지가 왔다. 우스갯소리였지만 정말 그렇게 될까봐 더럭 겁이 났다.

그저 적응이라는 명목으로 7월을 날려보낸 후 8월이 되자 내가 적응을 잘 마쳤다는 티를 내야만 하는 미팅이 일주일에도 몇 건씩 생겨났다. 대니는 나를 여러 미술 관계자들에게 소개해주었다. 그중에는 전설적인 미술 경매사도 있었고, 유명하다는 컬렉터도 있었고, 미술관 큐레이터와 평론가도 있었다. 대부분 내가 현재 어떤 작품 활동을 하고 있는지 궁금해하는 이들이었다. 문제는 나도 내가 뭘 하고 있는지 몰랐다는 점이었지만, 그래도 내 작업에 대해 현재형인 양 말했다. 내 말들을 연속적으로 늘어놓고 보면 두서가 너무 없어 가여울 지경이었는데 다행히 사람들은 딱 한 번씩만 만났다. 로버트가 참석하는 자리는 아니었는데도 그는 늘 공기처럼 함께였다. 마치 오가는 모든 약속의 보증인처럼 투명하게 존재했다. 그리고 나는 에어드레서에 들어간 먼지투성이 옷이 된 기분으로 한두 시간의 티타임 동안 탈탈 털렸다.

가장 호전적인 그룹은 역시 Q의 '재건'에 관심을 가진 이들이었다. 그들은 재건이라는 단어를 많이 썼는데, 정확히 말하면 '예술가의 영감에서 예술의 파급력까지 이르는 여정을 더 짧게, 더 빠르게! 아트하이웨이 Q 재건'이 캐치프레이즈였다. 내가 얼떨결에 응했던 아티스트 토크는 에어드레서가 아니라 거의 오븐 수준이었다. 그들은 뭉뚱그린 얘기를 좋아하지 않았다. 구체적인 걸 원했고 빨리 움직이고 싶다고 했다. "안이지 작가님의 관찰 대상이 되고 싶어요"라고 말하는 이 호전적인 Q 그룹은 내가 최근작 〈숙취 해소〉에 대해 언급하자 동시에 환호를 내질렀다. 로버트가 하트를 눌렀다던 그 작품이었으므로 나에게도 의미 있는 작품이긴 했으나, Q에서 특히 이 작품이 사랑받는 이유는 "작가가 삶으로 이 작품을 증명해냈기 때문"이라고 했다. 이 작품은 한 줄의 악보 형태로 이루어져 있고, 악보를 채운

음표마다 도시 이름이 적혀 있다. 새로운 계이름처럼.

"안이지 작가님의 가장 최근작이지요? 로버트가 알아본 그 작품이요. 놀라웠습니다. 예술가의 족적과 부동산의 관계를 그렇게 악보로 재창조했다는 게 말이지요. 처음에는 이게 무슨 의미일까 했는데, 음표에 한국의 도시 이름들이 적혀 있어서 아 작가님의 거주 이력이구나 했어요. 덕분에 음악 부호들을 부동산 투자의 관점에서 다시 들여다보게 되더라니까요. 그런데 그 심벌즈가 등장하는 구간은 뭘 의미하는 겁니까? 그걸 저희끼리는 시장의 반응, 그러니까 집값 고점이구나, 그렇게 해석했는데 맞나요?"

Q3이 물었다. 정답은 없다는 걸 그들도 모두 알고 있었다. Q4는 이 악보를 그대로 연주해봤는데 단조임에도 불구하고 밝은 느낌이 나는 게 매력적이라고 했다. 그 악보 끝에 도돌이표를 그려넣을까 말까 고민하다가 결국 그려넣었다고 하자 사람들은 이구동성으로 너무 잔인한 도돌이표라고, 그러나 매력적이라고 했다. 자연스럽게 대화는 내가 음표에 써넣은 도시의 이름들, 그러니까 P니 A니 C니 하는 것으로 흘러갔는데, 사실은 그게 거기 모인 이들의 최대 관심사이기도 했다. P는 서울 근교의 작은 도시였지만 세계적으로 성공한 문화 도시로 언급이 되곤 했으므로 그들은 내가 P에 살았다는 것, 그리고 P로 오기 전

에 A와 C에도 살았다는 것을 무슨 작가적 안목처럼 보았다. 동네를 힙하게 만드는 요령을 물어본 이도 있었다. 그들이 나를 놀리려고 작정한 것인지 아니면 진짜 순진한 것인지 알 수가 없었다. 요령 같은 게 있겠냔 말이다. 단지 나에겐 선택의 폭이 좁았을 뿐. 나는 다달이 나가는 월세보다는 싼 보증금으로 갈 수 있는 전세를 선호했다. 그렇게 적은 예산으로 찾다 보면 재개발이 임박한 곳이 시야에 들어왔던 것이고, 철거 예정이라는 이유로 더는 인위적인 수리를 하지 않는 동네에서 이른바 '몸빵'을 하며 버틴 적도 있었다. A가 그런 동네였다. 뉴타운이 되어 집값이 상승한 그곳에서 A의 예술인으로 인터뷰까지 한 적이 있었지만, 그 잡지가 나오기도 전에 집세가 너무 올라 이사를 가야 했다. 다음으로 옮겨간 곳은 역시 비교적 저렴했던 C였고, 그 다음 선택이 P였다. P에서는 월세를 내면서 초등학생을 대상으로 한 미술학원을 운영했지만 그 동네가 갑자기 '핫플'로 떠오르면서 월세를 감당하기 힘들어졌다. 이런 이야기를 듣던 누군가가 말했다.

"작가님이 여기로 오셨으니 이제 Q도 확실히 뜰 겁니다."

그 말에 모두가 웃었다. 나를 포함한 모두가. 내가 거쳐온 동네들이 모두 값이 뛴 것은 그리 신기한 일은 아니었다. 값이 뛰었기 때문에 더 싼 곳으로 밀려났던 거니까. 또다른 누군가는 Q가

나의 정착에 도움이 되는 도시였으면 좋겠다고 말했다. 그러면서 뱅크시를 언급했는데, 혹시 벽화를 그리고 싶다면 언제든 자기 집 벽에 그려도 된다는 거였다. 나는 벽화 작업을 하지 않는다고 했지만 그는 뭐든 좋다고 했다. 그가 Q5였나? 술병에서 술병으로 내용물을 옮길 때 한 방울이라도 흘릴까 주둥이를 바싹 붙여놓고 병을 기울이는 것처럼, Q5는 내게 최대한 자신의 입을 가까이 한 채 말했고, 반사적으로 나는 얼굴을 뒤로 빼게 되었다.

"작가님이 원하신다면 그랜드캐니언이라도 여기로 옮겨놓지요. 작가님의 관찰 대상이 되기만 한다면야! 아름드리나무 같은 거 원하시면 작가님 작업실 창문 앞에다가 떠억하니 만들어놓을 수도 있습니다. 말씀만 하세요. 원하시면 말라붙은 호수라도 채우겠습니다. 영감을 얻으실 수만 있다면 뭐든 만들어드리지요."

"호수요? 그게 가능한가요?"

"노력해보지요. 아무래도 말라붙은 호수보다는 물이 있는 쪽이 좋지 않나요? 작가님이 호수를 그리시고, 로버트 재단에서 전시회를 한 후에 그 작품의 배경인 호수를 찾아오는 이들이 있을 수도 있겠지만, 미리 준비하면 더 체계적이고 좋을 테니까요. 우리의 저력을 보여준 이야기가 하나 있습니다. Q의 할리우드 침공 아십니까?"

나도 목격했던, Q가 등장해 발칵 뒤집혔던 할리우드 사인 말이다. 누구의 소행인지 확실히 밝혀진 바는 없지만(자기네 소행이라고 주장한 단체가 꽤 많아서) 그게 자신들의 이벤트였노라고 Q들은 말했다. 그 후에 누군가가 사실은 농담이라고 했기 때문에 그게 사실인지가 불분명하긴 했으나, 그게 사실이라면 그 일대에 있던 나를 픽업하지 못한 이유에 대해서는 뭐라 설명할 것인지 궁금했다. 물론 Q가 곧 로버트 재단이라고 할 수는 없는 거였지만, 여하튼 내가 소외되었다는 심증은 더 굳어졌다.

내가 어떤 재료를 샀는지 궁금해하는 이들도 있었기 때문에 작업실로 돌아와 내가 사둔 작업 도구와 재료들을 보니 좀 우스워질 지경이었다. 이게 로버트 재단에서 선택한 작가가 겪는 유명세인가 싶어서였다. 사람들은 내가 귀하고 신선한 재료들로 요리사의 특선요리를 만들 거라고 기대했지만, 솔직히 나는 갈피를 잡지 못하고 있었다. 설사 재료 구매 내역이 공개되었다 하더라도 그들은 내 작업에 대해 더 구체적인 질문을 하지 못했을 것이다. 그건 마치 작은 가게를 꾸릴 때 그 안에 들여놓아야 할 필수 품목 같은 것들로 딱히 작가의 개성이나 계획이 반영된 게 아니었다. 그러다 보니 바니시도 포함되었는데, 그 부분은 평소와 조금 다른 지점이긴 해서 더 듣기 원하는 이들에게는 그 얘기를 해주었다.

"원래 저는 바니시를 선호하지 않아요. 그렇지만 이번에는 종류별로 바니시 제품을 좀 담았습니다."

그동안엔 왜 바니시를 선호하지 않았는지에 관한 질문이 들어왔다.

"아…… 사실 좀 비싸기도 하고. 그런데 로버트 재단을 통해 방문한 미술 재료상에 무궁무진한 재료가 있더라고요. 게다가 공짜였죠."

모두가 한바탕 웃고 내 말을 더 기다렸다. 뭐라도 말을 더 찾아냈다.

"작가마다 다르겠지만 제 경우에는 바니시 작업을 하면 기존에 입힌 그 개체별 질감이랄까요, 빛깔이랄까요, 그게 좀 한 톤으로 정리되는 느낌이 드는 게 별로였거든요. 뭐 각각 다른 바니시를 부분적으로 칠한다고 해도 한계가 있고요. 제가 선호한 건 톤 정리보다는 각각의 개성이 살아 있는 형태여서 그동안 바니시 쪽은 잘 보지도 않았어요. 그런데 여기 와보니, 지금도 보세요. 햇빛, 이 어마어마한 햇빛이 무시할 수 있는 수준이 아니더군요. 그리고 이 햇빛이 Q의 거리를 한 꺼풀 벗겨낸 느낌으로 만드는 게 인상적이었죠. 그래서 바니시로 그런 통일성을 좀 만들어도 괜찮겠다, 싶어졌죠."

"바니시가 Q의 햇빛인 거군요."

"그 말 멋지네요!"

그렇게 됐다. 그러나 그 모임으로부터 일주일 정도가 더 지나도록 내가 한 거라고는 로버트 재단을 다른 작가들이 어떻게 활용했는가를 추적하는 일뿐이었다. 성공 사례는 많았는데 실패 사례는 찾을 수가 없었다. 그 사실이 낮에는 위안으로 다가왔다가 밤이 되면 실패 1호가 되면 어쩌나 하는 불안감이 됐다.

Q로부터 받은 명함과 자료들이 내 작업 속도를 느리게 만든다는 걸 느꼈기에 나도 더는 그런 모임에 참석하지 않았지만, 그들이 작업실로 무언가를 보내는 일까지 막을 수는 없었다. 작업실은 각종 서류들—Q의 관공서와 단체, 가게들에서 보낸 홍보물로 채워졌다. 자료에서 특별한 인상을 받지는 못했고 그저 이곳에 공사가 계속되고 있다는 것을 명문화된 형태로 다시 확인할 뿐이었다. 이 길을 공사한 후에는 저 길을 공사하고, 저 길의 공사가 끝난 후에는 다시 이 길을 공사했다. 그래서 매일 16갈래의 산책로 중 하나를 골라 뛰었음에도 불구하고 여전히 전체를 파악하지 못했다. 뛰다가 누군가와 마주치면 그들 중 몇은 이렇게 인사하기도 했다.

"작가님, 작업은 안녕하십니까?"

한국어로 '안녕'이라는 말을 넣어서 내 작업의 안부를 묻는 사람들. 불편한 것은 없는지 어떤 것이 인상적인지 사람이 등장하는지 어떤 간판이 등장하는지 챙기는 사람들. 그중 몇은 에드워드 호퍼라면 바로 저 산책로 끝에 있는 쉼터를 그렸을 거라고 말했다. 거기서 많은 개들이 대기하고 있다고 했다.

"왜요?"

"우리의 산책을 위해서죠. 작가님도 한번 가보세요, 그런데 요즘 너무 더워서. 낮에는 안 됩니다."

"쉼터를 그려야 하는 이유는 뭔데요?"

"그 그림을 요 각도에서 그리면 Q라는 도시가 정말 아름답게 보이거든요. 얼짱 각도랄까요."

그리고 다음날 다른 코스를 선택해 뛰기 시작하면 전혀 다른 누군가가 낯익은 인사를 해오는 거였다.

"작가님, 좋은 아침입니다. 어제는 좀 그리셨나요?"

산책로 곳곳에 박힌 CCTV조차 나를 보면 동공이 커졌다. 사각지대가 없었다.

잠시 소강 상태였던 산불 뉴스는 8월 중순이 넘어가자 확산세라는 제목으로 연일 보도되었다. 산갈치와 같은 심해어가 미국과 멕시코 국경 근처 해변으로 올라왔고, 사막의 선인장들이 잿빛이 되어 쓰러졌다. 가뭄이란 단어가 곳곳에서 보였고 단수 소식도 들렸다. 화염과 더불어 모래 폭풍이 일어 그 일대의 풍력발전기 몇 기의 날개가 부러졌다는 뉴스도 있었다. 불길의 이동경로에는 내가 준과 함께 통과했던 어느 쇼핑몰도 포함되어 있었다. 시계며 저울이며 바늘이란 바늘은 모두 멈춰 있던 게 떠올랐다. 그때 그 시곗바늘이 몇 시 몇 분에 멈춰 있었더라? 건물의 일부를 태운 후 불길은 곧 도로를 따라 이동했다. 방향은 이쪽이었다. Q, 그리고 로버트 재단.

로스앤젤레스에서는 모두가 산불의 이동 경로를 주시하고 있었는데, 로버트 재단에 온 후 산불 관련 뉴스와 아예 차단된 느낌이었다. 로버트 재단에서 나를 제때 픽업하지 못한 이유가 그 산불 때문이었는데, 그런 것치고는 모두가 산불에 큰 관심이 없었다. 이곳은 다른 세계 같았다. 나와 마주치면 로버트는 "참 좋은 날들입니다, 그렇죠?" 하고 인사했다. 우리는 로버트 재단 내부를 말없이 산책했다. 눈앞에는 올리브빛으로 물든 건조하고 여린 잎들이 보였고, 세계 곳곳에서 어렵게 공수해온 다양한 수형의 야자수가 있었다. 그 아래 해먹이 흔들렸고, 해먹에 누워도 눈부시지 않도록 정교하게 배치된 그늘막이 있었다. 그럼에도 불길과 폭염으로부터 로버트 재단을 완전히 분리할 수는 없었다. 우리는 그 안에서 매복한 적처럼 서 있던 해바라기 무리를 마주했다. 한때는 노란색이었을 그 무리는 겨우 하룻밤 사이에 새까맣게 타버린 상태였다. 그것이 불쏘시개가 아니라 해바라기라는 것을 알아채는 데 시간이 걸릴 정도로 끔찍했다. 로버트는 그것을 유심히 살펴보았고, 잠시 후 티타임 시간에 자신이 받은 충격에 대해 털어놓았다.

"아까 그 해바라기 말입니다. 모양이 꼭 애플파이가 됐더군요. 그러나 실패작이에요. 너무 탔어요."

그러고는 한참을 애플파이에 대해 늘어놓았다. 오븐의 온도와 반죽의 농도가 중요하다고 말이다. 파이 크러스트가 얇은 게 관건인데 너무 얇아서 속의 필링이 터져나오면 곤란하다고. 자신은 속이 터지지 않은 채로 최대한 얇은 피의 크러스트를 좋아하며, 특히 애플파이의 윗면은 벌집 모양으로 장식한 고전적인 형태를 선호한다고 했다. 이 말들은 몇 겹의 통역을 거쳐 내 귀에 닿았고, 그러다 보니 해바라기를 보며 느낀 최초의 감정 같은 것은 다 휘발되어버리고 오븐에서 꺼낸 실패한 애플파이만 남았다.

"아까 그 해바라기는 애플파이가 됐더군요. 그러나 너무 탔어요."

"애플파이가 너무 탔어요."

애플파이 이야기가 반의반, 그리고 또 그 반의반으로 접혀 반복되는 동안 나는 이미 이 대화를 끝낼 수 없다는 걸 알고 체념했다. 로버트는 다시 접고 싶은 이야기를 발견한 것이다. 그리고 애플파이를 다 접은 후에는(물론 그 얘기는 애초에 해바라기였다, 그걸 잊어서는 안 된다) 바로 전날 밤에 큰 피해를 입은 풍력발전기 쪽으로 그의 관심이 이동했다. 우리 앞에는 커다란 TV 화면이 있었다. 화면에서 심각한 모래 폭풍이 풍력발전기의 날개가 부러질 정도로 몰아치는 영상을 볼 수 있었다. 그중에서도 두 기는 마치 용접 중인 것처럼 엄청난 불꽃을 피워내다가 결국 전소되었는데, 로버트는 그 장면을 몇 번이나 돌려보았다.

"케이크 위에 꽂은 촛불 같기도 합니다. 풍력발전기를 설치하는 게 케이크 위에 촛불을 꽂을 때처럼 자유롭지는 않겠지만, 그래서 아쉽기도 했습니다. 불타버린 둘의 간격이 너무 가까웠어요. 구도로 봤을 때 아쉬운 지점이 있습니다. 물론 세상 모두에 미학적인 걸 고려해달라고 할 수는 없지요."

내 속에는 방화문 같은 게 없어서 한 곳에서 불이 나면 다른 곳으로 번져나갈 수밖에 없었다. 저 산불이니 모래 폭풍이니 불타버린 풍력발전기니 폭염에 그을린 해바라기니 그런 것들이 계속 내 머릿속을 휘젓고 다녔는데 로버트는 나와 같은 감정에 오래 머무르지 않았다. 그는 질척이는 땅을 최대한 피해서 해크니 걸음걸이로 경쾌하게 지나가는 산책자였다. 나는 그 초연함을 깨뜨리고 싶은 행인이었고.

우리는 화면으로 지난밤의 재난 사진들을 보며 티타임을 지속했다. 샘이 리모콘으로 사진이 넘어가는 속도를 조절했다. 미술관에서 작품을 감상하는 것과 크게 다르지 않았다. 이를테면 지구 밖에서 인공위성이 찍어 보낸 산불의 사진을 보면서, 완전히 피멍이 든 것처럼 보이던 그 사진을 보면서 로버트가 이렇게 말하는 것이었다.

"흙빛 오렌지와 메리골드, 리빙코랄이 불규칙하게 섞인 색감이군요. 캘리포니아 오렌지와 자메이카 자몽을 베이스로, 그 위에 압생트의 초록을 살짝 흩뿌린 것처럼 보입니다. 다른 지역보다도 확실히 이 일대의 나무들이 불탈 때 더 오묘한 빛을 내는 것 같군요. 아마 토양과 수종의 차이 때문이겠지요."

나는 로버트의 표정을 슬쩍 보았다. 그는 여전히 그 박스에 연결된 왕관 같은 것을 쓰고 있었고, 내가 자신을 보는 것도 모른 채 모니터 화면을 보며 입매를 살짝 뒤틀었다. 그리고 뭔가 들킨 듯한, 야비하면서도 동시에 굴욕적인 표정을 지어 보였다. 꽤 긴 시간 그는 그 이상야릇한 표정을 짓고 있다가 마침내 이렇게 말했다.

"아름답습니다. 마크 로스코를 연상케도 하고…… 완벽한 작품입니다."

그 말을 들으니 어디선가 읽었던 정보가 떠올랐다. 작품을 감상할 때 로버트의 표정에 관한 글이었는데, 어떤 개들은 다른 개들과 사랑에 빠지지만 로버트는 작품과 사랑에 빠진다는 내용의 기사였다. 지금 로버트가 보이는 저런 반응을 플레멘이라고 부른다던가. 유혹의 신호로도 해석되는 반응. 그러나 이것은 작품이 아니었다. 나는 누구에게 묻는 것도 답을 기대하는 것도 아닌 애매한 어투로 말했다.

"작품이 아니라…… 현실이죠."

로버트는 내 말에 조금도 동요하지 않았다. 그리고 캘리포니아의 어느 리조트 투숙객이 찍은 시뻘건 하늘 사진을 가리키며 그곳은 호호바 오일 마사지가 유명한 스파라고 했다. 여기 머무는 동안 한 번쯤은 가보라고 추천하면서.

"좋죠. 그 리조트가 불타지 않았다면요."

그는 내 말을 농담으로 받아들였는지 웃었다. 웃었다고 했다. 우리를 육박해오는 이 재앙에 대해서 그는 고도의 반어법인가 싶을 정도로 초월적인 반응을 보였는데, 그게 그가 개여서인지 아니면 슈퍼 리치여서인지는 알 수 없었다. 그와 대화하는 동안 어쩐지 나는 비극을 전달하는 강도를 점점 높이려 했으나 그는 조금도 동요하지 않았다. 식탁 위에 앉은 날벌레 한 마리를 앞발로 툭 튕겨낼 뿐이었다. 그러고는 자신이 꽂힌 지점에 대해서만 얘기했다.

"어쨌든…… 소각식을 할 때도 이런 색감이 나오길 기대합니다. 땔감에 따라 다르거든요. 탈 때 나는 소리 때문에 자작나무를 선호합니다만 소나무의 경우에는 송진 때문에 화형이 더 요란하니까요. 둘 다 매력적이지요."

"그 소각식 말인데요."

"기대가 아주 크시다고 들었습니다."

"아니요, 기대라기보단 좀 의문이 생겨서요. 산불이 이쪽으로 오고 있는데, 소각식을 굳이 할 필요가 있나요?"

"산불이 로버트 재단을 덮치기라도 한다는 말인가요?"

"그런 뜻은 아니지만…… 그래서도 안 되겠고요. 그렇지만, 장담할 수는 없는 문제잖아요? 제 말의 의도는, 이렇게 산불이 심각한데 소각 이벤트를 위해 일부러 불을 피운다는 게 좀 이상하지 않나요? 물론 로버트 재단의 전통이지만 제 작품이 그 소각식에 활용될 테니까 저로서는 지금의 산불 상황과 제 작품이 나란히 놓이는 것에 대해 무신경하기가 어렵기도 하고."

로버트가 꼬리를 오른쪽이 아니라 왼쪽으로 기울이듯 흔드는 게 보였다. 기분이 좋지 않다는 뜻이었다.

"소각 시스템은 인간의 삶과도 비슷하죠. 인간은 언젠가 죽습니다. 재활용도 불가능하다는 말입니다. 모든 인간은 그저 일회용일 뿐이지요. 불타버릴 쓰레기지만, 그렇다고 인간이 늘 소각에 대한 두려움만으로 살아가지는 않습니다. 인생을 지레 포기하지도 않고."

로버트는 꼭 자기는 일회용이 아닌 것처럼 선을 그었다. 그러고서 양쪽 입을 앞으로 비쭉 밀어내는 듯이 실룩거리고는 고개를 홱 돌려버렸다.

"참 이상한 일이군요. 아직 작가님은 그림을 시작하지도 않았잖습니까? 있지도 않은 작품에 대해 너무 앞서 생각하십니다."

말문이 턱 막혔다. 머리를 세게 얻어맞은 느낌이었다. 내가 계속 외면하고 있던 그 문제에 대해 로버트가 언급한 것이다.

"아니요! 작업은 이미 시작됐습니다."

"그거 잘된 일이군요. 부스터가 필요할 테니 준비해드리지요."

부스터라 함은 소각장 방문이었다. 로버트와의 티타임이 끝난 후 나는 대니와 함께 소각장, 공식적으로는 로버트 미술관 쪽으로 걷기 시작했다. 두루마리 휴지를 닮은 흰 건물. 관람객의 시선으로 본다면 이곳은 아주 우아하고 환하고 아름다운 미술관이었다. 문을 열고 들어오면 느슨한 나선형의 복도가 사람들을 인도했고, 유수풀 위를 둥둥 떠가는 느낌으로 전시를 관람하다 보면 어느 순간 꼭대기층에 이르는 것이다. 그러나 이 건물의 전체를 파악하고자 한다면 그때부터 미로가 시작된다. 나는 후자였다. 이 미술관 건물을 소각장으로 부르기도 하는 걸 보면 여기서 소각을 한다는 얘기인데 대체 어디서? 가운데에 있는 저 거대한 원형 기둥이 굴뚝인가 했는데 그건 엘리베이터였다. 대니와 나는 그걸 타고 전망대로 올라갔다. 사방이 모두 보이는 탁 트인 곳.

대니가 잘되어가느냐고 물었다. 정확히 무엇에 대한 질문인지 얼른 파악할 수 없었으나 나는 즐기고 있다고 대답했다. 그는 "다행이군요" 했다. 나중에야 그가 물어본 건 그림 작업이 아니라 운전에 대한 것임을 깨달았다. 그는 내 왼쪽 팔이 유독 탔다는 것을 알아보았다. 운전석에 앉아 근처로 열심히 달린 결과였다. 운전은 확실히 아주 조금씩 나아지고 있었다. 우리는 다시 엘리베이터를 타고 1층으로 내려왔다. 좀 전에 보지 못한 뒤편이었는데 거기에 소각로가 있었다. 피자 화덕 모양이었다. 정확히 그것이었다. 넓적한 삽에 작품을 올려 화덕 안으로 밀어 넣은 적도 있다고 했다.

"소각로는 한 군데가 아닙니다만, 여기서도 소각을 했죠. 작품 크기에 따라 너무 큰 작품은 여기서 태우기가 어렵지만요. 야외에서 하기도 합니다. 장소는 로버트가 결정하지만 변치 않는 건 음악입니다. 소각이 시작되면 모든 가로등 아래 스피커에서 음악이 흘러나갑니다. 혹시 생각하시는 작품 크기가 3미터 이상입니까?"

"작품마다 다르죠."

"이전에 가로, 세로가 4미터 넘는 작품이 있었는데. 조각이었죠. 저 문을 통과하지 못했어요. 그래서 작가가 조각의 머리를 잘라냈습니다."

"잘랐다고요?"

"네, 저 문을 통과하기 위해서요. 머리를 부수는 과정을 관객들이 보는 앞에서 보는 앞에서 진행했죠. 삼십 점 다 머리를 잘랐습니다."

"삼십 점이요?"

아직 한 점도 완성하지 못한 나로서는 너무 아득한 얘기였다. 나중에야 그 작품의 제목이 〈뫼비우스의 잠〉이라는 걸 알았다. 불면의 밤을 재료 삼아 완성한 작품은 결국 전시를 위해서 머리를 다 잘라냈다.

"그럼 그 잘린 머리는 어디로 갔어요? 그것도 소각되었나요?"

"원래는 머리를 전시장 안에서 합칠 생각이었지만, 잘라낸 게 그대로 마음에 든다고 하셔서, 작가가요. 그래서 머리는 따로 모아서 전시를 하게 됐죠. 〈머리 모음〉이라는 하나의 작품으로. 그리고 그게 소각용 작품으로 선정되었습니다."

"아! 처음엔 그게 아니었는데 바뀐 거예요?"

"네. 전시장 내부에서 봤을 때는 〈머리 모음〉이 훨씬 더 강렬

했던 거겠죠. 로버트가 그렇게 결정을 했고 작가도 동의했습니다."

"궁금한 게 있는데, 소각용 작품을 고를 때 로버트가 혼자 보지 않잖아요. 왜 작가와 함께 있을 때 소각용 작품을 고르는 거예요?"

"글쎄요. 작가의 작업실에 작품이 있으니, 당연히 작가와 같이 보게 되는 거겠지요."

"혹시 작가의 의견이 로버트의 결정에 반영되거나 그런 건 아닌가요?"

"온전히 로버트가 고릅니다. 그의 선택이죠."

"그렇죠, 그래서 생각해봤어요. 로버트가 작가의 긴장감을 간파하고, 그걸 선택에 반영하는 게 아닐까. 그렇게요."

"그가 일부러 작가를 긴장하게 만드는 선택을 한다고 보시는 거군요."

"아닌가요?"

"글쎄요. 그러니까 작가의 반응을 살펴서 작품을 선택한다는 얘긴가요? 왜 그렇게 생각하십니까?"

"로버트는 더 좋은 걸 태우고 싶을 테니까요. 소각에 그가 부여하는 의미를 고려하면 그렇잖아요? 물론 온전히 로버트의 취향과 안목으로 더 좋은 걸 고를 수도 있겠지만, 사실 소각식에서 작가의 표정을 클로즈업해서 기록하는 이곳의 방식을 보면, 로버트는 작가의 반응을 중요하게 여기는 것 같아요. 그러니 소각용 작품을 고를 때부터 작가의 속내를 읽으려는 거겠죠. 작가가 그린 것 중에 가짜와 진짜가 따로 있을 리는 없지만, 그중에서도 작가에게 가장 '진짜'일 감정을 로버트가 냄새 맡는 거죠. 작가가 가장 사랑하는 작품을 태우는 게 강렬할 테니까. 아닌가요?"

대니가 가볍게 웃었다.

"의미 없어요."

"네?"

"작가가 사랑하는 작품을 로버트가 선택하는 게 아니라, 로버트가 선택한 작품을 작가가 사랑하게 되는 구조겠죠. 어떤 경우에든 작가는 사랑하는 걸 불태울 운명을 피할 수가 없다는 얘깁니다. 당신은 결국 그것과 사랑에 빠질 겁니다."

소각식이 로버트 재단의 전통으로 언급되고 있지만 이 행위도 맨 처음엔 우연한 사고에 의해 벌어진 실수였다. 세 번째 입주 작가의 전시회가 시작되자마자 작품이 불타버렸고, 그때 작가의 놀란 표정이 이슈가 되었던 것이다. 타오르는 작품 앞에서 작가는 충격을 받아 한동안 말을 잃었지만 결과적으로 그 불은 작가의 이름을 널리 실어 날랐다.

그래서 바로 다음, 네 번째 입주 작가의 고통이 컸다. 그는 이곳에 와서야 소각 제안을 받게 되었는데 그로서는 자기 차례부터 작품 소각을 정례화한다는 것이 불만이었다. 바로 앞선 작가의 경우야 사고였지만 일부러 소각을 하자는 것은 받아들이기 힘든 제안이었다. 그는 결정해야 했을 테고, 결국엔 로버트 재단의 논리에 설득되었다. 재단의 예상대로 그해 더 많은 사람들이 로버트 미술관을 찾아왔다. 그 이후 소각 전통이 쭉 이어져온 것이다. 갑작스럽고 우발적인 소각에 비하면 정례화된 소각이 주는 충격의 강도가 조금 옅어진 것은 사실이나 여전히 전시작품의 소각은 로버트 재단의 상징적인 퍼포먼스로 통했다.

나 역시 거기에 동의했고, 문제될 것이 없다고 생각했다. 그러나 뭘 그려야 할지조차 결정하지 못할 줄은, 8월이 된 후에도 그럴 줄은 예상하지 못했다. 내가 가볍게 한 말에 사람들이 의미를 부여하는 것도 부담스러웠다. 이런 상황에 초연할 수가 있나? 결국 작업실 벽에 포스트잇을 붙이기 시작했다. 분홍색은 내가 한 번 이상 이미 말한 것, 노란색은 사람들이 말한 것이었다. 며칠 후에는 노란색이든 분홍색이든 큰 차이가 없다는 걸 깨닫고 그런 구분을 그만두게 되었다. 포스트잇은 곧 동물의 털처럼 벽 하나를 가득 덮었다. 작은 창문이나 액자가 붙은 곳만 동물의 눈동자나 입처럼 털 없이 매끈했다. 종이는 종이의 자리에, 팔레트는 팔레트의 자리에, 의자는 의자의 자리에, 시계는 시계의 자리에, 달력은 달력의 자리에 있었다. 그리고 포스트잇의 과잉, 모든 것이 꽉 찬 그곳에 오직 하나만 없었다.

포스트잇에 메모한 것들을 하나씩 그리기 시작했는데, 완성까지 이어지진 않았다. 너무 많은 정보 탓일까. 물감을 개고 또 개고 있었지만 손놀림이 무거웠다. 이 물감 나이프 끝에 연결된 연고가 많아서 마치 그물에 걸린 기분이었다. 급하게 캔버스로 옮겨간 마음은 봉합되지 못한 채 그 귀한 재료들을 하나씩 버려놓을 뿐이었다. 작업 중인 캔버스가 한둘이 아니었는데 끝맺은 건 하나도 없었다. 작업이 막힐 때마다 그 답답함을 꾸역꾸역 쌓아놓다가 해가 저물 때쯤 산책로로 나가 뛰었다. 진척이라고 할 만한 건 달리기 기록뿐이었다.

문제는 나만 뛰는 게 아니라는 거였다. 2킬로미터 지점을 지날 때 옆에서 뛰어든 러너가 말을 걸었다. Q5였다. 우연을 가장했지만 조금도 자연스럽지 않았다. 나는 속도를 줄이지 않았다. 그는 최선을 다해 따라붙었다. 그러면서 내 손목에 채워진 시계를 흘끗 보고는 반가워했다.

"오오, 가민이네요. 역시 러너는 가민이죠."

그러면서 가민 제품이 다른 것보다 얼마나 좋은지 길게 늘어놓기 시작했는데 대화는 몇몇 마라톤 대회 기록으로 이어졌고,

그의 도전기가 어찌나 흥미롭던지 나는 그의 속내를 얼른 파악하지 못했다. 그래서 방심한 채 그와 나란히 걷게 되었던 것이다. Q5는 대화할 때 얼굴을 지나치게 상대방에게 들이미는 버릇이 있었다. 당혹스러웠지만, 그는 전혀 의식하지 못하는 습관 같았다.

"작품은 안녕하신가요?"

"망했습니다."

나는 그렇게 말했지만 Q5는 믿지 않거나 아니면 상관없다는 식으로 말했다.

"뭐가 등장하나요? 작품의 소재, 배경? 필요하신 게 있다면 말씀을 해주십시오. 언제든."

대답을 하지 않아도 될 거라 생각했지만 Q5가 계속 다음 말을 기다렸다. 나는 텅 빈 캔버스를 생각하면서 말했다.

"허허벌판?"

"허허벌판이요? 작품에 허허벌판이 등장합니까?"

내가 별말이 없자, Q5가 고개를 끄덕이고서는 말했다.

"전 문외한이지만, 캔버스 위에 허허벌판이 어떤 식으로 그려지는지 여쭤봐도 될까요? 이정표라도 나오나요? 간판이라든가."

"세부까지는 생각하지 못했는데요."

"그렇다면 허허벌판은, 제가 한번 준비해보겠습니다."

그게 농담이라고 생각해서 나는 소리내어 웃었는데, Q5는 진지했다. 내가 얼른 그게 아니라고 했으나 그의 반짝이는 눈빛은 내 말을 튕겨냈다. 그는 허허벌판을 새로 준비할 생각으로 벅차오른 듯 보였다.

"여기 처음 올 때 그때 타이어 막 터져 있던 그 허허벌판을 말한 거예요. 새로운 허허벌판이 필요한 게 아니고요."

"작가님이 지금 말씀하신 그곳은 엄밀히 말하면 Q가 아닙니다. 저희 구역 밖이거든요. 이왕이면 이 안에서 영감을 얻으시는 게 좋죠. 저희는 바로 준비할 수 있으니까요. 협조적으로."

"협조적, 아아……."

"지금 떠오르는 곳이 하나 있는데, 그 부근이 적당하지 않을까 싶습니다. 여긴 폐건물이 많거든요. 창고도 큰 게 몇 개나 되지요. 지금은 안 쓰고요. 공항도 있었다니까요. 지금은 안 쓰지만. 그쪽을 허허벌판으로 만드는 거야 뭐, 간단히 밀어버리면 되니까 금방 될 겁니다."

"글쎄……, 허허벌판이 인공적으로 만들어지는 건 허허벌판이 아닌 것 같은데요……."

"Q는 작가님과 함께하는 모든 게 다 영감입니다. 지금 이 길에다가도 표시를 하고 싶은 심정입니다. 작가님과 제가 허허벌판에 대한 영감을 나눈 장소, 하고요. 요렇게 흰 선으로 그리는 것이지요."

"사고 났을 때처럼요?"

"이것도 사고죠. 사랑도 교통사고에 비유하지 않습니까? 또 뭐가 필요하십니까? 상당히 흥미롭군요. 작가의 창작 과정에 동참한다는 게. 음, 저 해바라기 상징은 어떠십니까?"

"좋군요. 정열적이고."

길 너머로 보이는 해바라기는 어디서 얻어맞은 것처럼 한껏 부풀어 있었다.

"제가 해바라기를 그리길 바라시나요? 여기 분들은?"

그러자 Q5는 확신이 좀 없어진 듯했다.

"작가님 마음에 들었으면 좋겠지만, 저희가 단순히 해바라기를 그려주십사 의뢰한 건 아니니까요. 어디까지나 작가님의 예술적 안목을 따라가고 싶은 겁니다. 머리 아픈 얘기이긴 한데, 무엇이 Q의 랜드마크가 될 것인가를 두고 Q 안에서도 이해관계가 다 다르니까요. 저는 해바라기가 마음에 들긴 합니다만, 작가님이 제 뮤즈나 마찬가지라 제가 작가님께 물어봐야 하는 것이지요."

"만약 제가 해바라기를 그려서 그게 전시되고 혹시나 소각된다면, 설마 그것도 TV시리즈가 되려나요?"

"작가님이 빗자루를 그리셔도 TV시리즈가 될 겁니다. 우린 모두 작가님 안목에 거는 기대가 크니까요."

"그다음에는 어떻게 되나요?"

Q5는 잠시 생각하더니 조금 작은 목소리로 대답했다.

"박물관 같은 게 생길 수도 있겠지요. 공원도 좋고, 도서관도 극장도 좋습니다. 관광과 쇼핑, 예술이 함께 어우러진 곳으로 만들 겁니다. 그게 Q의 새 목표죠. 잘 아시지 않습니까, 아트하이웨이. 예술가의 영감부터 파급력 사이에 고속도로를 뚫어버리겠다는 추진력이요.."

"그다음에는?"

"유명해지는 거죠."

"만약에 제가 못 그리면요?"

"예?"

"작품을 완성하지 못하면 어떻게 될까요? 작품이 별로라거나."

"그럴 리가 있나요."

Q5가 싱긋 웃어 보이고는 걱정스러운 듯이 내 안색을 살폈다.

"그런데, 어디 몸이 안 좋으신가요?"

요즘 잠을 못 자고 있다고 했더니 그는 압박감이 심한 것을 이해한다면서 솔직히 말하면 만나는 사람들이 모두 다 내 작업

속도에 대해 이러쿵저러쿵 말들이 많다고 했다. 내 아연한 표정을 금세 간파한 그는 양팔로 원을 크게 그리면서 "응원의 마음이 이만큼 크다는 뜻"이라고 했다.

마치 그 고백을 책임지라는 듯이 그 밤부터 잠이 더 멀리 달아났다. 이곳에 도착한 첫날을 빼면 제대로 숙면한 적이 거의 없었다. 그것을 뒤늦게서야 인정하게 된 셈인데, 그동안은 시차 핑계를 댔던 것이다. 겨우 잠들었다가도 베개의 솜이 훅 빠지는 느낌에 놀라 깨어나곤 했다. 자다 깨서 벽에 붙은 〈캐니언의 프러포즈〉를 바라보면 그 사진 속 풍경이 평소와 좀 다른 느낌으로 부담스럽게 다가왔다. 그 옆에 포스터를 가릴 수 있는, 슬라이딩 도어가 있었으므로, 있다고 믿었으므로, 어느 밤에는 그 타공판 덮개를 움직여 바로 옆의 사진 포스터를 가리려고 했다. 그리고 다음 순간에 깨달았다. 타공판 덮개가 움직이지 않는다는 걸. 그건 덮개가 아니라 그 자체로 벽에 붙은 장식이었던 것이다. 마치 내가 입은 잠옷의 넥 칼라 부분처럼 그 자리에 고정된 형태였다. 차라리 그것이 없었다면 모르겠는데, 바로 옆에 있는 그 덮개를 단 1밀리미터도 움직일 수 없다는 것을 알게 되니 당혹스러웠다. 그리고 더 넓은 범위를 담아낸 와이드 버전의 사진, 〈캐니언의 로버트〉를 떠올리자 더 긴장이 됐다. 나는 프레임 안에 있고 그는 밖에 있다.

베개가 단두대라면 이불은 톱쯤 될까. 단두대 위에 머리를 올리면 밤 내내 이불이 내 목 위를 오가면서 시간을 분초 단위로 대패질했다. 해가 뜨면 잠들기를 거의 포기하게 되었으므로 여섯 시간, 혹은 다섯 시간에 걸친 고문이 끝났다. 잠은 조금씩 달아났고 나는 꽤 오랜 시간 어둠 속에서 벽지의 무늬나 허공의 먼지를 눈으로 더듬었다. 눈을 감으면 귀는 세상에 없는 소리까지 잡아냈다. 온갖 것을 헤아리다가 겨우 잠에 들기도 했고 다시 또렷해지기도 했다. 양 한 마리, 두 마리, 세 마리, 풍력발전기가 하나, 둘, 셋, 넷, 해바라기가 하나, 둘, 로버트가 하나, 둘, 셋……. 입주 작가도 하나, 둘, 셋…….

몇 달 간격으로 같은 침대에 누웠던 작가들이 스무 명 가량 있었다. 그들은 모두 작품을 완성했고, 계약대로 의무와 권리를 이행했고 유명해졌다. 이 창작 프로그램 참여 이력을 잘 활용했다. 그들이 모두 잘 먹고 잘 자고 잘 지냈던 건 아니다. 불면증은 매우 흔했다. 언젠가 샘이 지나가듯이 했던 말이 떠올랐다. 이전에 어느 작가가 베개 3번은 너무 부드럽고 4번은 너무 딱딱하다면서 그 사이의 베개를 준비해달라고 했고, 재단 측에서 최대한 맞춰주었음에도 불구하고 결국 마음에 드는 베개를 찾지 못했다는 얘기였다. "그 정도면 본인 베개를 가져와야 하는 거 아닌가요?" 그때 나는 그렇게 반응했다. 그때까지는 나와 그의 불면이 다르다고 믿었던 것이다.

그와 나의 불면이 다를 바 없다는 걸 알게 된 다음, 내가 느낀 건 결과물에 대한 압박이었다. 그는 결국 불면을 소재로 조각 작품을 완성했으니까. 그의 수면은 생산적인 것이 되고, 나의 수면은 그저 고충으로 남을 수도 있었다. 작품은 소각용이 되어 사라졌고, 로버트의 서재에서 볼 수 있는 건 그가 전시 기간 중 가졌던 아티스트 토크 영상이었다.

"여기서는 베개 선택권을 줍니다. 나에게는 3과 4 사이가 딱 좋았어요. 3.5는 아니고 그보다는 3에 조금 더 가까운 정도를 원했고, 그래서 얼추 그 정도 되는 베개를 받았음에도 불구하고 계속 베갯솜의 중량과 밀도를 헤아리게 됐습니다. 제가 원하는 베개는 3.1도 3.2도 아니었습니다. 그 사이였습니다. 실험을 계속했죠. 3.15? 3.16? 3.14? 3.141……. 그러다 밤마다 원주율 값에 가까워졌던 겁니다. 파이요. 그 숫자들이 잠으로 가는 걸 막는 컨테이너 박스처럼 느껴졌어요. 그래서 이 작품을 만들게 됐죠. 3.14 15926 53249 72617 89821 59231……. 숫자가 적힌 계단을 따라 올라가면 어느 틈에 안과 밖이 바뀌는 경험을 하게 됩니다. 끝은 없고요. 네? 맞습니다. 그래서 제목이 〈뫼비우스의 잠〉이 된 거죠. 아아, 눈치채셨군요? 내가 외운 무한의 수, 맞습니다. 어느 지점부터는 아무거나 되는대로 읊은 거예요. 그냥 다섯 개씩 아무거나 묶어서요. 정신을 놔요, 내려놓으라고요. 그래야 잠으로 가죠."

잠 못 드는 이가 또 있었다. 라스베이거스의 어느 모텔에서 쏟아지는 잠을 참아가며 자신이 맡게 될 역할을 연구하던 배우. 준은 날이 밝자마자 내게 메시지를 보냈다.

"인연이 참 무섭습니다. 안이지 씨."

준비했던 오디션에는 낙방했고, 그로 인해 좌절감을 맛보던 차에 우연히 다른 영화 쪽에서 제안을 받았는데 그 끝이 나와 닿아 있다는 거였다.

"안이지 씨가 해준 얘기가 겹치더라고요. 나 이번 작품 아주 잘하고 싶거든요? 시나리오 단계인데 감독이 한국인이에요. 같이 고민하고 만들어갈 거예요."

"내가 해준 얘기가 뭐였죠?"

"개한테 사진 빼앗긴 사진작가 있잖아요."

"그게 영화가 돼요?"

"일부이긴 한데, 그래요. 그래서 말인데 나 좀 만나줄래요? 우리 연출이 안이지 씨를 만나고 싶대요."

"저를요? 왜요?"

그들은 이리로 오겠다고 했다. 나는 거절했다. 이건 로버트 재단에 도착한 이래 여러 버전으로 변주를 거듭하며 실패했던 그런 류의 만남이 분명해 보였고 나는 얼마든지 거부할 수 있었다. 준이 쿠폰을 꺼내들기 전까지. 그건 내가 몇 달 전에 발급해 준, 내 도움이 필요할 때 언제든 돕겠다는 내용이 들어간 쿠폰이었다.

"그걸 지금 쓰겠다는 거예요? 그 미팅에 제가 나가는 걸로? 아니, 왜 그걸 그렇게 함부로 써요? 데이트 신청 같은 거면 또 모를까."

준이 너무 정색을 해서 나는 내뱉은 말을 금방 수정해야 했다. "아니, 뭐 그 영화팀이 왜 저를 만나요?"

"긴 설명이 뭐 필요합니까? 쿠폰 쓰는데!"

며칠 후 우리가 만나기로 한 식당은 마치 섬처럼 검은 호수 위에 있었다. 식당의 진입로를 포함해서 그 앞뒤로 아스팔트를 새로 깔고 있었던 것이다. 안내를 받아 총총 뛰면서 걸었는데도 신발 밑창에 검고 반짝이는 아스팔트의 흔적이 남았다.

준도 몰랐던 모양이지만, 그 영화 팀 연출과 나는 구면이었다. 오래전에 행사를 같이 한 적이 있었다. 미술과 영화의 융합—그런 취지의 행사였고 그때 우리는 한 팀이었다. 꾸준히 연락하고 지낸 사이는 아니었으니 변명을 늘어놓을 것까지는 없었는데도 그는 나를 만나자마자 그동안 너무 정신없어서 연락을 하지 못했다고 했다. 당시에 그를 선배라고 불렀던지라 이번에도 선배라고 불렀지만, 엄밀히 말하면 그는 나보다 나이가 많을 뿐 데뷔도 내가 먼저 했고, 딱히 겹치는 분야도 아니었다. 그는 나를 꼬박꼬박 '우리 후배님'이라고 부르며 말을 놓았다. 이번 로버트 재단 후원 작가가 한국인이라는 걸 알고 어찌나 반가웠는지 모른다고, 그것도 자신이 아는 한국인일 줄은 생각지도 못했다면서 술을 권했다. 그는 로버트 재단의 시스템이라든지 평판, 특히 가십에 대해 단기간에 고함량의 정보를 습득한 것처럼 보였고 내게 여러 조언을 하고 싶어 했다.

"후배님, 최대한 한국적인 것을 녹여. 답은 이미 다 나와 있다. 그들은 아마 그런 것을 기대할 거야."

"여기 미국 도시 Q를 다루기로 약속이 된 건데 한국적인 걸 어떻게 결합하려나요."

"그게 창작자의 몫이지. 감내하셔야지."

우리 자리에는 그 연출가 선배, 준, 나, 그리고 Q의 한 사람이 있었다. Q의 사람은 나와 구면이라고 했는데 나는 그를 기억하지 못했다.

"아무래도 저분은 후배님을 감시하러 온 것 같아. 그리나 안 그리나. Q는 좀 과열됐어. 아니, 예술가 턱 밑에 모여 앉아 있으면 어쩌자는 거야. 어우, 후달리지. 압박감이 그냥."

그렇게 말하는 이 연출가 선배 역시 Q의 아트하이웨이 프로젝트와 영 무관하지 않은 사람이었다. 이런 대화는 한국어로 오갔으므로 Q는 그 내용을 모르고 있었는데 눈치 없이 준이 그걸 통역해 그에게 전해주었다. 그러자 Q는…… Q10으로 하자. Q10은 펄쩍 뛰며 자신이 온 건 단지 이 식사를 대접하기 위해서라고 했다. 그러면서 연출가를 향해 "Q 프로젝트를 잘 부탁합니다"라고 했다. 그러자 연출가는 고개를 가로저으며 나를 가리켰다.

"전시회가 성공적이어야죠. 저희는 뭐. 그 이후의 일이니까. 우리 작가님께 술 좀 더 드리세요."

예상한 대로 그는 그렇게 발 빼기를 시작했다. 예전에도 그랬던 기억이 되살아났다. 곧 술병 주둥이가 다시 내 앞으로 왔다. 내 잔이 넘칠 정도로 채워졌다.

"작가님만 믿겠습니다."

Q10이 그렇게 말했고, 눈앞에서 서너 개의 술잔이 다가와 충돌한 후 돌아갔다. 연출가는 준과 나를 번갈아 바라보며 물었다.

"두 사람은 어떻게 만난 거야? 알고 지내던 사이는 아니었다면서?"

"두 분은 어떻게 만나신 거예요? 준 배우님이 선배 영화에 출연해요?"

"송준 없으면 우리 아무것도 못해, 기둥이야. 기둥. 다 그 나물에 그 밥 같은 이 바닥에서 정말 보기 드문 친구지. 그 끝이 또 후배님이랑 맞닿아 있다고 해서 어찌나 놀랐는지. 아, 힌트 좀 줘요. 우리는 그 허허벌판 소리를 듣고 왔거든. 허허벌판이 중요해요? 주요 배경인가? 보니까 해바라기밭을 다 밀어버린다면서?"

"그래요? 전 잘 모르는 얘긴데?"

"그럴 줄 알았지. 이 바닥이 이렇다니까. 예술가 턱 밑에 요러고 있다고. 아 후달려, 후달려. 그럼 우리 한번 같이 집단 지성의 힘을 발휘해보자고. 허허벌판 말고 차라리 탑 같은 건 어때?"

"탑이요?"

"빌딩 형태. 우리는 수직적인 얘기를 준비하고 있거든. 그 로버트 미술관에도 수직 탑 같은 게 있다며."

"미술관이요?"

"거기를 배경으로 하면 딱이다 싶은 얘기가 있어서. 내가 준비 중인 건 말이야."

그러자 Q10이 상당히 불안해하면서 준에게 무슨 얘기가 오가고 있는지 영어로 물었다. 한국어로만 오가는 정보들이 그를 소외시킨 모양이었다. 어쨌든 선배가 내게 전달하고픈 진짜 얘기는 그거였다. 최대한 자신이 준비 중인 영화와 연결될 구석이 하나쯤, 내 그림에 반영되기를 바란다는 것. 그동안 Q들이 전해온 메시지와 크게 다르지 않은 것이었다.

"현대 예술의 종착지는 결국 영상이야. 파급력에서 보면 확실히 그렇지. 후배님이 그리면 그게 Q의 랜드마크가 될 거야. 그럼 우리가 거기에 스토리를 입혀서 세계인을 매료시킬 거라고. 이 과정은 쉬운 게 아니야, 너무 중요한 거야. 모두의 생존이 걸려 있다고. 정신을 바짝 차려, 후배님. 응? 돈이 다 이 판으로 몰리고 있어. 그러니까 확 뜨는 곳도 생기고 확 망하는 곳도 생기지."

그는 몇 년 전 움 사가 하는 프로젝트에 뛰어들었는데, 그 기업이 그만 파산 위기를 겪고 있다는 말을 하면서 술잔을 단숨에 비워냈다.

"탄탄하던 곳도 휘청하는 건 순식간이거든. 거기 사장이 뮤지컬에 손을 대면서 영화판까지 갔고 투자를 과하게 하다 보니까 휘청한 거지."

"그 뮤지컬, 선배가 쓴 거 아니었어요?"

"그 작품이 첫 테이프긴 했지만 결정타는 아니었다."

그 말을 끝으로 잠시 침묵이 흘렀다. 고요했다. 창밖으로 중장비 차량 두 대와 인부들이 그대로 있었는데 아무 소음도 들리지는 않는다는 게 신기했다. 그들은 쉬고 있었다. 그들이 덮어놓은 아스팔트가 햇빛 아래서 반짝거렸다.

"밖에서 하는 공사가 뭐예요?"

그러자 Q10이 반색하며 말했다.

"작가님에게 영감을 드리는 공사입니다."

내가 손사래를 치면서 영감을 주지 말라고 하자 연출가가 말했다.

"얼마 전에 후배님이 까만 펄 물감 한 박스를 주문했지? 그거 소문이 쫙 깔렸어. 아스팔트처럼 쫘아악."

"그게 왜요?"

"아스팔트를 표현하려고 했다며. 그래서 곳곳에 지금 아스팔트를 다시 깔고 점검 중인 거야. 내가 말했잖아, 후배님의 일거수일투족이 모두에게 영감이 된다고. 여기 사람들이 후배님 턱 아래에 요렇게 모여 있다고, 옹기종기."

그래서 내가 음식점 입구에 들어올 때만 그토록 활기찬 아스팔트 공사가 시작되었던 것인가? 우리가 음식점을 출구로 다시 나갈 때도 마찬가지였다. 그들은 나를 위한 퍼포먼스를 했다. 이게 뭐란 말인가, 정말이지 영감 과잉의 시대였다. 무슨 말을 하면 그것은 어떻게든 밖으로 새어나갔고 Q의 사람들을 움직이게 했다. 허허벌판 만들기는 작품보다 훨씬 빠른 속도로 진행되었다. 산책로 곳곳에서 허허벌판스러운 공간과 마주쳤다. Q와는 상당히 떨어진 곳에 위치한 호텔에서도 자기네 공간이 내 작품에 어떤 영감이 될 수 없는지 물었다. 허허벌판을 보유하고 있으며, 먼지에 불과한 소품으로라도 괜찮다고 그들은 말했다. 물론 주요 소재면 더 좋겠지만, 이라고도 덧붙였다.

6

'이 근처에 버려진 공항이 하나 있습니다. 그 터는 어떠십니까.'

나는 이제 '허허벌판의 위치 컨펌 요망'이라는 메일을 받는 지경에 이르렀다. 후보는 세 곳 정도였는데, 하나는 산책로에 있는 해바라기밭, 다른 하나는 폐공장 건물, 그리고 마지막 장소가 한때 공항이었다가 지금은 폐허가 된 곳이었다. 허허벌판의 위치를 확인해달라니, 황당한 일이 아닐 수 없었는데 어쩌면 연출가 말대로 내가 너무 구닥다리 겁쟁이일 수도 있었다. 이왕이면 거대한 안이지 월드를, 연출가 말대로 'Not Easy World'를 만들 필요가 있었다.

이메일의 발신인은 Q5였다. 아니 Q8이었나? 내 휴대폰에 저장된 Q가 모두 86개나 된다는 사실이 끔찍했다. 이 도시에 와서 만난 사람들을 모두 헤아려보아도 86명은 되지 않을 것 같았는데 분명 Q로 시작하는 번호는 86개나 있었다. 로버트 재단까지 참조로 되어 있는 그 이메일에는 이미 세 개의 허허벌판 부지에 대한 문서가 첨부되어 있었고, 그중 하나에는 작가의 결재란까지 있었다. 결재라니, 이런 코미디 같은 상황이 있나?

내가 이 도시 안에서 무언가를 하려고 할 때 때맞춰 벌어지는 일들은 대체로 우연이 아니었으나, 쉼터에서 개들을 관리하는 코치가 내 앞에 나타난 건 드문 우연이었다. 그에게는 나와 대화하고자 하는 의지가 별로 없어 보였고, 바로 그 이유로 나는 그에게 이것저것 묻게 되었다. 덜 부담스러웠던 것이다.

그는 Q의 산책로에서 이루어지는 개 산책 서비스의 책임자였다. 쉼터라고 부르는 2층짜리 건물이 있었고, 거기서부터 여러 갈래로 개와 함께 산책할 만한 코스가 뻗어나갔다. 처음에 나는 그것을 각자의 반려견과 함께 산책할 만한 코스라는 의미로 받아들였는데, 그게 아니었다. 핵심은 시간제 개 대여 서비스였다. 쉼터에는 모두 39마리의 산책용 개가 있었다. 다양한 이유로 개를 키우지 않는 사람들이 개와 산책하고 싶어서 찾아오기도 했고, 개와 산책하는 자신의 모습을 감상하거나 노출하고 싶어서 찾아오기도 했다. 개 산책로 곳곳에 페이스북이나 인스타그램의 로고를 활용한 포토존이 있는 건 그런 이유 때문이었다. 이런 식이다. 어떤 사람은 흰 털이 복슬복슬한 개와 함께 걷는다. 아래로 솜사탕을 늘어뜨리고 가는 것처럼 보인다. 개의 목줄을 낚싯대처럼 드리우고 개를 미끼처럼 매달고 가는 사람도 있다. 개를 핸드백처럼 옆에 끼고 뛰는 사람도 있다. 여러 마리의 개들을 풍선처럼 엮어 가는 사람도 있다. 그리고 다른 이들의 산책을 엿보는 사람도 있다. 나는 그렇게 엿보는 이들 중 하나였다.

"개가 달아나거나 하지는 않나요?"

"가긴 어딜 갑니까. 여기가 천국인데."

천국을 유지하기 위해 코치는 큰 지팡이를 들고 다녔다. 훈련 과정을 볼 수도 있나요, 하는 내 말은 코치의 대답에 묻혀버렸다.

"그럴 만한 내용은 아니죠."

그 역시 내가 Q의 아트하이웨이에 관여하는 작가라는 것을 알고 있는 듯했는데, 그렇다면 그는 내 작품에 등장하는 걸 원치 않는 거의 유일한 사람인 셈이었다. 개 대여 서비스를 좀 관찰하고 작품에 담아도 되냐고 하자 그는 편한 대로 하라고 말하면서도 "우리는 Q의 명물이 아닙니다. Q에만 있는 게 아니거든요"라고 했다. 북미, 유럽, 아시아의 12개 도시에 개 산책 대여 서비스가 진출해 있었고, 그중에 서울도 있었다.

"서울에도요? 아아, 이국적인 서비스라고 생각했는데 그런 것도 아니군요."

"우리는 신용카드 결제를 허용합니다. 이런 네트워크 안에서는 이국을 느끼기 어렵죠."

그러고는 내가 조금 전까지 서 있던 자리를 마대자루로 쓱쓱 닦기 시작했다. 내 발자국은 순식간에 사라졌다. Q에서 자주 마주치는 사람들은 대부분 내게 관대한 표정을 지었으나 코치는 아니었다. 내가 뭘 물어보면 답을 해주긴 했으나 기본적으로 냉담했다. 지나치게 관대한 사람들도 부담스러웠지만, 지나치게 냉담한 사람은 나를 불안하게 했다. 노란색 포스트잇에 신용카드라고 적어 작업실 벽에 붙였다. 옐로카드 같았다.

열여섯 개의 산책로를 매일 3킬로미터씩, 많으면 5킬로미터까지 뛰었는데 어느 순간부터는 달리기가 끝나도 길 위에서 차례대로 흘러가는 기분을 느꼈다. 컨베이어벨트 위를 이동하는 사물처럼. 나는 잡아먹히지 않기 위해 뛰었다. 한 마리의 개를 보기 전까지는 분명 그랬다.

어느 날, 내가 그 일대를 뛰고 있을 때 얼굴이 벌게진 여자가 성큼성큼 걸어와 큰 소리로 투덜거렸다.

"얘가 똥을 쌌어요."

여자는 한 손에 농구공만큼 커다란 휴지 뭉치를 들고 있었다. 쉼터 직원이 얼른 여자의 농구공을, 아니 휴지 뭉치를 받아 들었다. 그 더미 속에 똥이 들어 있다고 했다. 여자는 상황을 설명하기 시작했다.

산책로를 반쯤 걸어갔을 때, 갑자기 개가 이상하게 자세를 취하기 시작했다. 여자가 목줄을 끌어당김과 동시에 개의 똥이 길게 늘어졌다. 여자는 반사적으로 가방을 뒤져 휴지를 꺼냈고 똥을 치웠다. 한 손에 개의 목줄을, 다른 한 손에 휴지 더미를 들고 걸었다. 540미터, 550미터, 560미터…… 그러나 휴지통은 나오지 않았고, 여자는 휴지 한 통을 모두 다 써버렸다. 거의 농구공만큼 커진 휴지 더미를 들고 여자는 쉼터로 왔다. 시한폭탄이라도 되는 듯, 누가 뭐라고 하기만 하면 그냥 아래로 투척할 수도 있을 것 같은, 똥이었다. 직원이 개를 살펴보더니 여자가 지불한 돈을 환불해주었다. 그러고도 무료 쿠폰을 몇 장이나 내밀며 연신 사과를 했다. 개가 분명히 산책 직전에 배변을 했는데도 이런 걸 보면 몸이 아픈 것 같다는 얘기였다. 여자는 산책로 끝의 긴 의자에 걸터앉았다. 옷에 개똥이 묻은 건 아니었지만 여자는 물티슈로 온몸을 털었다. 부산스럽게 움직이는 여자에게 다가가 말을 걸었다.

"개가 똥을 쌀 수도 있지 않나요?"

여자는 어처구니없다는 듯한 표정으로 대답했다.

"그런 개는 따로 있죠, 둘의 차이를 모르세요?"

"모르겠는데요."

"여기 개들은 그런 실수를 하지 않아요. 그걸 전제로 서비스를 하는 거고요. 그런데 제가 오늘 개똥을 치웠잖아요. 이게 말이 돼요?"

"개들은 모두 똥을 싸죠. 모두요. 정말 모두 다."

여자가 아무 말이 없어서 나는 그 여자를 따라 했다. "모르세요?"

여자는 고개를 한쪽으로 기울였다가 다시 가져오면서 말했다.

"여기 개들은 프로예요, 모르세요?"

다음날 나는 개 대여소에 가서 어제 똥 싼 개를 빌리고 싶다고 말했다. 직원은 좀 놀라는 시늉을 하며 나를 구석으로 데리고 갔다. 그러고서 이곳에서는 배변 훈련을 정확히 시켜서 내보내기 때문에 산책 중에 볼일을 보는 개는 없다고 말했다.

"어제 소동이 있지 않았나요?"

직원은 시치미를 떼다가 잠시 후, 더 작아진 목소리로 말했다.

"사실은 한 마리가 몸이 아파서 실수를 했답니다. 앞으로는 그런 일이 없을 거예요."

"뭐라고 하는 게 아닙니다. 저는 그 개랑 산책하고 싶을 뿐이에요."

생각보다 수월하지 않았다. 실수한 개는 39마리의 개들 사이에 꼭꼭 숨어 있었다. 벌써 38마리로 구조 조정이 이루어졌는지도 모를 일이었다.

잠시 후 나는 코치의 방으로 안내되었다. 겨우 2층 높이였는데도 이상하게 고소공포증을 느낄 만한 구조였다.

"찾으셨다고요."

코치는 천장에 머리를 부딪칠 정도로 키가 컸다. 원래 알고 있던 사실이었지만 유독 더 그렇게 보였다. 어제 그 개와 산책을 하고 싶다고 말했으나 그는 거절했다.

"그 녀석은 지금 벌을 받고 있어요. 훈련이 끝나면 다시 내보낼 겁니다."

"스트레스를 받아서 그런 거 아닐까요? 본인도 모르게 스트레스를 많이 받아서……."

"그럼 도태될 수밖에 없죠. 배변을 잘 조절하는 개들이 이렇게 많은데 말이죠."

코치는 습관인지 긴 지팡이를 약하게, 규칙적으로 땅에 찍으면서 대답했다. 나는 감정을 들키지 않기 위해 가방 속에서 수첩을 꺼내 들었다. 단지 산책을 하고 싶었을 뿐이었는데, 어느새 취재가 되어버린 상황이 나로서도 부담스러웠다.

"개들이 어떻게 배변 시점을 조절하나요?"

"훈련의 결과죠."

코치는 내 쪽을 보지도 않고 말했다. 콩, 콩, 지팡이가 땅에 닿는 소리가 거슬렸다. 개들은 불규칙한 욕구를 반납하고 대신 규칙적인 생활을 갖게 되었다. 적당량의 식사와 적당량의 배변 촉진제, 그리고 일정한 자극이면 충분했다. 코치의 가르침 아래 규칙적인 생활을 하는 개들은 실수하지 않았다. 산책을 하는 동안 예고되지 않은 상황을 만들지 않았다. 약속되지 않은 상황을 만들지 않았다. 그리고 배웠다. 인간의 화법과 인간의 보폭과 인간의 표정에 대해서.

"그런데 왜 그 개한테 관심을 가지시는 겁니까."

이번에는 코치가 물었다. 그의 발소리와 눈빛, 그리고 지팡이가 나를 긴장하게 만들었다. 그가 문을 열어주려고 팔을 뻗었을 때 나는 필요 이상으로 몸을 피하려 했다. 5, 4, 3, 2, 1…… 몸이 점점 얇아지는 것을 느끼며 계단을 내려왔고, 땅에 발이 닿았을 때는 두 다리가 한 장의 포스트잇처럼 나풀거리기까지 했다. 코치의 지팡이 머리 부분이 올가미처럼 내 목을 휘감을 것만 같았다. 상상이었는데도 온몸에 힘이 들어갔다. 버둥거리다가, 그가 지팡이로 땅을 쾅 내리찍는 장면을 떠올리자 힘이 쭉 빠졌다.

재단으로 돌아오자마자 서재의 안마 의자에 몸을 파묻었다. 덜덜 흔들리면서 대체 무엇이 내 에너지를 가로막는 것인지 헤아려보려 애썼으나 밤에 잠을 설친 탓인지 정신이 몽롱했다. 끔

빽끔빽 흔들리면서도 눈을 완전히 감지는 않으려고 애쓰는 것이 스스로 생각할 때도 우스꽝스러울 지경이었다. 아무거나 눈을 맞추고 맞은편에 놓인 것들을 쭉 읽게 되었는데 내 시선이 닿는 곳에는 로버트와 발트만, 그리고 발트만과 리나가 함께 찍은 사진 액자가 각각 하나씩 놓여 있었고, 긴 제목의 책이 몇 권 꽂혀 있었고, 그리고 헐리우드 입간판을 축소해놓은 것처럼 보이는 알파벳 블록도 있었다. 블록 하나가 손바닥만 한 크기였고, 아무렇게나 배열된 것이 아니라 'I AM INDEX'라는 문장을 이루고 있었다. 균일한 간격으로 세워져 있었고 모두 대문자였다. 내가 색인이다? 과연 이곳다운 문장이라고 생각했다. 로버트라면 충분히 할 수 있을 말, 본인이 모든 것의 기준점이 될 수 있다는 오만함. 눈을 질끈 감고 덜덜덜 흔들리는 동안 머릿속의 무언가가 뒤섞였는지 조금 재미난 해석이 하나 더 떠올랐다. 라틴어로 index는 금서 목록을 가리키는 말이니까, 로버트는 금서 목록이다?

방으로 돌아온 다음엔 침대에 누워 TV를 켰다. 채널을 이리저리 돌리다가 어딘가에 고정해놓고 보기를 한참 한 후에야 그게 개들을 위한 채널이라는 걸 알았다. 개의 두뇌 발달이나 자극을 억제하기 위한 프로그램 말이다. 어쩐지 눈높이가 한참 바닥에 가깝게 설정되어 있었고, 각도부터가 달랐기 때문에 화면

이 좀 이질적으로 느껴졌던 것이다. 아마도 그들은 내가 개 전용 프로그램을 보고 있다고 소문내겠지. 어쨌거나 TV에서는 사람의 말소리가 들리지 않았다. 고요했고 아주 가끔 사람의 말을 제외한 소리들이 약하게 들렸다.

게으름뱅이처럼 시간을 보낸 후 드디어 노트북을 켜고 미뤄둔 답 메일을 쓰기 시작했다. 일단 허허벌판 부지 컨펌 건에 관한 답변을. '허허벌판에 대해서는 제가, 고요히, 홀로, 조용히, 남몰래……' 단어를 고르고 고르다가 머리가 터져나갈 지경이었는데 이 얘기를 하자 샘은 "답 안 해도 돼요, 작가님. 겁먹지 마세요"라고 했다. 로버트 재단으로서도 지자체와 협력을 한 건 이번이 처음이라 그들의 간섭이 좀 당혹스러울 정도이긴 한데, 그건 그들 사정이고 작가는 중심을 잡으면 된다는 거였다. 과연 옳은 말이었다.

"그럼 제 다음 작가도 같은 방식으로 이어가나요? 다른 도시랑 협업해요?"

"그건 모르겠지만, 이번이 실험적으로 하는 거라고 들었어요. 결과가 좋으면 계속될 수도 있고요?"

"실험적으로요? 아아, 전 왜 매번 이렇게……."

"로버트 재단은 원래 실험적으로 뭘 많이 해요. 저도 처음엔 그렇게 온 거거든요."

샘은 자신이 로버트의 미용사로 고용되어 이곳에 오게 된 거였다고 했다. 그러나 로버트의 미용을 담당할 기회는 단 한 번뿐이었고, 그녀는 그 기회를 놓쳤다. 샘의 얘기를 듣는 동안 휴대폰의 빨리 앱이 잠시 어떤 알림을 보내왔다. 한동안, 앱이 On 상태였다는 것을 잊을 정도로 그것은 잠잠했다. 여긴 빨리 앱도 닿을 수 없는 불모지였던 것이다. 그런데 지금 반짝반짝하면서 뭔가를 알리고 있었다. 샘이 그게 뭐냐고 묻기에 나는 내가 일했던 배달 플랫폼이라고 말해주었다. 한때는 여기에 생계가 다 걸려 있었는데 지금은 정말 게임 화면처럼 보인다고.

"쿠폰 알림이네요. 지금 미국 진출 기념으로 쿠폰을 막 뿌리고 있대요. 라이더 도전해보세요, 앱 하나 깔면 금방인데?"

"라이더로 일하라고요? 전 여기서도 과로로 죽을 것 같은데요?"

"안전 교육만 받아도 쿠폰을 줘요. 10달러인가?"

"그래요? 이름이 뭐라고요?"

나는 배달 플랫폼의 안전 교육과 로버트 재단의 안전 교육이 상당히 비슷한 형식을 갖고 있었다는 얘기를 하려다가 말았다. 그보다는 샘의 이야기가 듣고 싶었다. 미용사로 들어와서 관리부 인턴이 된 얘기. 샘은 처음에는 조금씩 이야기를 하더니 나중에는 신이 나서 비밀이랄 것도 없는 비밀을 털어놓았다.

"그거 아세요? 인간의 모질 차이에 비해서 개들의 모질 차이가 더 크거든요. 로버트는 파피용이잖아요, 마리 앙투아네트의 강아지요. 장모종인데, 장모종이랑 단모종은 달라요. 쓰는 빗부터 차이가 나요. 그런데 로버트가 원한 스타일이 핀셔 종 스타일이었대요. 그 당시에는 그랬어요. 지금도 걸을 때 보면 핀셔처럼 해크니 기법을 쓰잖아요. 요렇게 앞다리를 유독 높이 들고. 여하튼 그래서 저는 망했어요. 미용 실패로 잘렸죠. 그러다 돌고 돌아 다시 관리 일을 맡게 된 거고요. 여전히 기운이 나지 않으시나보네요, 작가님. 제가 비밀을 하나 알려드리면, 로버트 말이에요. 고상해 보이지만 사실 짱구 눈썹이 있어요. 어, 모르셨어요? 어떤 개들은 눈썹 있어요. 사람 눈썹처럼 보이는 음영 같은 건데, 로버트도 그 눈썹을 털로 가려뒀죠. 요오오렇게 들춰보면 알아요."

어떻게 들춰보란 말인가, 휴대폰을 보여주려고 팔만 조금 뻗으려 해도 통역사들이 경호원으로 돌변하는데. 본인이 말하고도 어이가 없었던지 샘은 크게 웃었다.

"답답하시면 차를 몰고 나가세요. 드라이브라도 하세요. 절 태워주셔도 좋고요."

"괜찮겠어요? 저는 왕초보예요. 장롱면허였거든요."

"좋은 차니까요! 제가 도로 연수를 해드릴게요."

그렇게 우리는 허허벌판 자료 중 몇 곳을 찾아가 단지 운전 연습을 위한 운전을 했다. 가장 연습하기 편한 곳은 오래전 공항이었다가 지금은 폐허인 장소였다. 내가 그 장소를 마음에 들어 하자, 샘은 언제든 함께 나와서 내 운전을 돕겠다고 했다. 그러면서 특히 그 폐공항 쪽은 자신에게도 각별할 수밖에 없다는 얘기를 했다. 그곳에 땅을 좀 사두었기 때문에.

"설마 제 허허벌판 발언 때문에요?"

"뭐, 떠도는 소문이 있으니까요. 제가 여길 산 이유는요, 일단 땅값이 쌌고요. 그리고 저런 것들이 흥미로웠기 때문이에요. 여기 공항이 기능을 잃어버린 다음에 게이트니 의자니 그런 걸 다 경매로 팔았거든요. 저는 게이트2 번호판이 마음에 들어서 그걸 사려고 했어요. 그 김에 땅도 샀고요. 그렇지만 작가님. 겁먹지 마세요. 어떻게 예술이 사업을 반영해요? 전 그건 순서가 잘못된 계산이라고 생각해요."

내게 닿는 모든 말이 접착력 떨어진 포스트잇처럼 팔랑팔랑 흔들리고 있었는데, 샘이 준 안도의 기운은 의외로 묵직하고 은은했다. 그녀가 갖고 온 은쟁반 위의 편지봉투, 그걸 개봉해서 로버트 리터러시가 필요한, 난폭한 내용의 편지를 읽고도 속이 뒤집어지지 않을 만큼 위안이 됐다.

디톡스 효과가 그리 오래가지는 못했다. 로버트는 만나자마자 내게 이런 말을 쏟아부었다.

"머리에 뭐가 들었습니까?"

"제 머리요?"

"허허벌판입니까?"

"예?"

"허허벌판이 작가님 머릿속에 있습니까, 요즘?"

"네, 아주 텅텅 비었습니다. 용량은 충분합니다."

"용량이 많아서 좋으시겠습니다."

통역사를 향해 이게 지금 무슨 대화냐고 물었을 때 그는 상당히 불미스러운 상황을 목격한 기계처럼 보였다. 정확한 표현에 대해 알고 싶다고 하자 통역사는 마치 복화술을 쓰듯 입술을 크게 움직이지도 않고 말했다. 약속을 하라고, 미래에 대한 얘기를 하라고. 그러나 뭘 약속하란 말인가. 나는 당혹감으로 뒤죽박죽이 되었고, 평정심을 되찾기 위해 애써 괜찮은 척하려 했지만 얼굴이 이미 벌겋게 달아오른 게 스스로도 느껴졌다. 저런 말을 한 로버트의 눈빛을 확인해야 했다. 나를 노려보고 있는지 딴청을 피우고 있는지 알고 싶었다. 로버트는 눈을 감고 있었다. 마치 지루하다는 듯. 나는 곧 작품을 완성할 수 있을 거라고 말했지만 로버트의 표정은 변하지 않았다.

우리는 그의 아름다운 온실에서 차를 마시는 중이었다. 로버트의 뒤쪽으로 멕시코가 원산지라는 다육식물이 길게 땋은 머리처럼 드리워져 있었고, 옆으로는 인공 폭포에서 끊임없이 물이 떨어졌다. 그리고 알록달록한 새들이 온실 안을 날아다녔다. 그 인공 열대 속에서 로버트는 보란 듯이 자신의 과거 업적 이야기를 했다. 질식사할 뻔한 귀족 두 명을 구출한 적도 있었고, 벼룩시장에서 17세기의 귀한 골동을 찾아냈으며, 소유주도 위작이라고 믿고 있었던 그림이 진작임을 로버트가 밝혀냈다는 전설적인 업적들. 그는 같은 이야기를 네 차례에 걸쳐 압축했고, 그것이 마침내 "단지 물감 냄새를 맡았습니다"라는 한 줄로 요약될 때까지 나는 식탁 밑에서 냅킨을 뜯었다. 북어포처럼 길게, 길게.

"어떻게 그렇게 놀라운 성과를 내셨나요?"

어떤 답을 듣기 위해서 던진 질문은 아니었고 흐름상 필요한 의례적인 경탄이었는데 그는 정색했다.

"매일!"

그러고는 내게 왜 그걸 모르느냐는 듯이 설명했다.

"일하는 겁니다. 그 외에 어떤 다른 방법이 있죠? 남들 쉴 때 다 같이 쉬면 대체 어떤 여분으로 발전을 하나요? 모두가 말하죠. 내가 일과 결혼했다고들."

"일도 그렇게 생각할까요?"

비딱한 농담처럼 툭 튀어나온 말이었는데 로버트가 귀를 쫑긋했기 때문에 나는 더 말할 수밖에 없었다.

"그러니까 그 결혼에 대해서 일 입장에서도 동의할지, 합의가 된 것인지? 세상엔 짝사랑도 많으니까요."

샘이 차를 리필해주는 동안 우리의 대화는 잠시 끊겼다가 곧 다시 이어졌다. 로버트는 나태함이 가져오는 최악의 사례들에 대해 늘어놓았다. 그의 비난이 이어지는 동안 앞에 놓인 블랙박스는 어떤 불빛을 내보내는 듯했고 나는 거기서 눈길을 뗄 수가 없었다. 겉으로 보기엔 그저 냅킨통이나 오디오 스피커 같은 정육면체였는데 저것이 대체 어떤 식으로 로버트의 난폭한 말들을 기록하고 다시 인간의 언어 형식으로 내보낸단 말인가? 대화 내내 블랙박스를 들여다보는 이는 대니였고, 그의 오른쪽 귀에는 이어폰이 걸려 있었다. 왼쪽은 아니었다.

"이게 궁금하신 모양이군요."

로버트가 말했다.

"네. 그것이 당신과 나 사이에 있으니까요."

"썩 괜찮은 도구지요."

내가 왜 상용화하지 않느냐고 묻자 그는 어이없다는 듯 말했다.

"왜 상용화해야 합니까?"

그것은 카르마라인 같은 거라고 로버트가 말했다.

“카르마라인이요?”

“작가님은 매일 아침 ‘오늘의 날씨’ 카드를 받을 겁니다. 그게 당신이 신경 쓸 수 있는 영역이니까요. 내가 받아보는 ‘오늘의 날씨’ 소식은 조금 다릅니다. 나는 우주 날씨를 받아 보거든요. 지구 대기권을 벗어나 지구의 날씨와 우주 날씨를 가르는 기준이 되는 지점, 그걸 카르마라인이라고 부르죠. 작가님은 매일 아침 이곳의 말라 죽은 해바라기를 보고 애도하지만, 나는 매일 아침 인공위성이 찍은 사진을 봅니다. 우리의 영역이 다르다는 얘기죠. 경계가 있다는 얘깁니다. 이러한 경계를 누구나 다 가질 수는 없는 겁니다. 이건 내게 맞춤한 방식이기도 하고.”

그는 방금 한 말을 또 반으로, 반의반으로 접기 시작했고, 나는 내게서 출발한 말들이 로켓처럼 쏘아올려져 그 카르마라인을 통과하기 위해서 얼마나 많은 것을 덜어내야 하는지에 대해 생각했다. 가볍게, 최대한 가볍게, 불필요한 것들을 덜어내고 우주로, 우주로, 저 오만한 개에게로. 지구와 우주의 경계라고 생각하자 어지럽던 마음이 차라리 편해졌다. 무중력 상태로 둥둥…… 내 머릿속에 떠다니는 부유물 중의 하나는 이런 생각이었다. 그래, 큰 짐승은 바르르 떨지 않잖아, 보통 예민하게 구는 건 작은 짐승들이지, 지금 이 상황도 누군가에겐 반려견과 함께

근사한 오후를 보내는 걸로 보일 거야…… 내가 상상의 참고 자료로 삼은 건 데이비드 호크니의 노르망디 작업실 사진이었다. 초록 정원에 의자를 놓고 앉은 호크니. 그의 시선은 캔버스를 향하고 그의 반려견 루시는 호크니를 지키려는 것처럼 먼 방향을 보고 있다. 루시는 호크니의 파수꾼도 후원자도 아니었지만 그 사진을 보면서 나는 로버트와 함께 있는 내 모습이 남들에게 어떻게 보일까 생각했다. 그건 후원자가 개여서 좋은, 거의 유일한 장점이기도 했다. 우리가 함께 있을 때 그의 것이 내 것처럼 보이기도 한다는 것.

그때 햇살이 구름을 뚫고 들어와 우리의 그림자 지분을 더 확실하게 드러내 보였다. 온실 바닥이 마치 가위로 오려낼 수도 있을 것처럼 정교한 그림자로 채워졌고, 그중에서 로버트의 그림자가 가장 컸다. 그 그림자는 제 실체를 가두고도 옆으로 점점 넓어졌다. 마치 커피를 엎지른 것처럼 그 옆의 흰 공백들을 삼켰다. 로버트는 가만히 있는데 태양이 각도를 바꿔가면서 그의 지분을 넓히는 것처럼 보일 정도였다. 그의 그림자는 뾰족뾰족한 야자수를 삼켰고, 이제 그 옆에, 흘려둔 부스러기처럼 보이던 내 그림자를 향해 다가왔다. 그 검은 액체가, 아니, 액체가 아니라 기체였다. 솔직히 말하면 그의 그림자가 내 그림자를 삼키기도 전에 나는 두 발을 허공으로 번쩍 들고 말았다.

이 고요한 태풍과는 상관없이 식탁 너머 로버트는 인형처럼 앉아 있었다. 내게 관심이 없다는 듯, 무료하다는 듯, 그러면서도 왜 이 티타임을 끝내지 않는지 의문스러울 정도로 가만히. 이상한 쉬는 시간, 그랬다. 이렇게 침묵으로 소화를 도운 후 바로 저녁 식사를 이어갈 생각인가 싶을 정도로 올 풀림이 계속되는 시간이었다. 나는 이제 시야에 들어오는 선인장 개수를 세고 있었는데, 셀 때마다 조금씩 달랐다. 다양한 키와 형태의 선인장들은 로버트를 많은 것 중의 하나로 여기는 데 도움을 주었다. 마침내 나는 몸을 일으켰다. 두 시간 동안 의자에 붙어 있던 몸이 겨우 분리된 것이다. 선인장 무리에 다가가기 위해서는 식탁에서 몇 걸음 더 이동할 필요가 있었다.

선인장은 단단하고 아름다웠다. 대체로 바라보기엔 좋으나 가까이 가기엔 두려운, 경계 표지가 될 법한 이국의 풍경이었으나 그 선인장 중 하나는 내가 자신에게 기꺼이 다가오도록 허락했다. 그것은 비교적 곧게 솟은 초록 기둥 맨 꼭대기에 특이한 머리를 달고 있었다. 은회색 몸을 가진 쥐 같기도 하고, 굳어버린 회색 거품, 구름…… 그래, 구름 같은 머리라고 하자. 구름에 아주 작은 가시가 이곳의 은하수만큼이나 촘촘하게 박혀 있었다. 밍크선인장이라고, 무리 중 누군가가 말해주었다. 밍크는 내 쇄골 정도 높이에 달려 있었는데 내가 그 뒤로 몸을 쏙 집어

넣자 마치 밍크 목도리를 한 모양새가 됐다. 나는 그 자세로 사진을 찍으려 했다. 휴대폰을 한 손에 들고 길게 뻗었다. 단지 셀카를 찍으려고 했던 것이지 결코 누구를 자극하기 위해 한 행동은 아니었다.

그때 바람이 휘청, 불더니 잠깐 눈을 깜박하는 사이에 내 앞을 통과해 폰 버튼을 누른 존재가 있었다. 로버트였다. 그는 식탁에서 도움닫기를 한 후 치타처럼 점프했다. 그렇지 않았다면 불가능한 거리였으니 분명 그랬을 것이다. 그리고 내 뺨을 엄청나게 핥아댔다. 통역사들이 동시에 일어났고 대니가 나와 로버트 사이를 막아서는 게 보였다. 잠시 모든 소음이 멈추는 듯했는데 그 속에서도 어딘가 균열이 생기는 것이 느껴졌다.

분명히 깨진 게 있었다. 온실 밖으로 걸어나왔을 때 바닥에 새 한 마리가 떨어져 있는 게 보였다. 온실 유리가 너무 투명해서 새는 그것이 하늘길의 연장이라고 생각했고 유리에 부딪쳐 죽었다. 로버트는 온실 안에서 새가 지저귀는 것을 즐겼지만, 온실 밖의 새가 죽은 것에는 관심을 두지 않았다. 그는 그저 계속 나를 응시하고만 있었다. 그 식사 자리가 어떻게 마무리되었는지 명확히 기억나진 않지만 모두가 지켜보는 가운데 내가 그 새를 냅킨으로 감싸 바닥으로부터 들어 올렸던 느낌은 생생하다. 새는 이미 죽어 있었지만, 몸이 너무 작고, 그리고.

"따뜻하죠?" 대니가 말했다. 그는 온실 뒤편에 새를 묻어주는 곳이 있다고 했다. 로버트 재단의 통유리창에 부딪쳐 죽은 새가 얼마나 되는지는 모르겠으나, 나는 그 이후 세 번이나 더 새를 묻었다. 그럴 때마다 대니 혹은 샘이 새의 무덤이 있는 곳을 알려주었고, 새를 묻는 것 외에 다른 행동을 할 수 있다는 걸 모르는 것 같았다.

그게 내가 로버트의 피사체가 된 날의 어수선한 기억이다. 모두들 나를 두고 이제 좀 피곤해질 거라고들 했다. 천재견 로버트의 작품 활동은 보호되어야 하는데 내가 그것을 부추겼고 그래서 복잡해졌다는 게 그들의 입장이었다. 로버트의 창작물을 자신의 휴대폰에 담으려던 사람들이 더러 있었으므로 재단 측에서는 그런 시도를 막고자 애썼다는데 어쨌든 일이 벌어지고 만 것이다. 내가 기어코 셀카를 찍으려고 했기 때문에. 대니를 비롯한 재단 관계자들은 은연중에 그러는 것인지 아니면 일부러 그러는 것인지 나를 작가가 아니라 마치 작품의 일부처럼 다루었다.

"뭐, 제가 액자에라도 들어갈까요?"

내 폰으로 셀카를 찍으려 한 게 뭔 잘못이냐고 항변하고픈 마음을 눌러 담은 볼멘소리였으나 대니는 무심한 목소리로 그렇다면 라벨에는 '불타는 마음'이 붙을 거라고 대답했다. 밍크선인장의 꽃말이 그거였다. 불타는 마음.

로버트 재단의 안전 교육을 받을 때 휴대폰에 대한 주의사항이 분명히 있었다. '로버트 앞에서 휴대폰으로 사진 찍는 행위를 하지 않는다.' 그랬다. 그런 경고가 있었음에도 나는 그 말을 로버트나 그의 것을 찍지 말라는 의미 정도로 받아들였던 것이다. 로버트와 식사할 때 휴대폰의 카메라 앱을 실행하지 말라는 조언도 읽었으니 그대로만 했더라도 이런 일이 벌어지지 않았을 것이다. 그러나 그날의 식사는 너무 길었고 먼저 선을 넘은 건 로버트였다. 그의 비매너에 지친 나머지 꼭 잡고 있던 긴장감이 풀려버린 데다가 과로로 인해 최선의 수습도 하지 못했다.

대니가 말했다. 내 휴대폰에 있던 사진을 삭제하고, 그러기 전에 사진 파일을 로버트 재단으로 넘겨줄 수 있는지. 정중하게 묻는 형식이었지만 선택권이 내게 있는 질문이 아니었다. 지우기 전에 한번 그 사진을 들여다보았다. 셀카 구도이긴 했으나, 로버트가 폭풍처럼 달려들어 터치하는 바람에 내가 상상한 사진엔 없던 요소가 있었다. 이상한 속도감, 그리고 두려움이 증폭되는 순간의 표정. 그 표정은 극도의 희열처럼 보이기도 했다. 보기에 따라 그럴 수도 있었다. 내 얼굴이 담긴 것이긴 했으나 문제를 키우고 싶지 않아 그들이 원하는 대로 했다.

로버트의 시력이 최근 들어 부쩍 악화되었고 그 이후로 사진 촬영을 거의 하지 않게 되었다는 것, 어쩌다 촬영을 하더라도 무생물만을 대상으로 삼아왔다는 말을 들은 건 내가 이미 그의 피사체가 된 이후의 얘기였다. 샘은 말해놓고서 아차 싶었는지 자신이 그 말을 꺼낸 이유에 대해 길게 부연 설명을 했다. 요지는 아마도 그랬기 때문에 로버트 재단의 다른 사람들이 내가 휴대폰을 꺼내는 걸 보면서도 방심했을 거란 얘기였다. 그리고 무생물이란 표현에 대해서 정정한다고 갖다붙인 게 '정물, 아니 이미 죽은 것'이어서 그녀의 마음과는 다르게 수습은 점점 어려워졌다.

"그래도 모두가 로버트의 사진 모델이 되고 싶어 해요. 당연한 거 아니겠어요? 작가님을 계기로 로버트가 다시 생물을 찍을 수도 있고요."

그 말도 큰 위로가 되진 않았다. 피사체가 된 것들의 운명에 대해 듣자 더 그랬다. 그중 하나가 로코코였다. 죽어버린 호수에서 주운 물고기.

"냉동고에 있는?"

농담으로 한 말은 아니었는데 샘이 재미있다는 듯이 키득댔다.

"에이, 작가님은 작가잖아요. 메이드 바이가 될 수 있는 존재고 이미 죽은 물고기랑은 다르죠."

그 말은 곧 내가 계속 놀기만 한다면 로코코랑 다를 바가 없어진다는 뜻인가? 샘은 지금 자신이 한 말의 함의를 모르는 듯했다. 알았다면 환경 연구 단체에서 로코코를 보러 왔을 때 로버트가 그것을 숨겼다는 말을 하지는 않았을 텐데. 로버트가 내게 썼던 편지의 내용과는 달리, 연구 단체에서 오염된 물고기를 모른 척한 게 아니라 그들이 왔음에도 불구하고 로버트가 로코코를 분실했다고 말한 게 진실이었다.

"그렇게 아끼던 걸 작가님 웰컴 선물로 내놓은 거 보세요, 로버트는 작가님의 영감을 위해서는 아끼질 않아요."

처음 그것이 작업대 위에 '선물로' 놓여 있던 장면이 떠올라 크게 숨을 내쉬었다. 아무래도 샘은 편지의 세부 내용을 잘 모르는 채 전달만 하는 듯했다. 아니면 그녀 역시 과로로 인한 부주의를 들키는 중이거나. 샘이 하고픈 말은 로버트가 아직 나를 냉동고에 넣은 게 아니므로, 나는 로코코와는 다른 처지라는 거였다. 풀죽은 목소리로 더 알아야 할 정보가 없느냐고 하자 샘은 어깨를 으쓱하더니 이렇게 말했다.

"소지품 관리를 잘하시는 게 좋겠죠, 저라면 그러겠어요. 그의 수집 욕구를 자극하지 않으려면요."

다음 날 오후, 내가 사라진 양말 한 짝을 찾고 있을 때 로버트가 산책을 제안했다. 산책에 앞서 편지를 보내는 것도 잊지 않았다. 엄밀히 말하면 그 편지가 도착한 건 산책이 있기 한 시간 전이었고, 내가 거절할 시간적 여유도 없었다는 점을 고려하면 제안이 아니라 통보에 가까웠지만. '우리 각자의 시간을 보내다가 오후 5시에 만납시다'라는 문장이 있었는데, 편지를 다 읽었을 때가 이미 오후 4시가 지난 시점이었다. 각자의 시간이라 함은 45분을 말하는 건가? 편지를 다시 반복해 읽는 데 10분을 더 할애했다. 사과까지는 아니어도 관계 회복을 위한 화해의 기운이 느껴지는 문장들이었다. 갑작스러운 태세 전환이 어색하면서도 이제 어떻게 되는 건가 그다음을 빨리 알고 싶었다.

오후 5시에 우리는 밖으로 뻗은 산책로에서 만났다. 로버트 재단 내부가 아니라 밖을 향해 걷기 시작했다는 것이 평소와 좀 다른 지점이었다. 산책을 먼저 제안한 개치고는 나를 딱히 반겨 준다거나 하는 것도 아니고 오히려 더 냉정하게 보일 정도였는데 차이가 있다면 목줄이었다. 외부 산책에는 목줄이 필요했다.

밖에서 로버트는 수많은 개 중 하나였다. 나를 반려견과 산책하는 사람으로 오해하는 시선들이 있었다. 그가 몇 살인지 묻거나 자신의 개를 로버트와 인사시키려고 하기도 했다. 그러면 로버트는 눈을 내리깐 자세로 돌이 되었다. 세상 모든 소음을 차단하려는 것처럼 보이기도 했다. 그래도 산책을 멈추자고는 하지 않았다. 왕의 암행처럼 그 산책은 한 시간이 넘도록 이어졌다. 재단에서 멀어지면 멀어질수록 로버트를 모르는 존재들과 마주하게 됐다. 그중에 가장 수다쟁이였던 한 남자는 이런 말까지 했다.

"통제가 아주 잘되었군요. 훈련사를 고용했어요?"

로버트는 그쪽을 애써 외면하고 있었다. 놀라운 일이네요, 하면서 수다쟁이가 말했다.

"이렇게 예쁜 파피용은 처음 봐요. 도도하달까? 이런 애는 체취도 적죠? 털도 덜 빠지고. 우리 애는 장난이 아니거든요. 보세요."

그러면서 저만치 미친 듯이 구르고 있는 개를 가리켰는데, 산발한 개가 하필이면 토끼 사체 위에서 뒹구는 중이었다. 수다쟁이는 경악하면서도 저것이 개들의 본능이라는 말을 덧붙이는 걸 잊지 않았다. 저렇게 지저분하게 뒹굴기는 해도 자신의 개 세 마리는 모두 혈통이 좋다는 거였다.

"로버트도 보통 개들과는 달라요. 훈장도 받았거든요."

급기야 나는 이렇게 말하고야 말았는데 불편한 표정을 짓고 있는 로버트를 의식한 행동이었다. 그러자 수다쟁이가 고개를 끄덕이며 대꾸했다.

"우리 미니도요. 퓨리도 그렇고."

수다쟁이는 내가 하는 말들을 대수롭지 않게 받아들였다. 자신의 개와 고양이도 훈장을 받았다면서 말이다. 나를 놀리는 것 같지는 않았다. 수다쟁이는 아주 담백한 어조로 훈장을 받은 다른 개에 대해서도 말했다. 산책로 끝 쉼터에 훈장을 받은 개가 있었는데 최근에는 인기가 많아서인지 보이지 않는다고 했다. 수다쟁이는 그 쉼터에서 두 번 정도 개를 대여한 적이 있다고 했다.

"보스턴테리어, 피레니언 마운틴 독, 그레이트데인, 도베르만, 케언테리어, 와이어 폭스 테리어, 잭 러셀 테리어, 킹 찰스 스패니얼, 풀리…… 풀리 실제로 봤어요? 정말 앞뒤 구분이 안 가요. 그리고 블러드하운드! 그 아이는 냄새를 적극적으로 맡아야 하거든, 귀를 펄럭이면서. 함께 산책할 때 좀 산만하더군요. 파피용도 있었던가? 한 번 쉼터에 놀러가봐요."

수다쟁이는 좀처럼 우리에게서 떨어지려 하지 않았다. 그의 개 세 마리까지 합쳐 우리 모두가 거대한 단체처럼 보이는 건 부담스러웠기에 로버트와 나는 속도를 냈다.

우리가 함께 걸을 때 로버트의 그림자는 마치 점처럼 보였다. 그림자 크기만으로 보면 내가 끌고 온 여행 가방보다도 작았다. 그러나 우리가 산책을 마치고 로버트 재단 안으로 들어서자 해의 방향이 달라진 것인지 그의 그림자가 커졌다. 물 먹은 스펀지가 몸집을 키우듯이, 돌돌 말아두었던 우산을 펼치듯이. 상대적으로 나는 쪼그라들었다. 우산에서 톡톡 털어낸 물방울처럼 작고 하찮게.

그 후로 우리는 종종 외부 산책을 나누게 됐다. 함께 걷는 동안 우리가 대화를 나눌 일은 거의 없었다. 그러니 블랙박스도 등장할 필요가 없었고, 늘 대니가 동행하는 것도 아니었다. 경호를 위한 인력이 한두 명 추가되었지만, 그들은 아주 긴박한 순간을 제외하고는 마치 없는 듯이 행동했다. 그러다 어느 날엔 나와 로버트가 온전히 둘이 되었다. 분명히 한영 통역사가 함께 걷고 있었는데 어느 순간 그가 목줄을 놓친 것이다. 그것도 저만치 앞에서 쉼터의 개 무리가 몰려오던 순간에.

분명히 목줄을 하고 있음에도 불구하고 어딘가 통제되지 않은 것처럼 보이는 개들. 아마도 무리를 지어 이동하고 있었기 때문에 그렇게 보였던 것 같은데, 그 과묵한 코치가 분명히 앞에 있었음에도 불구하고 코치가 쥐고 있는 그 수십 개의 목줄이 어쩐지 끊어질 것처럼 팽팽해 보였고, 그 개들이 우리의 코앞으로 다가오고 있었다. 그리고 뒤섞였다. 로버트의 목줄을 다시 줍기도 전에. 뒤늦게 통역사는 다급하게 휴대폰을 누르느라 정신이 없었다. 로버트와의 연결고리를 손에서 놓쳤다는 사실로 인해 허둥대며 무능해진 것이다. 발밑으로 개의 거대한 무리가 요란하게 일렁였고 그 파도 속에서 나는 겨우 로버트를 찾아냈다. "잡았어요! 제가 잡았어요!" 그러고는 "줄을 잡았다고요!"라고 소리를 질렀다. 통역사는 다리가 풀려 주저앉았고, 내게 계속 걸어가라는 시늉을 했다. 그들이 한 무리의 먹구름처럼 지나간 후에, 로버트는 나를 흘낏 보고는 앞으로 움직였다. 개의 목줄은 산책자에게 있지만, 산책자의 손목이 개에 달려 있다고도 말할 수 있었다. 손목의 힘으로 목을 비트느냐, 목의 힘으로 손목을 비트느냐, 하는 문제가 다를 뿐. 그 목줄이 갑자기 오른쪽 손목을 옥죄는 듯한 느낌이 들어서 얼른 왼손에 감았다. 아무래도 로버트가 나를 끌고 가는 형국이었는데 그걸 인정하자 긴장이 풀리면서 안도감이 밀려왔다.

겨우 찾은 평온을 방해하는 것은 행인들이었다. 이번에는 뒤쪽에서 라디오 소리가 들리기 시작했는데 그게 점점 가까워졌다. 돌아보니 2미터쯤 뒤에서 한 노인이 걸어오고 있었다. 손에 휴대용 라디오로 보이는 것을 쥐고. 조금 더 걸음을 재촉했지만 라디오 소리가 끊이지 않고 따라붙었다. 점점 가깝게 들리기도 했다. 뭐지 이건……. 일부러 살짝 보행 속도를 늦춰도 일정 간격을 계속 유지하는 뒷사람의 소리가 상당히 거슬렸다. 출처 모를 말소리가 파도처럼 우리를 덮치기 전에 뛰고 싶었다. 빠른 걷기와 느린 뛰기 사이의 어디쯤으로 한 발 두 발…… 그런데도 라디오를 든 노인이 바로 내 뒤에 있었다. 그도 달리기 시작한 것이다. 악몽인가? 나는 로버트를 보호할 책임이 있었다. 다른 사람은 어디 있지? 출발점으로부터 너무 멀어졌고, 다만 저 앞에 오른쪽으로 뻗어나간 다른 길이 보였다.

"괜찮아요? 옆으로 빠질까요?"

나는 누구에게랄 것도 없이 그렇게 말했는데 로버트가 걷다 말고 나를 잠시 올려다보았다. 그랬다. 올려다보았다. 그 구도 때문에 기분이 이상했다. 지금까지 한 번도 이런 구도에 놓인 적이 없었다. 로버트를 건물 안에서 만나든 밖에서 만나든 늘 그는 내 눈높이와 동일한 곳에 있었던 것이다. 그런데 지금 나는 로버트를 내려다보게 된 셈이고, 그 구도 때문에 그간에 누적된 어떤 불쾌감이랄까 그런 게 다 우습다는 생각이 들고 말았다. 피로감이 가볍게 휘발되어버렸다. 이 작은 개가 뭘 어쩐단 말인가. 어쩌면 그 모든 건 매끄럽지 않은 통역 때문일지도 몰라. 로버트의 언어에서 인간의 언어로, 그리고 인간의 언어가 영어에서 한국어로 옮겨지는 동안 분명히 치명적인 누수가 일어났을 거야……. 내가 이런 생각을 오래 할 수 없도록 하기 위해서인지 로버트는 미간을 잠시 찌푸렸다. 아니, 그건 나 때문이 아니라 뒤에서 들려오는 저 라디오 소리 때문이었다. 드디어 갈림길에 이르렀을 때 방향을 우측으로 틀었는데 나보다 앞서 걷던 로버트가 우측 길로 접어들고서 점점 속도를 늦추더니 어느 지점부터 움직이지 않았다. 마치 바위처럼. 그리고 누군가 내 손에서 줄을 거칠게 낚아챘다. 대니였다.

"뒷사람 때문에요!"

그렇게 말하며 뒤를 돌아봤을 때 노인은 없었다. 보이지 않았다.

그날의 일을 산책이라고 불러도 될지 모르겠지만 내 시계는 이동 거리를 꼼꼼히 기록했고, 우리의 궤적은 알파벳 Q의 생김새와 얼추 비슷하게 남았다. O가 Q가 되기 위해 추가된 한 획, 그 움직임이 길어지지 않은 건 로버트의 선택이었다. 산책이 끝난 후에도 내 손에는 줄을 당길 때의 팽팽한 긴장감, 그리고 가지 않겠다고 완강히 버티던 로버트의 무게가 여전히 남아 있었다. 로버트가 조금만 더 내 손목줄을 강하게 끌어당겼다면 나는 완전히 주저앉았을지도 모른다.

한영 통역사는 다음날부터 보이지 않았다. 대니는 그가 로버트를 보호할 의무를 저버려 교체되었다고 했다. 사라진 통역사의 빈자리는 엉뚱한 곳에서 나타났다. 그동안 그가 제멋대로 통역한 흔적이 생각보다 더 많았던 것이다. 그걸 지뢰가 매설된 자리처럼 보는 이들도 있었지만, 내 생각에 어떤 부분은 로버트와

나 사이에 뜻하지 않은 도움을 가져오기도 했다. 이를테면 내가 "한국의 전통 장례 문화인 상여 놀이를 작품으로 다룬 적이 있습니다"라고 말했던 것이 한국어에서 영어로 이동되면서 "한국 전통 슈퍼카에 관심이 많았습니다"로 바뀌었고, 거기에 로버트가 확 꽂힌 것이다. 슈퍼카는 로버트가 좋아하는 단어였다. 그는 몇 번이나 내게 한국의 전통 슈퍼카에 대한 질문을 했다.

"작가님이 그리고 계신 한국 슈퍼카는 아주 오래된 옛날 겁니까?"

그때 나는 한국 슈퍼카든 상여든 그린 적도 없었고, 그릴 생각도 하지 않았기 때문에 그 지점에 집중하느라 중요한 맥락을 놓쳤다. 그래서 이렇게 대답했다.

"옛날 것 그대로가 아니고, 현대의 슈퍼카로 만들 거예요."

그 말을 통역사가 '현대모터스'라고 이해한 게 시작이었다. '현대'가 지금 이 시대가 아니라 현대모터스의 현대로 입력되다니, 이건 작은 해프닝이 아니었다. 그렇게 상여는 이제 현대 모터스에서 만든 신종 슈퍼카로 둔갑했다. 로버트와 나는 전혀 다른 현대에 대해 이야기했음에도 불구하고 그 대화가 끝날 때까지 그 사실을 몰랐다. 그리고 이 얘기는 굉장히 빨리 외부로 흘러나갔다.

"스토리텔링에 도움이 될까 해서 자료를 보내드립니다."

신차 카탈로그가 그렇게 곳곳에서 도착했다. 황당한 일이 아닐 수 없었는데, 상여가 전통 슈퍼카로, 또 현대적인 차가 현대모터스로 바뀌었기 때문에 로버트는 나에 대한 호기심을 다소 회복했던 것이다. 나는 분홍 포스트잇에 슈퍼카에 대한 정보들을 적어넣었다.

며칠 후 도착한 새 통역사는 놀랍게도 최 부장이었다. 그는 이전 통역사가 남긴 흔적을 지뢰밭에 비유했는데, 그 지뢰 중 하나가 슈퍼카였다. 그는 대체 슈퍼카 회사와의 협업 얘기가 뭐냐고 물었고 그것이 상여의 잘못된 통역이라는 걸 알고 실소를 금치 못했다.

"아아, 이해했습니다. 작가님과 로버트 사이의 대화가 어디서부터 어긋났는지, 내내 녹화본을 돌려봤는데 이제 알겠군요. 자의적 해석이 넘쳐나더군요. 지난 통역사 말입니다."

그가 로버트와 나의 지난 식사를 돌려봤다는 얘기에 나는 좀 당혹스러워졌는데 최 부장은 내가 왜 그러는지 얼른 이해하지 못했다. 녹화에 대한 이야기는 전혀 듣지 못했다. 그런 게 필요했다면 미리 허락을 구했어야 하지 않나? 그러나 그들은(최 부장은 이 지점에서 복수형처럼 느껴졌다) 모든 내용이 이미 계약서에 있다고 말했다. 못 보신 모양이군요, 하면서.

"첫 번째 식사에 대해서는 그게 재단 측 자료가 될 수 있다는 것을 안내받았지요. 그렇지만 그 이후에 대해서는 전혀 듣지 못했는데요? 이렇게 장기간, 뭘 먹고 뭘 이야기했는지 죄다 녹화가 될 거라고는 생각지도 못했어요."

"계약서에는 로버트와의 식사라고 적혀 있습니다. 보통은 체류 기간 전체에서 한두 차례 정도인데, 어찌 된 일인지 안이지 작가님께서는 로버트와 아주 많은 식사를 하고 계십니다. 그러니 계약대로 녹화를 할 수밖에 없는 것이지요. 그냥 어디에나 있는 CCTV 정도로 생각해주시면 어떻습니까? 외부 제출 용도가 아니니까 말입니다."

"CCTV에 대화 내용이 녹음되던가요?"

"자동차 블랙박스는 어떨까요. 우리에게 너무 익숙해져서 자주 잊는. 비상시에만 열어보는 도구 아닌지요. 작가님, 개의 행동뿐 아니라 인간의 행동도 녹화 후 다시 돌려볼 필요가 있습니다. 서로의 안전을 위해서라면 말입니다. 대화는 단지 제가 두 분 사이에 있던 오해의 가능성을 검토하고자 본 것뿐입니다."

"그럼 들으셨겠네요, 저에게 로버트가 한 말."

나는 목소리를 낮춰서 속삭였다. "뇌에 빈 공간이 많아서 좋겠다고 한 거요."

"그 통역이 너무 거칠었어요. 아무 문제가 될 대화가 아니었는데 그가 상황을 악화시켰습니다. 작가님께서는 허허벌판에 대해서 구상 중이라고 여러 곳에 얘기하셨기 때문에 로버트로서는 작가님이 허허벌판에 대한 것을 생각하고 있는지 물어본 것뿐입니다. 어쨌건 이건 재단 측의 실수이지요. 통역 과정이 매끄럽지 못했던 것 말입니다. 그래서 오해를 부른 면이 없지 않지만, 작가님. 로버트는 워낙에 능수능란합니다. 예술가를 힐난하고 무시해서 창작욕을 자극하기도 하죠, 그가 교묘한 뮤즈라는 걸 인정하실 필요도 있습니다."

"……됐습니다."

"지금 상황은 마치 작가님이 치킨을 들고 3동 8호로 가야 했는데, 치킨이 아직도 안 오고 있는 것과 비슷한 상황입니다. 그러니 고객 센터로 전화가 오는 건 당연하지요. 음식이 출발했습니까, 아직인가요? 그런 질문이나 마찬가지지요."

"부장님? 로버트는 제 고객이 아닙니다. 부장님도요. 여기 분들이 잭슨 폴록 얘기 자주 하시던데요, 그의 액션페인팅은요, 후원인이 1년을 기다리다 마지막 통보를 했을 때, 그날 밤에서야 만들어졌거든요. 전 오자마자 닦달을 당하기 시작했죠. 닦달, 그게 맞아요. 안팎으로요."

"아니요, 아닙니다. 이 경우는 잭슨 폴록과는 달라요."

"물론 제가 잭슨 폴록은 아니죠."

"작가님에게 적용되는 계약 얘기를 말씀드리는 것입니다. 작가님에게는 마감일이 있습니다. 그리고 마감일 이전이라도, 최대한 빨리 작업 진도를 공개할 의무가, 아니 의무이기 이전에 이건 합의지요. 전시 준비를 해야 하니까요. 작가님, 작가님의 초대전입니다. 로버트 미술관에서 안이지 초대전이 열린단 말입니다. 이건 정말 엄청난 기회라고요. 그리고 작가님, 이미 작가님이 너무 많은 모임을 갖고 너무 많은 말을 하셨기 때문에 사회가 요동치고 있습니다. 우리는 이쯤에서 사실이 아닌 걸 차단하는 게 좋다는 생각을 했습니다."

사회가 요동칠 것까지야. 아니, 그런 판을 처음부터 누가 짰는데? 나는 치솟는 감정을 무거운 돌로 꾹 괴어놓는 상상을 하려고 애썼다. 그러자 들끓던 것이 돌 아래에서 서서히 힘을 빼고 그림자처럼 납작해지는 것이 느껴졌다.

"정리하자면 작가님, 지금 그리시는 작품이 허허벌판이 아닙니까?"

"저는 요즘에 개 산책 말고 다른 걸 생각할 수가 없어요."

그건 사실이었다. 밑이 보이지 않는 수풀 속에서 로버트로 짐작되는 개의 끈 하나를 부여잡았던, 겨우 잡았던 그 오후의 기억으로부터 여전히 벗어나지 못하고 있었다. 내가 잡고 있던 줄이 팽 끊어지는 꿈도 꿨다. 줄이 끊어지고 로버트를 잃어버렸는데, 알고 보니 목줄에 칼집이 나 있었다는 식의 줄거리. 최 부장은 아이패드를 펼쳐놓고 허허벌판과 개 산책이라고 적었다.

"그럼 개와 허허벌판으로 갑니까?"

"아뇨, 아뇨. 허허벌판은 버리세요. 그거 아니에요, 부장님."

"예, 그럼 허허벌판이 아니라는 사실 전달하겠습니다. 허허벌판에 작가님이 자주 방문하셨단 얘기가 있던데, 답사 후 내린 결정이신 거지요? 주 3회씩 방문하셨다고 하던데, 그래서 그곳들은 기대한 모양입니다. 뭔가 그려지나보다, 하고 말입니다. 특히 공항 쪽에서는 완전히 기대한 모양이던데요. 그럼 그곳을 포함한 모든 허허벌판에 알리겠습니다. 아쉽게도 선택되지 않았다고요."

답사가 아니라 운전 연습이었지만 나는 그렇게 해달라고 말했다. 그리고 개 대여 서비스로 이야기의 머리를 돌렸다.

"쉼터에서 하는 개 대여 서비스인데, 그걸 바탕으로 좀 더 상상했거든요. '오늘의 개' 연작으로 가면 어떨까……."

"오늘의 개요?"

"오늘의 메뉴, 오늘의 커피 같은 거예요. 오늘의 개는 조금 할인이 되는 항목이죠. 개 산책 서비스가 인스턴트 반려 욕구를 극단적으로 보여준다고 생각하거든요. 우리는 길들이기를 부담스러워하죠. 컵라면처럼 3분이면 완성되길 원해요. 짧은 시간 동안 충실한, 아니 효율적인 교감을 할 수 있도록 만들어진 서비스죠. 그래서 조금 더 인스턴트 느낌을 넣었어요. 오늘의 개. 산책할 개를 고르는 것조차 귀찮아하는 사람들을 위해 만들어진 항목이랄까요. 물론 쉼터에 그런 선택지가 있는 건 아니지만 제가 더 극단적으로 상상해본 거고요."

"작가님, 진심이십니까?"

최 부장은 아이패드 위에 펜을 탁 내려놓고 뒤로 몸을 뺐다. 그는 "작가님, 로버트도 개라는 걸 잊으신 건 아니지요?"라면서 고개를 갸웃했다. 그로서도 판단이 잘 안 서는 모양이었다.

"작가님, 상여에 대해 그리시기로 하지 않으셨나요? 상여, 슈퍼카 말입니다. 그게 상여와 어떻게 연결이 되나요?"

"아, 이어지는 맥락이에요. 오늘의 개들이 상여를 타고 움직이거든요."

"개들이 상여를 탄다고요? 죽은 겁니까?"

"탈출이라고 해야겠죠."

"허, 아니…… 작가님. 농담이십니까?"

"개를 그린 작가가 지금까지 없었나요?"

"아뇨, 아뇨. 제가 알기로는 로버트의 초상화를 그린 작가도 있었지요. 그렇지만 이건 좀 다르지 않습니까? 오늘의 개 대여 서비스라뇨."

"로버트를 대여하는 게 아닌데 뭐가 문제가 되지요? 설사 로버트를 대여한다고 해도 그렇고요. 저는 악의를 가지고 이 주제를 정한 게 아닙니다, 부장님."

최 부장은 아연실색했고 그런 반응에서 나는 호기심과 두려움을 동시에 느꼈다. 사실 상여와 오늘의 개의 결합은 오랜 고민을 거친 게 아니었다. 압박 속에서 다급하게 부여잡은 두 개의 밧줄이었을 뿐. 그 충동적 결합이 곱씹을수록 나쁘지 않게 다가왔다. 괜찮았다. 상여를 타고 탈출하는 개라니, 로버트가 좋아할 내용은 아니라고 생각했으나 오판이었다. 로버트에게서 이 작업을 궁금해한다는 전갈이 왔다.

나는 엉망진창 세탁물 더미 속에서 잃어버린 양말 한 짝을 꺼내는 기분으로 내 현재형 작업에 대해 펼쳐 보였다. 생각나는 대로, 손에 잡히는 대로 말이다. 거대한 샹들리에가 거미처럼 나를 내려다보는 그 만찬장에는 나와 로버트, 대니와 최 부장이 있었다. 우리 사이는 이전에 비하면 중간 단계가 하나 줄어든 셈이었지만 여전히 오해의 가능성이 있었다. 최 부장이 현대모터스의 슈퍼카가 아니라 상여고, 그것은 한국의 과거 운구차라고 재차 설명했음에도 로버트는 '슈퍼카'라는 표현을 고수했다. 로버트가 상여를 운구차가 아니라 "슈퍼카"라고 부르는 걸 좋아한다는 것이 내게도 전달될 정도여서, 결국 최 부장은 "슈퍼카"로 말을 고정하게 됐다. 로버트는 이렇게 말했다.

"나도 슈퍼카를 타고 여기를 벗어나고 싶습니다."

이번에는 내가 이건 죽은 이가 타는 차라고 말했으나 로버트는 상관없다고 했다. 급히 만든 PPT에는 한국 전통 상여 행렬이 등장했는데 로버트는 그것에 굉장히 관심을 보였다. 상여에 장식된 꼭두를 보고는 엠블럼이 매력적이라고 거듭 말했다. 그래서 나는 꼭두에도 집중하게 됐다.

"꼭두에도 굉장히 종류가 많습니다. 인물도 있고, 닭이나 봉황 같은 동물도 있고. 아, 봉황은 전에도 얘기드렸지만 신성시되는 동물 이미지인데, 이것 역시 왕뿐 아니라 평민의 상여에도 있어요. 원래 왕실에서나 쓰는 이미지였지만 말씀드렸다시피 저승길은 모두에게 공평하니까요. 장식의 의지는 평민 세계에서 더 강했고요. 그리고 역할에 따라서도 여러 종류가 있는데, 저승길로 안내하는 꼭두와 호위하는 꼭두, 시중을 드는 꼭두와 기분 전환을 돕는 꼭두까지……."

그가 무엇이든 더 듣기를 원했기 때문에 나는 어떤 말이든 계속 이어갔다. 이제 내 머릿속 세탁물 속에서는 집어넣은 기억이 없는 말들도 흘러나오기 시작했다.

은쟁반 위에 올려진 '오늘의 날씨' 카드가 어느새 60장이 넘어섰다. 처음 이곳에 도착할 때 산불을 뚫고 왔다는 것을, 타이어가 폭발해 화재가 발생하기도 했다는 것을 믿지 못할 만큼 다른 날씨들이 펼쳐졌다. 9월에 눈이 내렸고, 다시 다음 날엔 온도가 40도를 넘어섰다. 이곳만의 문제는 아니었고, 지구 곳곳이 고장난 체온계처럼 움직였다. 시베리아의 영구 동토층이 녹았다는 뉴스, 다음 날에는 돌발 홍수가 일어나 사람이 갇혔다는 뉴스를 읽었다. 기상 이변이 또 다른 이변으로 이어지고 충격에도 관성이 붙어 무뎌졌다. 확실히 나는 그랬다. 바깥 뉴스가 어떻든, 내 작업실에는 드디어 평온이 찾아왔다.

'오늘의 개'를 그리기 시작하자 고여 있던 시간이 누수 없이 흘러갔다. 하루가 길었지만 충만했고, 내가 로버트 재단에 오기 전에 그려본 바로 그 상태가 지속되었다. 중간중간 내 슬리퍼 한 짝, 양말 한 짝, 심지어 속옷이 사라진 경우도 있었지만 더는 그걸 찾느라 애쓰지 않았다. 이곳에서 보내는 모든 일이 수챗구멍으로 빨려들어가는 물처럼 휘몰아쳤고, 나는 진척이 없던 작품들을 하나둘 완성해나갔다. 시간에 쫓기기 시작했으므로 산책로 달리기도 운전 연습도 멈췄다. 때로는 식사도 걸렀다.

페인팅 다섯 개를 쉬지 않고 완성했다. 첫 번째 그림에서는 사람과 개의 종아리 아랫부분만 그려져 있는데 사람 쪽엔 발자국이 찍히지만, 개 쪽에는 찍히지 않는다. 두 번째와 세 번째 그림에서도 개의 산책에는 어떠한 흔적도 남지 않는다는 것을 강조했다. 다만 보는 이의 시선은 꼭두에 꽂힐 것이다. 모든 캔버스에 새로운 의미의 꼭두가 하나씩 그려졌다. 첫 번째 페인팅에는 찢어진 타이어, 두 번째 페인팅에는 진동벨, 세 번째는 케이팝 스타, 네 번째는 신용카드, 다섯 번째는 해바라기…… 이렇게 속도를 낼 수 있었던 것은 로버트와의 산책과 식사 또한 멈춘 덕분이기도 했다. 과도한 해석인지는 몰라도 이틀 간격으로 잡혔던 산책과 식사 약속이 갑자기 뚝 끊긴 건 그가 나를 방해하지 않기로 했다는 뜻일까 싶었는데, 이렇게 되자 내가 그에 대한 호기심을 회복했다. 어느 날엔가는 거울 앞에 선 로버트를 홀린 듯 훔쳐보기도 했다. 자신의 모습을 보는 걸까? 혹은 그 너머? 그는 거울 안, 닿을 수 없는 지점을 유영하는 것처럼 보였다. 분명히 거울을 통해 나를 봤을 테고 내가 살짝 인사하는 것을 느꼈을 텐데도 그는 돌아보지 않았다.

그가 로봇 청소기 두 대를 쫓아다니는 광경도 봤다. 얼핏 보기에 그들은 모두 세 마리의 개처럼 대리석 위를 뛰어놀고 있었다. 그는 아주 천진하고 즐거워 보였다. 어느 날엔 한밤중 작업실 밖으로 잠깐 나갔다가 비범과는 거리가 너무도 먼 로버트의 흔적을 발견하기도 했다. 작업실 문을 열자마자 무언가 바스락거리는 소리가 다급하게 났는데, 손전등을 소리 쪽으로 비추자 웬 개가 얼음처럼 멈춰 있었다. 처음엔 옷을 입지 않았기 때문에 로버트가 아니라고 생각했지만 아무리 봐도 생김새가 로버트였다. 이 시간에 여기 있을 수 있는 개가 로버트 말고 또 누구겠는가. 그는 잽싸게 고개를 돌려 나를 보았고, 나는 그의 입 주위에 묻어 있는 빨간 양념을 보았다. 그가 입에 물고 있던 건 내가 오후에 시내에 나갔다가 포장해왔던 양념치킨의 뼈다귀였고, 그의 앞에 내가 버린 비닐봉지가 파헤쳐져 있었다. 양념 묻은 뼈를 와그작와그작 씹어 삼키던 그는 나와 마주쳐 다소 놀라긴 했지만 그럼에도 불구하고 탐식을 끝낼 생각이 없어 보였다. 단지 그가 안착하기로 결정한 그 마지막 표정이 약간 오묘했는데, 그때까지 한 번도 마주한 적 없는 표정이었다. 나는 조용히 작업실로 돌아왔다. 꿈을 꾼 것 같은 기분이었다. 내 잠이 아니라 다른 이의 잠을 통해서. 그렇다면 그 꿈은 내 것인가, 다른 이의 것인가?

개가 닭뼈를 씹어 먹으면 죽을 수도 있었다. 다음 날 대니와 마주쳤을 때 지난밤의 일에 대해 알렸다. 로버트의 건강이 걱정되고 치킨 봉지를 방치한 내 잘못이라는 말도 빠뜨리지 않았다. 곧 로버트의 주치의가 다녀갔고 다행히 로버트의 몸속 통로에는 그 어떤 닭뼈의 흔적도 남아 있지 않다고 했다.

"아마도 그 비닐봉지 안에 이게 있었나봅니다."

내가 본 건 분명 버려진 봉지 속 닭뼈를 씹어 먹다 발각당한 개였으나 대니가 전한 내용은 달랐다. 그가 내민 건 내 옷에 붙어 있던 콩 모양 단추였다. 언젠가 내가 치아로 오해했던 바로 그것. 그날 그 옷을 입고 있었던 것도 아닌데, 어째서 그게 비닐 봉지 안에 있었는지 알 길이 없었지만 더 묻지는 않았다. 단지 대니가 전달하려던 요지만 이해하면 될 테니까. 로버트가 먹다 버린 봉지를 그냥 뒤질 리는 없다는 것.

그리고 대니는 로버트 재단의 입주 작가 중 두 사람이 중도 하차한 적이 있다는 얘기를 꺼냈다. 재단 입장에서도 받아들이기 어려울 정도의 불미스러운 사건이었기 때문에 그들은 어느 기록에도 남아 있지 않았는데, 그중 하나가 알코올 문제였다. 작가의 이미지를 지키는 차원에서 그 일에 대해서는 더 언급하지 않기로 쌍방 합의를 했으나 로버트 재단은 그로 인한 상처가 깊은 상황이라 작은 유사성만 발견되어도 긴장한다고 했다. 내 방 곳곳에 있는 기물 파손에 대한 주의사항은 그 작가 이후로 생겨난 것이며, 단순한 기물 파손이 문제가 아니라 그의 알코올 문제로 인해 로버트가 생명의 위협을 느낄 정도였으므로 다시 그런 일을 반복하고 싶지 않다고 했다.

맥주 캔 두 개가 봉지 안에 있었던 걸 갖고 이러나 싶었지만, 핵심은 그게 아니었다. 대니는 단지 술을 문제 삼는 게 아니었다. 봉지 안에 있던 맥주 캔은 통역사를 우연히 밖에서 만났을 때 그가 내민 선물이었다. 굉장히 특이한 제품도 아닌데 그 맥주의 출처를 대니가 어떻게 알았을까? 해고된 통역사와 내가 밖에서 만났다는 것을 대니에게 굳이 말할 필요는 없었다. 단지 그가 로버트 재단에서 해고되었기 때문만이 아니고, 그가 해준 얘기들 때문이었다. 그는 내게 "편집 전의 이야기가 궁금하다면 언제든 연락하라"라고 했다. 자신이 늘 내 말과 로버트의 말 사이를 편집해야 했는데, 그게 아니라 원본이 궁금하다면 기꺼이 얘기해주겠다는 거였다. 그래서 내가 왜 그런 제안을 내게 하느냐고 묻자 그는 "뭐겠어요, 복수심이지"라고 대답했다.

"내가 잘린 이유가 그 산책 때문만은 아닐 겁니다. 그보다는 박스 쪽이 걸려요. 나는 그 박스 내부를 들여다보려고 했으니까요. 그들은 그걸 더 큰 죄로 보죠."

"박스요?"

"로버트가 사용하는 통역 박스 말입니다."

"그 도구 내부를 봤어요?"

"봐도 몰라요. 그걸 어떻게 해독하는지는 아는 사람이 없으니까."

"뭘 봤는데요? 본 걸 그대로 말해봐요."

"내가 잘못 열었는지 냅킨만 몇 장 들어 있었습니다. 그래서 그게 아닌가 했지요."

나는 생각을 멈추고, 대니에게 앞으로는 주의하겠노라고 말했다. 대니의 팔에 개에게 물린 듯한 흔적, 마치 이빨 자국처럼 보이는 것이 있었다. 저 비슷한 흔적을 어디서 봤더라? 아, 개 산책 서비스를 하던 코치. 물론 둘은 전혀 다른 사람이지만, 어딘가 비슷한 지점이 있었다. 단지 체구가 크기 때문만은 아니었다. 목소리가 굵은 저음이어서? 그 때문만도 아니었다. 두 사람이 가진 여러 요소가 닮았지만 그중에서도 나를 불안하게 만든 건 시선이었다. 어쩐지 나를 꿰뚫는 듯한 시선. 그러나 반대 방향에 대해 생각하면, 코치든 대니든 그들은 내 시선을 피하는 데 아주 능숙했다. 대니가 내게 다른 질문을 했는데 그 대답을 하는 사이에 나는 그의 팔이 내 시야에서 사라졌다는 것을 잊고 말았다.

솔직히 나로서도 이 집의 주인이, 내 그림을 전시해줄 미술재단 이사장이, 나의 후원자가 개의 생태를 증명하는 일을 원치 않았다. 그러나 지난 두 달은 알몸의 개와 의도치 않게 마주치기엔 충분한 시간이었고, 그중 가장 충격적인 일은 '오늘의 개로 주세요' 연작 중 아홉 번째 작품을 그리고 있을 때 벌어졌다.

그건 작업실 앞 풀숲에서 캔버스를 바닥에 눕혀놓고 그린 것이었다. 태양빛이 살짝 사그라든 오후 늦게, 혹은 태양이 아직

지면을 달구기 전의 이른 아침이 좋았기 때문에 아침 식사를 하기 전이나 저녁 식사를 하기 전에 늘 그 산책로로 나갔다. 그러나 내가 최고의 작업 공간으로 생각했던 그곳이 누군가에게는 최고의 침대일 수도 있었다. 9월 중순, 누운 캔버스 위에서 작업을 겨우 마쳤을 때 저만치서 바스락거리는 소리가 들리기 시작했다. 낮은 풀이 짓이겨지는 소리? 그 소리를 만들어내는 두 마리의 개 중에 내가 아는 얼굴도 하나 있었다. 로버트. 그는 나를 보지 못한 듯했지만 나와 마주쳤다 해도 멈추지 않았을 것이다. 로버트의 사랑은 금세 끝나고 말았는데 어디선가 나타난 다른 개 한 마리가 로버트를 내동댕이쳤기 때문이다. 그 개는 위협적으로 으르렁거리기 시작했고, 숨어 있던 내가 나가야 할지 어쩔지 얼른 결정을 내리지 못하고 있을 때 누군가가 나타났다. 아! 또 그 수다쟁이 남자였다.

최악은 그때 벌어졌다. 다른 개의 주인이 나타났을 때 로버트가 보인 공포에 질린 행동 말이다. 수다쟁이가 자기 개의 이름을 부르며 몸을 굽혔을 때 로버트는 그 낯선 이의 무릎 위로 펄쩍 뛰어 올라갔다. 로버트의 행동으로 인해 무릎의 주인인 수다쟁이와, 로버트와 앙숙임이 분명한 그 집 개조차도 당황했다. 로버트는 뒤늦게야 토끼처럼 깡총거리며 야자수 너머로 사라졌고 수다쟁이는 정신없이 짖어대는 자기 개를 추슬러 떠났다.

모두가 사라진 다음 나는 천천히 풀숲 밖으로 나갔는데 거기서 로버트가 똥을 싸고 있다가 황급히 사라지는 장면을 보고 말았다. 눕혀둔 캔버스의 왼쪽 위에 로버트의 배설물이 떨어져 있었다. 하필이면 꼭두를 그린 자리에. 아홉 번째 꼭두는 로코코였는데, 로버트의 똥으로 인해 그것이 가려졌다. 그래서 로코코 꼭두가 똥 꼭두로 바뀌었다.

차라리 발자국 같은 거라면 좋았을 것을, 똥이라니! 다음 순간 나는 더 일찍 행동하지 못한 것을 후회하며 그것을 냅킨으로 치웠는데, 그게 깔끔하게 떨어지지 않아서 어떤 궤적을 남기고야 말았다. 아 제발……. 나는 울상이 되었다. 어떻게 내 작품에 똥을! 이게 어떻게 완성한 건데. 허둥지둥 작업대 위로 그것들(캔버스와 냅킨 더미)을 갖고 와서 펼쳐두었는데, 정말이지 보면 볼수록 그건 소각을 둘러싼 논쟁에 종지부를 찍은 듯한 얼룩, 하나의 사건이었다. 심지어 냄새가 나기 시작했다. 작업실 창문을 죄다 열었다.

생각해보면 다 웃긴 짓이긴 했다. 처음부터 소각용 작품을 따로 그린다는 계획 말이다. 기존에 소각된 작품들의 공통점이라는 게 있지 않을까, 그래서 로버트가 소각용으로 선택할 작품이 무엇인가를 예측해보려고까지 했는데 이게 무슨 봉변인가. 그러나 한편으로는 좀 다른 생각이 들기 시작했다. 만약 로버트의 관심을 이 그림으로 유도할 수 있다면? 캔버스 상단에 한 줄기 흔적으로 남은 로버트의 배설물을 다른 물감으로 덮어버린다거나, 캔버스에서 로버트의 똥을 말끔히 치워내는 데 성공하더라도 그는 자신의 흔적을 알아볼 수 있을 것이다. 그렇다면 이걸 소각용 제물로 삼아보려는 내 계획이 아주 터무니없는 건 아니지 않을까? 그가 자신의 흔적이 남은 작품을 다른 컬렉터에게 허락할 리 없을 테니까.

그에게 소각이란 온전한 보존, 불멸을 위한 행동이니 정말 이 작품을 마음에 둔다면 그는 이것을 선택해 태울 것이다. 반대 이유로 생각해보더라도 태울 가능성이 높았다. 격조와 품위를 따지는 로버트는 이 그림 속 자신의 흔적은 물론이고 증인까지 없애려 할지도 모른다. 아니지, 로버트는 내가 아니다. 로버트는 분명히 인간이 아니라 개고, 그 수다쟁이도 말하지 않았던가? 똥 위에서 뒹구는 건 개에게 본능적인 행위라고. 인간의 시각으로 그의 행동을 짐작하는 데는 분명히 한계가 있었다. 생각이 오락가락하는 사이에 내 머릿속에는 마치 언젠가 산책로에서 만났던 여자처럼 "모르세요?"라고 말하고 싶은 억울함이 자리 잡았다. 그러니까, 모르세요? 이 개는 그런 개가 아니란 말입니다, 모르세요? 어떻게 로버트가, 후원자가 작가의 그림에 똥을 쌀 수가 있죠? 그것도 어렵사리 완성한 작품에?

그때까지 그린 작품들을 바닥에 늘어놓고 몇 걸음 떨어져서 그것들을 바라보았다. 그리고 그중에 로버트의 흔적이 묻은 그 작품이 어쩐지 가장 나아 보인다는 것을 발견하고 좌절했다. 그 작품에 정확히 똥을 싸놓다니…… 어떤 영역 표시일까? 캔버스에는 이미 로코코 위로 마치 유성처럼, 그의 똥이 지나간 궤적이 남아 있었다. 물감으로 가려야 하나?

냅킨으로 옮겨진 똥은 벌써 굳어가고 있었다. 작업실 근처가 그나마 축축하다고는 해도 워낙 건조한 날씨였으니까. 거기서 새어나오는 고약한 냄새는 이게 꿈이 아님을, 수수방관할 수 없음을 실시간으로 증명하고 있었다. 저걸 버릴 것인가, 아니면 살릴 것인가?

똥이 부패하는 속도를 늦추고 싶다면 전자레인지를 이용하라고 조언해준 건 준이었다. 웬만한 것은 전자레인지에 돌리면 멸균 상태가 된다고 말이다.

"물론 동결건조도 괜찮죠. 건어물이나 육포처럼 만드는 거예요. 수분 때문에 부패가 시작되는 거니까, 수분기를 완전히 빼면 부패하기 어렵겠죠."

"그럼 전자레인지가 아니라 동결건조기를 주문하는 게 나을까요?"

"지금 주문한다고 오겠어요? 요즘 물류가 완전히 멈춘 것 같던데. 그 일대에."

"그럼 마트에 가서 사면 되지요."

"그런데 동결건조를 하면 쪼그라들잖아요, 알죠? 외관상 똥의 형태가 바뀌는데 괜찮나요? 오래 보관하는 게 중점인 건지, 아니면, 똥이라는 게 흐려져도 괜찮은 건지?"

"음, 동결건조는 아닌 것 같네요. 그럼 전자레인지 쪽으로. 아니, 이런 건 또 어떻게 알았어요?"

"천재 화학자 역할을 맡은 적이 있거든요. 그때 자료 조사 엄청 했어요. 똥의 보존이라니, 물론 이런 연구 사례는 본 적도 없는 것 같지만. 그런데 그 개가 사료를 먹지는 않나보죠? 사료를 먹으면 똥이 건조한데. 수분감이 엄청 많네요."

"사료라기보다는 분자 요리인데…… 사진 외부 유출은 안 돼요, 명심하세요."

사실 똥에 이름이 써 있는 것도 아니고 그게 누구 것인지 알 길도 없었지만. 그것을 다른 종이컵에 담아 식당으로 가지고 갔다. 원래는 그곳 전자레인지를 몇 분간 사용할 예정이었지만, 막상 그 앞에 서자 좀 주저하게 됐다. 배설물을 공용 전자레인지에 돌리는 게 그다지 적절해 보이지 않았다. 마침 식당의 TV에서는 "깨어나기 시작한 시베리아 영구 동토층에서 좀비 바이러스가 퍼져 나올 가능성"이란 뉴스가 흘러나오고 있었다. 전자레인지에 그것을 넣고 돌리면 멸균 상태가 될지는 몰라도, 당장 나부터도 똥을 돌린 전자레인지에 다른 음식을 넣을 마음은 들지 않았다.

"혹시 남는 전자레인지 같은 건 없나요?"

식당 직원은 내 말을 얼른 이해하지 못했다. 모두 각자의 자리를 부여받아 존재하는 이곳에서 남아도는 것이, 그것도 전자레인지가 있을 리는 없어 보였지만, 그래도 혹시나 싶어 나는 작업실 안에 전자레인지를 놔줄 수 있는지 그에게 물었다. 잠시 후 최 부장이 나타났고 일은 일사천리로 진행되었다. 식당에 있던 공용 전자레인지 하나가 내 작업실로 옮겨졌다. 최 부장은 전자레인지가 전쟁 중에 영감을 받아 탄생한 걸 알고 있다면서 그 전자레인지의 모서리를 탕탕 치면서 "영광인 줄 알아라!" 했다. 그러면서 기대감에 차서 이렇게 묻는 거였다.

"물감을 굽습니까?"

"햇반을 데우려고요."

최 부장은 그 농담이 마음에 들었는지 신나게 웃었다. 뭔가 고무된 것처럼 보였다. 조명 때문인지 전투용 전자레인지의 등장 때문인지, 그 밤엔 정말 작업대 위의 풍경이 전장 같았다. 알루미늄 튜브의 여러 군데가 구부러지고 쑥 들어가 있었고, 접힌

부분 사이로 물감이 튀어나오기도 한 그 광경이 낮게 포복하는 군인들, 쓰러진 사람들, 뒹구는 시체처럼 보였다.

밤 11시에 전자레인지가 작동하기 시작했다. 비닐봉지에 그것을 담고 30초씩 끊어서 작동 버튼을 눌렀다. 그리고 그것을 꺼낸 뒤 팔레트 위에 넓게 펼쳤다. 포름알데히드 용액을 스프레이에 넣고 그것을 향해 분무했다. 다음엔 스패출라로 그것을 조금씩 떠서 캔버스 위에 펴 발랐다. 장미의 꽃잎을 하나씩 더하듯이 둥글게, 입체적으로 바르기 시작해 똥을 쌓아 올렸고, 그렇게 일종의 똥 모양을 완성했다. 다음 단계는 레진. 레진으로 일종의 코팅 작업을 하는 것이다. 하룻밤 사이에 레진은 투명하게 굳었고, 똥은 분명 처음의 그 똥이었으나 몇 단계의 가공을 거쳐 다시 그 자리에 붙게 됐다.

이제 Q시의 햇빛과도 같은 바니시로 코팅을 해줄 차례였다. 바니시는 작품의 마지막 의식, 곧 마침표를 찍는 의미이기도 했다. 작품 위에 도포된 바니시를 닦아내거나 녹여내는 방법이 없는 건 아니었지만, 보통 다시 닦아낼 마음으로 바니시를 바르는 이는 많지 않을 것이므로 나는 그 작업을 오래 미루게 되었다. 최종 마침표에 대한 부담감이랄까. 언젠가 목탄 작업을 한 후 손에 묻어나지 않도록 하기 위해 매트 바니시로 코팅을 한 경우가 거의 유일했고, 대부분은 바니시를 바르지 않았다. 그런데 이번엔 달랐다. 글로시 바니시로 코팅을 두 차례나 했고 그 마침표의 단계가 절실했다. 레이어가 여럿이고 표면이 울퉁불퉁한 상태인 만큼 폭이 좁은 붓을 사용했는데, 그럴 리가 없다는 것을 알면서도 뾰족한 붓끝이 혹여나 그것을 건드릴까 조심스러웠다. 그것은 어찌 보면 웅크린 영혼처럼 같기도 했던 것이다. 똥을 영혼이라고 부르다니. 아니, 그건 이제 그냥 똥이 아니었다. 방부 처리를 한 똥에 바니시 작업까지 하니 정말 화룡점정처럼 보였다. 덕분에 그 자리에 있던 로코코가 가려졌지만 훨씬 입체적인 새로운 꼭두가 되었다.

제목은 〈R의 똥〉으로 정했다. 그림을 응달진 작업실 테이블에 올려둔 채 며칠을 말렸다. 창문을 모두 열어 맞바람이 치도록 했지만 그래도 매일 아침 작업실 문을 밀고 들어갈 때마다 기묘한 냄새를 느꼈다. 겹겹의 방부 작업을 통과하며 엉겨붙은 고약한 냄새였다. 개가 아닌 인간이 맡을 정도의 자극이었는데도 소각할 작품을 고르기로 한 날, 작업실에 들어온 사람 중 누구도 그게 똥에서 시작된 냄새라고 생각하지는 못한 듯했다. 로버트의 의중은 알 수 없었지만. 바닥에 늘어놓은 작품들을 로버트가 편안히 감상할 수 있도록 몇 발자국 뒤로 물러났다. 로버트는 열 개의 캔버스 사이를 특유의 해크니 기법으로 걸어갔다. 런웨이의 모델처럼 꽤 우아해 보이는 동작이었다. 작품 앞에 한 번씩 섰다가 냄새를 맡았다가 다시 다음 작품으로 넘어가기를 몇 차례 반복하더니 로버트는 마침내 어느 작품 앞에 앉았다.

대니가 말했다. "이게 소각용이군요."

그 작품의 오른쪽 하단에 붉은색의 '소각용' 도장이 찍혔다. 내가 원했던 결과였다. 결국 〈R의 똥〉으로 유도하는 데 성공했다. 당시에는 몰랐지만 로버트는 유독 포름알데히드 냄새에 관대하다고 했다. 그가 좋아하는 냄새 중 하나였다는데 나중에야 그 사실을 알았다. 모든 것이 나를 도왔다. 나는 마침내 다른 아홉 개의 작품을 '방어'해냈다.

7

간사한 것은 내 마음이었다. 단순히 포름알데히드의 냄새 때문에 로버트가 그것을 선택한 걸까? 로버트가 그렇게 단순한 선택을 하는 존재였던가? 〈R의 똥〉을 처음부터 신뢰했던 것이 아닌데도 그 작품이 소각용으로 선정되자 작은 의심들이 가볍게 휘발되었다. 내가 간과한 게 있었다. 소각되어도 상관없는 작품을 만든다는 게 말은 쉽지만 그런 목적으로 시작했다가도 작가의 마음이 바뀔 수 있다는 것. 그걸 놓쳤던 것이다. 정말 그랬다. 한 작품을 소각용 제물로 삼음으로써 다른 작품들을 화염의 위기에서 구출할 수 있다고 생각했지만, 소각용 제물을 정교하게 만드는 과정, 로버트를 유혹하기 위해 최선을 다하던 중에 그 작품을 다른 어떤 것보다 더 오래 바라보게 되었고, 그러다 정이 들어버렸다. 그것을 제물로 써도 괜찮은 것이었나? 혹시 정말 주인공을 알아보지 못한 것은 아니었을까? 곱씹을수록 내 마음은 조잡해졌다. 〈오늘의 개로 주세요〉 연작 중에서도 핵심이 바로 그 〈R의 똥〉임은 작가 노트를 쓰는 동안 더 또렷해졌다.

"나는 늘 '오늘의 개'를 선택한다. 개는 정해진 노선을 성실하게, 적당한 긴장과 이완을 제공하며 걷는다. 사람보다 한 발 앞서 걷지만 너무 멀리 떨어지지는 않는다. 사진을 찍거나 커피를 사는 틈을 위해 적당히 멈출 줄도, 뒤돌아볼 줄도 안다. 지금은 업무 중. 놀 때가 아니라는 걸 개도 안다. 개는 참는다. 모든 욕구를 참는다. 식욕도 수면욕도 배변욕도…….

전시회 준비는 착착 이루어졌다. 사진 촬영, 액자 여부, 리플렛을 제작할 것인가 도록을 만들 것인가, 포스터와 엽서 혹은 다른 굿즈로는 무엇을 만들 것인가, 캡션에 적을 내용 등등 결정할 것이 많았지만 내 눈에 들어오는 건 특히 이런 부분이었다. 전시 작품이 열 점인데 판매용 포장 상자는 아홉 개뿐이라는 것. 은박 발포지와 종이 상자 앞에 붙일 이미지 캡션도 아홉 개씩이었다. 전시기획팀은 여분 하나도 더 준비하지 않았다. 그럴 필요가 없었으니. 작품 열 점 중 하나는 끝내 소각될 운명이었다.

전시가 시작되기 전까지 나는 작업실에 그 작품들을 보관할 수 있었다. 후작업을 더할 수도 있었다. 그것은 아직 내 앞에 있었다. 그런데도 내 삶에서 그것이 빠져나가는 소리가 들렸다. 그래서 더 애틋했다. 어떤 저녁에는 다시 입술에 손가락을 얹고 피가 날 때까지 잡아뜯었다. 어떤 아침에는 저 100×100 사이즈의 캔버스 하나를 로버트 재단 밖으로 내보내기 위해서는 모두 여섯 개의 문을 더 통과해야 한다고 생각하다 흠칫 놀라기도 했다. 지금 무슨 생각을 하는 거지? 물론 소각장까지 가는 경로는 훨씬 짧았다. 그저 작업실 문을 한 번 열고 소각장이 있는 미술관 문을 열면 그만일 테니까. 그 문은 내가 열 필요도 없었다. 아무것도 하지 않아도 시간이 지나면 어차피 그렇게 될 터였다. 그런데도 나는 그 반대의 가능성을 그리는 것이다. 아주 부자연스러운 동선을 따라서 말이다.

"안이지 작가는 열 점의 페인팅을 8월부터 한 달 반에 걸쳐 폭풍처럼 쏟아냈는데 그 창작의 태동은 이미 폭염과 대형 산불로 얼룩졌던 그 여름의 초입부터 있었다. 작가의 '오늘의 개로 주세요' 연작은 마치 그 여름, 도로를 가득 메우고 제 살던 곳을 떠나던 우리의 피난 행렬과 다르지 않아 보인다. 현대의 슈퍼카로 재해석된 한국의 전통 운구차—상여 행렬을 통해 '이곳'을 벗어나고 싶다고 고백하는 이 움직임을 보라. 모두 열 점의 연작으로 이루어진 유화 페인팅에는 우리를 저승으로 이끄는 가이드인 '꼭두'가 하나씩 붙어 있다. 그들은 이 지독한 현실, 끝

없는 산책의 굴레를 벗어나기 위해 기꺼이 슈퍼카에 올라탄다. 설령 그것이 죽음으로 가는 길이라고 하더라도 말이다. 케이팝 스타부터 진동벨까지 현대적으로 재해석된 꼭두들은 마치 캐니언의 후두(HooDoo)와도 닮았는데 차이점이 있다면 바람과 햇빛에도 닳지 않는다는 것이다. 그들은 죽음의 강을 건너는 동안에도 소멸하지 않고 우리와 함께한다. 그 꼭두 중 하나는 심지어 '똥'이다. 작가는 그것에 대해 〈R의 똥〉이라고 밝혀두었는데 아시다시피 R은 로버트 재단에서 끝없이 수집한 기후 위기 파편, 물고기의 이름이다. 로코코의 똥이라는 것은 곧 이 불타는 지구에서 쫓겨난 약한 생명체의 눈물이기도 할 터이다. 이 로코코의 똥 앞에서 우리는 무엇을 느끼는가……."

〈R의 똥〉은 그렇게 해석되었다. 이 기대평을 쓴 이는 꽤 유명한 미술평론가였다. 지난 7월에 그는 내게 큰 관심을 보이지 않았던 것으로 기억한다. 물론 당시에는 작업을 시작도 하지 못한 시점이었기에 마주치는 모두가 나의 자질을 의심한다고 생각했다. 그런 자격지심이 일종의 선글라스 역할을 했을 수도 있지만 어쨌든 그가 기사에 적어둔 말들과는 전혀 느낌이 다른, 행인들의 만남일 뿐이었다. 그곳엔 너무나 유명한 사람들이 많았기 때문에 나는 어디에나 있는 평범한 가로등에 불과했다. 파티에서 힘을 다 빼고 잠깐 담배를 피우러 나왔다가 무심코 눈길을 주는 그런 가로등 같은 존재. 내가 꼭 그랬는데, 그런 상황에서 그 평론가가 이런 말을 했다.

"당신의 이번 출품작을 제가 아주 좋아합니다."

이 무슨 우스꽝스러운 상황인가. 전시회에 낼 작품을 시작조차 하지 못한 상황에서 그의 말은 짓궂은 독촉처럼 느껴졌다.

"아직 그리지도 않은 그림을?"

"무조건 사랑합니다!"라고 외치면서 그는 웃지도 않았다. 술에 취했다고 생각했는데 집으로 돌아오는 길에 대니는 그가 정말 당신 그림을 사랑할 거라고 말했다. 촉이 좋은 사람이라면서. 그때는 대니의 그런 말 또한 풀 죽은 나에 대한 응원으로 여겼다.

몇 달이 지나 이제야 그의 촉이라는 게 뭔지 알 것 같아서 마음이 초조해졌다. 그는 내다본 것이다. 저 작가가 무엇을 그리든 그중 하나가 소각용으로 정해지면 작가는 그것으로 인해 괴로워질 테고, 로버트 미술관 소각식의 주요 연료는 바로 작가의 마음이라는 것을.

작업실에서 침실까지 걷다 보면 밍크선인장을 종종 볼 수 있었다. 한번 인지하자 그것만 눈에 들어와서 이곳이 밍크선인장 군락이 됐나 싶을 정도였다. 낮에는 그저 독특한 형태의 선인장이었을 뿐인데 밤이 되면 고통으로 길게 솟아난 혹처럼 보였다.

그 근처에 얼굴을 들이밀고 셀카를 시도해보기도 했다. 어떻게 해도 그때 로버트가 달려들어 찍힌 그런 표정은 나오지 않았다. 그것이 일종의 강렬한 마침표, 생의 마지막 사진처럼 느껴진 건 아마도 꽃말 때문이었을 것이다. '불타는 마음'이라니. 그땐 사랑에 대한 말인가 했는데 이젠 상실에 대한 말로 들렸다.

전시회 직전까지 작품을 작업실에 두려는 작가의 마음을 누구도 의심하지 않았다. 덕분에 내 작업실에서는 고요한 작업이 지속될 수 있었다. 모두 열 작품, 그리고 비밀리에 꺼내는 다른 한 작품이 있었다. 결국 나는 기록에 남지 않을 작품 하나를 만들기 시작했고, 소각용 작품을 최대한 같은 마음으로 그려 혼자서라도 곁에 두고 싶었다. 그렇게 하지 않을 방법이 있는가? 소각용 작품인 〈R의 뜽〉을 사진으로도 찍어두었고, 영상으로도 남겨 두었지만 그것으로는 부족했다. 태워질 작품을 미리 복제하고 싶은 마음, 온전히 갖고 싶은 마음을 가진 이가 나 하나였겠는가? 그러나 이런 마음이 행여나 오해될까 두려워서 몰래 작업했다.

작가보다 숙련된 위조꾼들이 더 잘할지도 모르는 그 작업을 하게 된 후로 조금씩 욕심이 나기 시작했다. 기대했던 건 이 작품을 새로 그리는 동안 내 마음이 가짜와 사랑에 빠지는 결말이었지만, 그런 일은 일어나지 않았다. 나를 더 무력하게 만드는 작업 속으로 스스로를 밀어넣은 것이다. 작가가 특정 작품을 똑같이 다시 그리더라도 두 번째 세 번째 그린 작품이 가짜일 수는 없었다. 한 번도 그렇게 생각해본 적은 없었다. 그러나 지금은 달랐다. 나는 오차를 최대한 줄이면서 성공적인 복제를 해야 했다.

캔버스, 물감, 스튜디오의 온도와 습도, 작업 시간과 공간까지 최대한 이전 것과 똑같이 지키려고 했음에도 불구하고 좀 초조했다. 다 그린 후에는 소각용 도장까지 찍을 셈이었는데 그것을 복사하는 건 어려운 일 축에 속하지도 않았다. 문제는 〈R의 똥〉이었다. 인정하고 싶지 않지만 똥이 이 모든 것의 시발점이었다. 로버트의 똥이 거기 놓이기 전까지 그것은 〈R의 똥〉이 아니었으니까. 위치와 형태가 중요했다. 기존 작품과 최대한 같아지기 위해서는 이번에도 손바닥만 한 로코코 위에 로버트의 똥이 놓여야 했다. 다른 똥은 안 되는 것이다.

처음 그 사건이 벌어졌을 때처럼 작품을 숲에 두었으나 날파리만 몇 마리 붙는 바람에 요행을 기대할 수가 없었고, 결국 나는 똥을 채집하기에 이르렀다. 목표로 삼았던 것은 로버트의 똥이었는데 사실 로버트는 아무 곳에나 용변을 보지 않았다. 당연히 로버트가 사용하는 화장실이 있었고, 똥 역시 그렇게 제자리를 지켜야만 하는 상태였다. 그러니 나의 캔버스 위에 그가 해놓은 저 행위는 뭐란 말인가? 보기 드문, 특별한 결과물이 아닌가? 그 생각에 이르자 내가 최선을 다해 그려낸 이 작품이 원본을 대체할 수는 없으리라는 좌절감이 또 밀려왔다. 아무리 해도 이것은 〈R의 똥〉이 아니라 그것의 그림자에 불과하다는 생각이 따라붙었다.

로버트의 똥을 채집하기 위한 나의 노력은 얼마간 더 계속되었다. 그림이 건조되는 속도가 빠르게 느껴졌고, 이 우스꽝스러운 작업이 정말 나를 구원할 수 있을까 의구심이 들었다. 모든 것은 제자리에, 를 외치는 이곳에서는 커피잔이든 우산이든 똥이든, 내려놓는 순간 그것은 그것의 자리로 가야만 했다. 눈에 불을 켜고 찾으러 다녔지만 로버트의 똥은커녕 누구의 똥도 구할 수 없었다.

결국 나는 속내를 숨긴 사냥꾼처럼 비닐팩 몇 장과 로버트가 좋아하는 쿠키를 가방에 넣은 채 산책로로 나갔다. 쉼터에는 로버트와 같은 파피용 종도 있을지 모른다. 같은 종이면 가장 좋겠지만, 그게 아니더라도 같은 음식물을 먹은 개들은 똥의 외형이 닮을 가능성이 높지 않을까? 쉼터의 개들은 산책 중에 배변을 참는다고 했지만 변수가 있다는 걸 얼마 전에 목격했고, 여차하면 코치를 붙들고 개똥을 구하고 싶다고 말할 참이었다. 나는 기꺼이 쉼터를 향해 뛰기 시작했다.

'그려졌으니' 이제 Q의 명물이라고 본격 홍보를 해도 좋을 것 같았는데 그게 부담스러웠던 것인지 밀려난 것인지 아니면 작품 주제에 상처를 받은 것인지는 몰라도 쉼터는 증발한 듯 조금의 흔적도 남아 있지 않았다. 그들의 경영 스타일이 Q의 입장과 많이 달랐다고, 결국 그들은 이곳을 떠나기로 했다고, 이 이야기를 전해준 사람은 달리기 중에 자주 마주쳤던 Q5였다. 그는 기존의 우후죽순식 경영이 아니라 제대로 된 경영을 할 거라면서 새로운 개 산책 서비스 거점을 둘 거라고 했다. 쉼터의 개들을 그대로 인수인계했다는 소문에 대해서 Q5는 절반만 맞는 말로 인정했다.

"산책에 적합하지 않은 개들은 대거 방출되었거든요. 제가 인수하기도 전에 말이죠."

"그 개들은 어디로 갔는데요?"

"그건 모르죠. 중요한 건 우리에게 남아 있는 것 아닙니까? 제가 궁금한 건 말입니다."

그러면서 내가 뭔가를 더 해주길 바라는 눈치였기에 슬금슬금 그 자리를 떠났다.

똥을 어떻게 구할 것인가, 그 생각을 하며 잠들었고 일어나자마자 그 생각을 했다. 로버트가 좋아하는 쿠키는 인간이 먹어도 무해한 것이었으므로 그것을 먹어보기도 하고 냄새를 맡아보기도 하고 로버트의 산책로를 따라다녀보기도 하고 최대한 몸을 지면에 가깝게 낮춰보기도 하면서 그의 똥을 구할 방법을 모색했다. 그의 똥이 아니라면 무엇이라도! 그러다 내가 치즈 맛이 나는 그 쿠키에 질려버릴 때쯤, 해냈다. 똥을 구했다!

그것을 전자레인지에 돌린 후 레진으로 코팅을 해서 캔버스 위에 부착하는 것까지 해냈다. 내 간절함이 어느 정도였냐면 포름알데히드 용액으로 방부 처리를 할 때 흰 플라스틱 통을 잘못 건드려 쏟아버리는 실수까지 고스란히 재현할 정도였다. 그 후 다시 바니시 코팅을 두 번 더 하기까지 모든 과정을 처음과 똑같이 해냈다. 시간 간격까지 지켜가면서 말이다. 다만 다른 점이 있다면 똥의 주인뿐이었다. 그 사실도 내가 잊어버릴 수 있다면 좋았을 텐데!

얼핏 보면 똥의 색은 원본의 것과 유사했다. (나는 어느 순간부터 원본이라는 표현을 쓰기 시작했고 슬펐다. 어쩔 수 없었다) 그건 내가 이 일대에서 구한 몇 개의 재료 중 가장 원본과 흡사한 것이었다. 이것은 로버트의 똥이어야 했다. 영혼의 절박함을 측량할 수 있다면 원본보다 위작(이 말을 쓰고야 말았다. 누굴 속일 의도로 만든 것은 아니었지만)에 훨씬 더 강렬한 영혼을 갈아넣은 것이 드러날 것이다. 그런데, 그래서 뭐? 그다음은 어떻게? 나는 전속력으로 달리다가 높은 벽 앞에 도달한 상태였다. 눈물이 날 것 같았고, 코끝이 간질거렸고, 그러다 재채기가 연속적으로 터져나왔다. 밖에서 노크 소리가 들렸다.

"무슨 문제라도 있나요?"

샘의 목소리였다. 얼른 작품 하나를 뒤로 숨기고 문을 열어주자 샘은 내게 괜찮으냐고 물었다. 재채기 몇 번에 바로 누가 달려올 수 있는 그 거리감이 조금도 괜찮지 않았지만 알레르기성 비염 때문이라고 둘러댔다. 샘은 고개를 끄덕이면서 내부 공간을 빠르게 훑었다. 다시 열 개가 된 그림들이 벽 한쪽에 줄 맞춰 서 있었다. 그중 하나는 수상한 냄새를 풍기며 여전히 내 코를 자극하고 있었다.

"와, 이게 소각용이 된 그 작품이군요? 역시, 로버트도 이 작품을 골랐다죠?"

샘은 자신의 안목을 인정받은 것처럼 좋아했다. 〈R의 똥〉을 가리키며 이게 설마 진짜 똥이냐고 물었다. 사람들이 이걸 로코코의 똥이라고 부른다면서, 그렇지만 정말 그 죽은 물고기의 똥은 아니지 않느냐고 했다.

"비밀인데, 이건 로버트의 똥이에요"

그러자 샘은 키득거리며 웃었다.

"안 믿는 거죠?"

"믿고 싶지만 말이 안 되잖아요. 로버트의 똥은 구할 수도 없는걸요."

"샘이 구할 수 없는 게 있어요?"

"많죠. 어쨌든 작가님이 똥 라인에 한 획을 그은 게 마음에 들어요. 똥 라인 미술작품들이요. 저는 그중에서 만치니를 특히 좋아해요. 캔에 든, 작가의 똥이요. 설마 저게 작가님 똥은 아니죠?"

"그렇다면 믿으실 건가요?"

"믿을 수도 있죠" 하고서 샘은 크게 웃었다. 그러고는 언젠가 로버트가 만치니의 작품을 수집한 적이 있다고 했다.

"그래요? 그때 봤어요? 어떻던가요?"

"뭐 통조림 그 자체죠. 열어보지 않는 한."

"열어본 사람이 있잖아요. 알죠, 근데? 그 안이 어땠는지? 또 캔이었어요! 밀봉된. 그런데 로버트는 작품을 태울 거면서 왜 수집해요?"

"글쎄요, 유명한 작품은 수집하던데요?"

그렇게 말하고 샘은 얼른 "아, 제 말의 뜻은" 하면서 말을 다듬으려 했다. 나는 무슨 뜻으로 하는 말인지 다 이해한다는 듯 고개를 끄덕였다.

"그러니까 신인 작가의 경우에 소각식을 통해서 이슈를 만들지만, 그럴 필요가 없는 작가들의 작품은 수집을 하던데요. 발트만 회장 때부터 수집된 미술품이 아주 많거든요."

"그게 다 어디에 있어요? 여기에?"

"수장고에 있죠."

수장고의 정확한 위치는 샘도 알지 못했다.

"아무튼 작가님도 여길 나가신 다음에 더 유명해지실 거잖아요. 그러면 로버트가 작가님 작품을 비싸게 주고 살 거예요. 언젠가."

"네, 이제 코앞이죠. 그러니까 잘 봐두세요. 이 작품들."

샘은 이 작품이 지난번 자신이 봤던 그 작품과 전혀 다른 개체라는 걸 전혀 눈치채지 못했다. 샘의 반응을 보며 나는 확신할 수 있었다. 내가 진짜 원하는 게 뭔지 말이다. 누굴 속이기 위해 만든 작품은 아니라고 생각했지만, 단지 나를 위한 복제품이라고 생각했지만, 지금도 그 마음이 유효할까?

내게는 기회가 있었다. 손이 닿는 곳에 원본과 위작이 함께 있으니 원본의 자리에 위작을, 위작의 자리에 원본을 놓기만 하면 되는 것이다. 다음 날 오전, 전시기획팀이 내 작업실에 오기로 되어 있었다. 약속은 오전 11시. 그때 내가 새로 완성한 위작을 원본 대신 보내면 되는데 나는 그렇게 하지 못했다. 작품이 아직 다 마르지 않았기 때문에? 그게 머뭇거림을 설명할 수 있는 전부는 아니었다. 위작이 별로라는 것에 대한 확신도 없었던 것이다. 그러니 내 앞에 놓인 작품의 운명에 섣부르게 개입해서 일을 그르치면 어쩌나 하는 불안이 있었다. 우물쭈물하는 사이에 전시기획팀이 와서 계획대로 원본을 가지고 떠났다. 작품 열 점이 모두 작업실을 빠져나간 후, 나는 위작을 고요히 꺼내 보았다. 원본이 될 기회를 놓친 작품 한 점. 그 작품은 원본과 거의 똑같았다. 캔버스에 붙은 날벌레의 흔적까지도 똑같았다.

10월의 두 번째 금요일 오후 6시, 전시회가 시작되었다. 소각식은 11월 1일 오후 6시로 예정되어 있었고, 나는 11월 4일에 퇴실 절차를 밟아야 했다. 로버트 재단 안에서도 미술관 건물과 가장 가까운 곳의 출입구가 활짝 열렸다. 주차 후 미술관까지 들어오는 길에 작은 푯말이 많이 세워졌다. 로버트의 초대장을 들고 유럽과 아시아에서 날아온 이들도 있었다. 각계 인사들의 방문으로 인해 인근의 호텔이 가득 찰 정도로 북적북적했다. Q에서도 이렇게 사람이 몰리는 기회를 놓치고 싶어 하지 않았다. 쉼터가 때맞춰 다시 문을 열었다. 그들은 "욕먹으면서 유명해집니다"라면서 적극적으로 개 산책 서비스를 홍보했다. 업체 이름이 아예 '오늘의 개'였다. 거기서는 산책자들을 위한 질문들을 많이 만들어냈다. 크기나 선호 혹은 기피 품종, 성격, 색깔, 성별,

나이부터 시작해서 옷을 입히고 싶은지 아닌지, 신발을 신기고 싶은지 아닌지 등등을 적으면 잠시 후 그에 맞는 개가 나타나는 것이다. 대기 장소에는 이런 현수막도 걸렸다.

"어떤 개를 원하는가? 그것이 곧 내가 어떤 사람인가를 말해 준다."

이도 저도 다 귀찮거나 우연을 믿고 싶다면 기본 상품인 '오늘의 개'를 선택하면 되는 것이고.

네 달에 한 번씩 열리는 이 전시회의 오프닝 리셉션은 소각식만큼이나 주목받는 자리였다. 나는 오렌지색 수트와 하늘색 운동화를 신었다. 100미터 밖에서도 누구나 저 사람이 주인공 아닐까 의심할 수 있을 법한 색감이었다. 그러나 내 마음이 그 오렌지색 수트 안에 있으리라는 보장은 없었다. 몸만 거기에 두고 마음의 일부를 분리해서 미술관 곳곳으로 흘려보냈으니까. 주로 비상구, 숨겨진 계단, 소개받지 않은 통로들로. 금기 혹은 생략, 그 둘에 대해 헤아리다 보면 안 보이던 것이 눈에 들어왔고 이 전시회의 주인공이 내가 아님이 자명해졌다. 〈R의 똥〉이 단연코 주인공이었다. 전시 기간 동안 고용된 경호 인력이 있었는데 그들이 보호하는 것은 작가가 아니었다. 나는 내가 그린 작품들보다도 한참 뒤에 있었다. 어쩌면 경호원들이 경계해야 할 대상 1순위일지도 모르고. 그러나 이런 생각을 허공에 뿌려놓고 내 몸은 오렌지색 수트 안에 있었다. 심지어 말도 했다. 이번 작업을 하는 동안 Q에서 어떤 영감을 받았으며 그것을 어떻게 소화했는지.

리셉션 날, 많은 이들이 미술관 한구석의 피자 화덕 앞에 모였다. 사람들이 모이니 그곳은 더 이상 구석진 자리가 아니었다. 중심이었다. 지난번에는 먼지가 자욱했던 피자 화덕이 반질반질하게 잘 닦여 있는 것도 눈에 들어왔다. 그게 내 작품이 소각될 무덤이었다. 〈R의 똥〉의 사이즈가 100×100인데 피자 화덕은 그 규격의 1.5배까지도 품을 수 있다고 했다. 넓은 사각 삽에 〈R의 똥〉을 올려 피자 화덕 속으로 깊숙이 밀어넣는 장면을 떠올리는 것은 어렵지 않았고 의식적으로 그 연상을 중단하더라도 꿈이 바통을 이어받아 화덕 내부를 보여주었다. 캔버스의 모든 물감층이 피자 토핑처럼 부풀어오르다 퍽 터지기를 반복하다가 마침내 완전히 잿더미가 되는 것이다.

전시 오픈 첫 주에 작품 아홉 개가 모두 팔렸다. 다른 하나는 팔 수 없는 것이었으므로, 내가 팔 수 있는 작품은 다 팔린 거나 마찬가지였다. 그것들은 전시회가 끝나기를 기다려 작품을 담고 컬렉터에게 전해질 것이다. 하나를 뺀 나머지 아홉 작품 밑에 동그랗고 빨간 스티커가 붙었다. 이미 판매되었다는 표시였다.

〈R의 똥〉의 밑에는 조금 다른 표식이 붙었다. '소각용'이라는 문구. 그건 관람객들로 하여금 "이건 파는 게 아닌가요?"라는 말을 하게 만드는 놀라운 단어였다. "디스카운트되죠?"라고 묻는 이도 있었는데 그건 일종의 농담이었다. 소장이 아니라 소각용임을 알기 때문에 던지는 농담 말이다. 관람객 대부분은 나보다 이 미술관의 시스템에 대해 훨씬 잘 알았으니까. 그들을 통해 "지난번 소각식 때 어떤 작가는"으로 시작되는 이야기를 여러 차례 주워들었다. 어떤 작가는 춤을 췄다고 했다. 어떤 작가는 노래를 했고, 어떤 작가는 울었다고. 나중에는 그 작품을 가리키며 누가 무슨 말을 하려고 할 때 내가 선수를 치기도 했다. "제발 이걸 사고 싶다고 말하지 말아요!" 하고.

전시회 초기에 이틀 연속으로 왔던 붉은 머리 여자도 그런 사람 중 하나처럼 말했다. 그 작품을 사고 싶다고. 머리카락을 한껏 위로 묶은 포니테일 스타일 때문에 나는 그녀가 전날에도 〈R의 똥〉 앞에 한참 머물렀던 사람임을 금방 알아챘다. 우리는 작품에 대한 이야기를 조금 나눴고 이후 대화는 예상 가능한 방향으로 흘러갔다. 그녀가 이 그림을 사고 싶다고 말하는 지점까지, 정해진 줄거리처럼. 전시가 시작된 이래로 무수히 반복되었던 대화로 일종의 퍼포먼스처럼 여겨질 지경이었다. 내가 소각용 도장을 가리키며 "저도 팔고 싶지만"이라고 웃으면 상대방도 다 안다는 듯이 웃어 보이는. 그러나 이 여자는 내 농담을 받아주지 않았고, 그 뒷말이 궁금하다는 듯이 정색을 하고 물었다. "팔고 싶지만?"

"이건 판매할 수 없는 작품이거든요. 로버트 미술관에는 처음이신가요?"

"소각의 전통은 잘 알고 있어요. 그렇지만, 정말 이 작품을 소각하실 생각이에요?"

"글쎄요. 소각하지 않을 방법이 있나요? 소각에는 큰 의미가 있고, 전 거기에 동의했어요."

그런가요, 하며 이해할 수 없다는 표정을 짓던 여자는 내게 좀 더 가까이 다가와 속삭였다.

"그런 얘기 들어보셨어요? 여기 머물렀던 작가들의 최고작은 바로 이곳에서 불타버린 작품이란 얘기요. 명성은 높아질 수도 있겠지만, 그 이후 이만한 작품은 절대 그릴 수 없다고들 하죠."

"슬픈 얘기군요."

"그럼요. P 워튼은 지금도 소각식에 반대하지 못한 걸 후회하고 있어요."

"그를 잘 아시나요?"

"주기적으로 만나는 사이죠. 개인전을 한 차례 했고, 또 전시를 준비하는 중이에요. 그는 당시에 너무 모범생이었죠. 절도범이 되었어야 하는데요. 물론 지금도 그의 작품은 훌륭하지만 솔직히 우리 모두 알아요. 절정은 바로 이곳에서 잿더미가 되었다는 것을."

그때 저만치서 최 부장이 다가왔기 때문에 나는 필요 이상으로 환하게 웃어 보였다. 여자는 선글라스를 꺼내는 척하면서 내게 얼른 명함을 건넸다. 그 몸짓이 무척 비밀스러운 동시에 신속해서 단지 그렇게 명함을 건네받았다는 것만으로 내 맥박은 이미 빨라지고 있었다. 최 부장이 다가오자 여자는 아까보다 확실히 현란하고 장황한 말을 빠르게 늘어놓으며 감상을 전했다. 내가 반밖에 못 알아들었다고 하자, 최 부장은 여자의 말을 열심히 통역해주었다. 나는 다른 생각을 했다. 아마 그 여자도 다른 생각을 했을 것이다. 잠시 후 여자는 사라지고 없었다. 그녀는 그날의 마지막 관람객이었다. 그녀가 나가자 최 부장은 유리문의 'Open'이라는 글자를 'Closed'로 바꿔 걸었다. 그것은 한 면이 Open, 다른 한 면이 Closed로 된 삼각형 푯말이었는데 외부에서 Closed가 보이도록 바꿔 걸면 건물 내부에서는 Open이 보였다. 내 쪽에서는 Open이었다. 한 세계의 닫힘이 다른 세계의 열림이 되었다.

여자는 그 후 전시회에 다시 오지 않았고, 여자가 명함을 건네면서 속삭였던 말은 내 귓가에 남아 종종 재생되었다. "이 작품을 내가 구출하고 싶어요." 그 여자가 툭 던진 '구출'이란 단어가 내 안 어딘가 단단한 곳에 쿡 박혔다. 저 작품을 구출하고 싶다고? 이 공간을 나가면 다시는 저런 그림을 그릴 수 없다고? 그런 저주가 또 있을까? 저런 말까지 듣고 보니 전시장에 걸린 그림이 마치 다른 이의 것인 듯 낯설게 다가왔다.

여자는 런던 S갤러리의 아트 딜러였다. 그곳은 최근 몇 년간 미술계에 센세이션을 불러일으킨 업체로, 이 갤러리에서 발굴한 작가들의 작품이 아주 높은 가격으로 팔리고 있었다. 경매 시장을 발칵 뒤집어놓은 적도 여러 번이고, 널리 알려진 작가들의 위작 중 일부가 진품이라는 것을 밝혀낸 적도 있었다. 나중에는 S갤러리가 원본 검증 시스템으로 통할 정도로 신뢰도를 쌓게 됐다. 작가와 계약을 할 때 꼼꼼하게 모든 사항을 정해두는 것으로도 유명했다. 그중에는 작품이 손상되었을 때 어떻게 대처할 것인가에 대한 내용도 있었는데 이런 경우에 많은 작가들은 직접 작품을 복원하기를 원하지만, S갤러리의 경우라면 믿고 맡긴다는 이들이 있을 정도로 신뢰도가 높았다. 물론 로버트 재단의 위용에 비할 바는 아니었지만 두 곳 모두 기존에 없던 방식으로 주목을 끌었다. 차이가 있다면 S는 작품을 '소각'하지 않고 '소문'낸다는 점이었다. 게릴라성 이벤트에 강하고, 사건을 만드는 것에 두려움이 없는, 기존 권위를 뒤흔들어놓는 강력한 업체에서 내 작품에 대한 '구출'을 언급한 것이다.

2주가 더 흘러갔다. 관람객들은 소각식 한복판에 있는 나를 상상하는 것을 좋아했다. 소각식 때는 어떤 옷을 입을 건가요? 누구라도 나에게 물었고 나는 검정색을 입겠다고 대답했고, 그러자 어떤 관람객이 내게 "소각식은 일몰 무렵에 열리고, 검정은 어둠에 묻히니까요. 밝고 강렬한 색을 입으세요"라고 조언했다. 나는 그러겠노라고 했다. 그러면서 내내 S의 딜러가 다시 오지 않을까 기대했는데 그녀는 오지 않았다. 흥미롭게 읽던 책을 빼앗긴 기분이었다.

전혀 다른 지점에서 빼앗긴 책의 내용이 다시 이어졌다. 준을 통해서였다. 그는 전시가 종료되기 일주일 전에 미술관으로 왔다. 샘이 그를 알아보고는 '미스터 우산'이라고 불렀다. 그러면서 "끝날 때까지 끝난 게 아니죠"라고 말했다. 준은 그게 전시에 대한 말인가 했고 나는 샘이 준과 나의 사이를 넘겨짚나 싶었는데 나중에야 샘은 "허허벌판의 운명을 생각하며 다짐하는 거예요"라고 말하며 웃었다. 폐공항은 공항으로서의 기능도 잃고, 랜드마크가 되지도 못했다. 샘이 투자한 지역을 내가 그림으로 살려주지 못했기 때문에 그곳은 랜드마크가 될 수 없었다. 아쉬운 사람이 어디 샘 하나뿐일까, 전시회에 온 사람들은 이 프로젝트가 그렇게 강조한 아트하이웨이의 속도감을 보았다.

우습고도 무서운, 은밀한 광기를. 나는 최대한 미술관에서 멀리 달아나고 싶었다. 마침 비가 후두둑 떨어졌기 때문에 그와 나는 오래전 은인이었던 노크 도구, 검은 우산을 쓰고 산책로를 걸었다. 그때 우산 속에서 그가 한 말.

"왜 전에, 로버트 재단의 계약 기간을 다 못 채우고 나간 작가가 있다고 했었죠? 한 명은 알코올중독이고. 다른 한 명 사유가 뭔지 알아요?"

그는 잠시 뜸을 들인 후 "먹튀래요" 했다.

"먹튀요?"

"도망쳤다는 거죠, 여기서 창작한 걸 가지고."

"작품을 빼돌렸다고요? 소각용 작품을요?"

"네. 아마 그 먹튀 사건 이후로 계약서가 더 촘촘해졌을 겁니다. 지금까지도 작가의 실명은 알려지지 않았는데 홍콩의 경매 회사와 접촉했다는 얘기도 있더라고요."

그리고 그 작품이 로버트 미술관의 소각식에서 살아나왔다는 소문이 같이 따라다니고 있었다. 경매 회사나 로버트 재단 어느 쪽도 인정하고 있지 않지만 딱히 부인도 하지 않아서 그 소문은 거의 기정사실처럼 통했다. 큐레이터 몇 사람이 해당 작품을 전시회에서 봤던 그 몇 년 전 어느 날을 선명하게 기억하고 있었다. 작품이 소각식을 피해 세상으로 나왔다면 확실한 계약 위반이었다.

"그렇지만 당장 팔지는 못하겠죠. 세상에 내놓을 수도 없고요."

내 말에 준은 "공소시효가 지날 때까지 기다리는 건가?" 했다.

"신고하지도 않았다면 글쎄요, 아무도 모르는 거 아닌가요. 로버트 재단에서는 그 일에 대해 아무 반응을 보이지 않는 거죠? 제 생각에 여기 사람들은 뒤로는 몰라도 앞에서는 의연한 척할 거예요. 체면을 중시하니까. 그런데 이런 얘기는 어디서 들었어요?"

"우리 연출이요."

"아이고, 신뢰도가 확 떨어지네요."

그렇게 말하긴 했지만 그날부터 그 얘기들은 내 머릿속에서 자라나기 시작했다. 식물의 덩굴처럼 동물의 다리처럼 움직였다. 로버트 재단과의 계약서를 다시 살펴보았다. 혹시 계약을 파기할 경우에 내가 물어내야 할 금액이 있다면 얼마일까. 금전적 손해뿐일까? 중도에 계약 파기 상황이 생기는 경우 로버트 재단 입주 기간 동안 그린 작품을 모두 반납해야 한다는 항목이 있었다. 그러니까 계약 종료 기간까지 의무를 다하면 작품 중 소각용 하나만 잃는 셈인데, 중간에 파기하면 모든 작품을 반납해야 한다는 것이었다. 당연히 판매도 할 수 없었다. 서류상으로는 그랬다. 아마도 그랬기에 작품을 들고 튄 작가가 나왔겠지.

"나는 모험을 좋아하지 않아요."

준이 물어본 것도 아닌데 나는 그런 말을 했다.

"우리 산불 뚫고 여기로 왔던 거 잊었어요? 개가 막 뛰어들고 그랬던 거?"

"오죽했으면 그랬겠어요, 모험심이라곤 부스러기 같은 것도 없는데 오죽 답답했으면."

"내가 왜 이런 얘기를 안이지 씨한테 하냐면요, 당신이 이미 모험 안에 들어와버렸기 때문이에요. 누가 당신을 만나고 싶다고 했거든요. 안이지 작가라고, 당신을 콕 집어서."

"또요? 연출이요?"

"아뇨, 움 사 사장이 투신했다는 기사 봤어요? 네, 그렇게 됐어요. 그 기사 나간 이후로 연출은 지금 연락이 안 돼요. 그래서 내가 대신 움직이고 있는데 누가 당신을 만나고 싶어 해요. 아마 안이지 씨로서는 거절하기 어려운 제안일 거예요."

"혹시 아트 딜러예요?"

"아뇨?"

"대체 누구길래?"

"빌 모리. 안이지 씨가 나한테 얘기해줬던 그 사람이요. 사진 작가."

그랬다. 로버트 재단에서 먹튀했다는 작가가 바로 빌이었던 것이다. 사진작가 빌 모리, 로버트에게 저작권 관련 소송을 건 인물. 그가 로버트 재단의 창작 프로그램에 참여했다는 것도 놀라웠는데, 먹튀를 했다는 건 더 놀라운 얘기였다. 준이 출연하는 영화 제목이 〈타이어 쓴 엘크〉였고, 연출가의 지론은 '실화에 기반한 힘'이었다. 그는 우리가 만났던 그날도 몇 번이나 실화의 힘을 강조했다.

"based on true story, 라고 한 줄 추가하면 뭐, 게임 끝이지. 난 실화만 보거든. 뉴스 말고 스토리로."

그렇게 그들은 빌을 찾아냈고, 롯지 관리인이 이미 사망한 상태였기 때문에 빌은 초창기 로버트에 대해 말해줄 수 있는 거의 유일한 사람이었다. 그 빌이 현재 로버트 재단의 입주 작가를 만나고 싶어 한다는 얘기고. 그 이유는 모르겠지만.

3주간의 전시회 중에 단 하루 휴일이 있었다. 그날 나는 빌을 만나러 갔다. 장소는 언젠가 방문한 적이 있었던 쇼핑몰. 절반쯤 불에 탔지만 아직 타지 않은 절반으로 영업을 계속하는 곳이었다. 거기까지 운전해서 가는 건 내게 좀 도전이었으나, 해냈다. 주차장에서 마주친 준은 람보르기니의 자태에 감탄하면서도 내내 주의를 주었다.

"배우님이 왜 이렇게 긴장하세요? 지금 로버트 재단을 속인 것은 전데요."

"배우니까요! 그리고 진짜 걱정 안 돼요? 아까 요 앞에서 어떤 할머니랑 인사 나눈 것도 나는 아슬아슬하던데. 할머니가 그쪽 알아보면 어쩌려고?"

"주차 구역 물어본 거잖아요."

"엮이지 말아야죠. 지금 너무 튀니까 그렇죠. 아니, 왜 비밀 만남에 이렇게 튀는 차를 끌고 와요, 완전 표적이네, 표적."

"에이, 시골 할머니예요. 차 모르시죠."

"눈썰미가 엄청 좋으신 할머니일 수도 있죠."

"차 번호를 외우시겠어요, 어쩌시겠어요. 오렌지색 차 이따만 한 거, 이 정도로 얘기하시겠지. 지나친 기웁니다. 기우."

"돌아서면서 안경테 딱 눌러서 녹화했을 수도 있다고요. 그리고 시골 할머니 무시의 근거가 뭐죠? 우리 엄마는 팔십대신데 신차 목록을 꿰고 있다고요."

그는 큭큭거리며 웃었다. 약간 신나 보이기도 했다. 그러고는 만약 '그런' 일이 벌어진다면 어떻게 대처할 것인가에 대해서 장황하게 늘어놓았다. 그렇구나, 하고 말았지만, 기우가 아닌 건 아니었다. 그에게 전화가 한 통 걸려왔고, 그는 너무 놀라서 미리 준비한 핑계도 제대로 대지 못했다. 제작사의 연락이었는데, 바로 이 쇼핑몰에서 어느 할머니가 인스타그램 게시물을 하나 올렸고, 거기에 바로 그가 찍혀 있었다는 거였다. 보니까 나도 찍혀 있었다. 할머니는 이렇게 적어두었다.

"내년 초에나 출시된다던, 전 세계에 단 여섯 대 풀렸다던 그 차, 트렁크 공간도 짱 넓다. 이사해도 되겠네. 신의 차. 올해 두 번째 본다. 같은 주인일까? 한국말 쓰는 두 사람."

"완전히 털렸네요."

준은 배우 생활 몇 년 만에 스캔들이 터질 것 같다며 울상을 지었다. 그런데 확실히 신나 보였다. 우리는 첩보 영화 배우들처럼 두리번거리며 약속장소로 갔다. 그곳에는 기사로 봤던 것보다 훨씬 노인인 듯한 사람이 있었다. 그는 앞에 도넛 접시를 두고 앉아 있었다. 빌이었다.

준이 출연한다는 영화 줄거리는 이랬다. 주인공이 미국의 어느 국립공원에서 타이어를 목에 뒤집어쓴 엘크, 이른바 '타이어'가 출몰한다는 이야기를 듣고 그걸 사진에 담고 싶어서 여행을 떠난다. 목격담에 따르면 '타이어'는 거의 2년째 목에 폐타이어를 걸고 있는 셈이었는데 한 마리가 아니라고도 한다. 한 마리가 아니라면 2년을 헤아릴 기준도 없어지지만, 어쨌든 그 '타이어' 중 하나는 주인공이 이 일대에 도착했을 때는 이미 '타이어'가 아니다. 인기척이 느껴지면 재빨리 달아나던 '타이어'는 결국 공원 직원들과 야생동물청에게 구조되어 목에서 타이어를 빼내게 되었고 다시 야생으로 돌아간 것이다. 주인공에게 다른 여행객들이 그 얘기를 전해주고, 주인공은 엘크가 구조되어 다행이라고 말하지만 실망감을 감추지 못한다. 그런 주인공에게 다른 이가 다가와 말을 건다. "긍정적으로 생각해봐요"라고. "그러니까 이곳에서 당신이 마주치는 모든 엘크에게 '타이어'였을 가능성을 부여하는 것이죠. 나는 그 가능성을 훼손하고 싶지 않아요." 주인공은 그렇게 생각하기로 마음을 다잡는다. 그러자 눈 닿는 곳 어디에나 '타이어'가 있다. 모두가 '타이어'였을 가능성을 갖게 된 것이다……. 나도 들어서 아는 줄거리였는데 빌은 그 얘기를 찬찬히 다시 하고는 이렇게 말했다.

"로버트라고 다르겠나?"

그때까지 내내 허공을 보며 말하던 그가 그때 처음으로 내 눈을 봤다. 뚫어져라.

"타이어를 목에 건 엘크부터 시작해서 이 일대에는 마스코트로 불릴 법한 특별한 동물들이 좀 있지. 그랜드캐니언만 해도 노스림의 브라이티, 그리고 사우스림의 로버트가 있었고. 나는 그 모두를 만나봤고, 로버트에 대해서 할 말이 많아. 우리 관계는 지금도 저작권 분쟁의 흥미로운 예시로 등장하더군. 나는 그

일로 쌓아왔던 인생 절반을 잃었는데 말이야."

그는 내가 로버트 재단과 빌 모리 사이에 얽힌 이야기를 이미 다 알고 있으리라고 전제한 채 이야기를 했다. 물론 알고 있었다. 그에게 묻고 싶은 건 두 가지였다. 왜 먹튀를 했는가, 그리고 그 작품을 어떻게 팔았는가. 그러나 이야기는 빌이 웨딩 스냅 업계에서 꽤 잘나가던 시절부터 시작해 한참 그 주변에 머물렀다. 빌은 도넛 토핑이 접시 위로 떨어질 때마다 그것을 엄지손가락으로 꾹꾹 눌러 다시 입으로 가져갔다. 그러면서 연신 "자료를 모았지. 꼼꼼하게"라고 말했다. 로버트에 대한 정보를 모으려고 했던 것뿐인데 먼저 표정을 드러낸 건 리나였다. 그가 알게 된 바에 따르면 〈캐니언의 프러포즈〉 속의 여자는 실종과 사망 어느 쪽에도 해당되지 않았다. 리나가 아니라 전혀 다른 인물이었던 것이다.

그랜드캐니언에서 새벽에 웨딩드레스를 입고 서 있던 그 여자는 사진 속 자신의 모습이 백만장자의 딸 리나로 오해되는 것이 싫지 않았다. 남편으로부터 추궁을 당하고 있었지만 그것이 자신이라고 밝힐 수 없는 상황이었기 때문이다. 그 사진 속 여자가 자신이 아니라 리나라는 소문이 그녀에게는 중요한 알리바이가 되어주었다. 나중에는 그녀 역시 사진 속 여자가 자신이 아니라고 여기게 되었다. 사진 속 여자가 리나라고 믿는 데 그리 오랜 시간이 걸리지 않았다는 게 그녀 스스로도 놀랄 정도였다. 게다가 그녀가 입고 있던 옷은 정말 리나의 웨딩드레스숍 제품이었으니 한 사람만 침묵하면 〈캐니언의 프러포즈〉는 다른 사람의 것이 될 수 있었고, 그녀는 오래 침묵했다. 빌 모리라는 끈질기고 불쌍한 사람을 만나기 전까지.

"물론 내가 알게 된 건 로버트가 발트만에게로 간 이후의 일이지. 내 자료에는 사진 속 진짜 여자를 포함해서 라스베이거스 형사 일부의 증언 녹취록까지 있었어. 그걸 가지고 발트만 회장을 찾아갔지. 발트만 회장에게 이보시오, 이 사람은 애초에 당신 딸이 아니었습니다, 모두 잘못 알았던 거예요, 하면서 진실을 얘기했는데 그때 그가 보인 표정이 너무 의외였어. 내 예상과는 딴판으로 이야기가 흘러갔지. 그는 모든 걸 이미 알고 있었던 거야. 그 사진의 주인공이 자기 딸이 아니라는 것, 언제 알았는지 시점은 알 수 없지만 어느 순간에 그는 절벽 위의 웨딩드레스를 입은 여자가 리나가 아니라 엉뚱한 여자라는 걸, 억대 빚에 쫓기면서 버젓이 살아 있다는 걸 분명히 알아챈 거야. 그러니 그 여자에게 돈을 준 거겠지. 그들은 서로를 도왔어."

"그럼 진짜 리나는요?"

빌은 어이없다는 듯 웃었다. 우는 것 같기도 했다.

"진짜 리나라는 말이 참으로 이상해. 이 얘기를 다 들으면 당신도 그럴 거야. 진짜 리나라는 게 뭘까. 알려졌다시피 그녀는 조슈아트리 국립공원에서 죽은 채 발견됐지. 함께 발견된 남자는 발트만 회장이 반대했던 사람이었고. 그들이 어째서 거기서 마지막을 맞이했는지는 알 수 없지만 이 또한 여러 가지 선택지가 있어. 그곳에서 길을 잃고 탈진해 죽는 사람들이 많았지. 그 해에는 유독 폭염이 심했으니까. 리나가 발견되기 전만 해도 탈진해 죽은 마약상들의 시체가 발견되었다고. 발트만을 가장 괴롭게 한 건 그 연인이 스스로 죽음을 선택했을 거란 얘기였겠지. 어떤가, 이 사건만을 받아들일 수 있겠나? 공동대표였던 친구는 리나에게서 어떤 조짐을 느꼈다고 여러 차례 인터뷰를 했어. 어쨌거나 그 사진에 얽힌 스토리가 알려진 후 웨딩드레스의 판매 실적은 고공 행진을 했어. 이야기를 입는다는 건 그런 거야. 내가 밑줄 그은 부분은 그거지. 나를 유명하게도 불행하게도 만들었던 그 사진 속 주인공은 발트만의 딸 리나가 아니라는 사실. 그렇게 되면 로버트가 발트만의 딸 사진을 찍은 것도 아니고, 그 사진이 발트만에게 각별할 이유가 없는 셈이야. 발트만이 로버트에게 품은 최초의 감정은 자기 딸의 가장 행복한 순간을 포착했다는 데서 오는 고마움이었을 텐데 말이야. 만약 그게 자기 딸 사진이 아니라면? 로버트와 발트만이 함께일 필요도 없고, 그렇다면 그 사진을 둘러싼 우리의 소송이 그렇게 길어지지 않았을지도 몰라. 내가 지치지 않았을 테니까. 내 시간을 되돌리고 싶었어. 그래서 모든 자료를 모아서 들고 갔지. 그런데 발트만이 내게 할애한 시간이 얼마였는지 알아? 고작 5분! 나는 5분 만에 다시, 내 차의 시동을 걸면서 생각했지. 아, 저 사람은 자신이 믿고 싶은 이야기를 선택한 거구나. 그게 진짜라고 말했고, 그걸 진짜로 만들어갔어. 이 모든 이야기의 진짜 배후는 그러니까 발트만이었지. 그는 움직이기 시작했어. 도처에 널려 있는 암벽등반용 손잡이를 하나둘 잡아가면서 말도 안 되는 벽을 타고 오르기 시작했어. 그에게 가장 완벽한 손잡이가 로버트였을 거야. 로버트는 그 절벽 위의 여자가 리나라는 걸 하나하나 증명해냈지."

로버트가 찾아낸 수집품으로 가득한 서재가 떠올랐다. 거기서 리나가 즐겨 착용했다는 소품들을 본 적도 있었다. 샘이 하나하나 짚어가며 사연을 소개해준 적도 있었다.

"리나의 것을 자꾸 물어오는 로버트가 발트만에게 어떤 존재였을까. 발트만은 자신이 만든 이야기 속에 갇힌 사람이야. 출구를 스스로 봉해버린 사람. 애초에 리나의 냄새라고 하는 것이 그 사진 속 여자의 것이었을지도 몰라. 아니면 전혀 다른 사람의 것이었을 수도 있지. 로버트는 개의 본능에 따라 그것을 충실히 찾아온 거고. 어느 날은 리나의 담배를, 리나의 카디건을,

리나의 베개를. 그러면 발트만은 그걸 끌어안고 자신이 만든 세계 안에서 딸을 떠올릴 수 있었고. 그렇게 안락한 곳으로 딸을 이동시킨 거야. 놀랍지 않아? 리나가 그 국립공원에 머문 건 겨우 며칠이었을 텐데 리나의 흔적이 그렇게도 많다는 것이? 그건 모두 발트만이 이미 결말을 정해뒀기 때문이겠지. 리나의 옷걸이, 리나의 담배, 리나의 양말. 로버트가 가지고 오는 것은 나중엔 무엇이든 리나의 것이 된 거야. 그게 둘 사이의 암묵적인 룰이 되었고 그들은 헤어질 수 없었어. 헤어질 필요가 없었지. 움직이면 결국 믿게 돼. 무게중심이 그쪽으로 이동되니까 다시 이렇게 돌아올 수는 없는 거야."

그 말을 하는 동안 빌의 몸이 내 쪽으로 가까이 기우뚱했다가 다시 돌아갔고 술냄새가 훅 끼쳤다.

"5분 동안 그는 내 말에 거의 관심을 보이지 않았지만 단 한 순간 그의 눈이 번쩍이는 걸 느꼈지. 리나로 오해된 그 여자가 웨딩드레스를 훔쳤다고 보는데, 그녀 말로는 훔친 게 아니라 선물받은 거라고 하더군요, 내가 그렇게 말했을 때였어. 정말 그 여자가 내게 그렇게 말했기 때문이었지만 사실 나는 그게 거짓말이라고 생각했어. 주문한 사람은 드레스를 못 받았다는데 어째서 엉뚱한 사람이 웨딩드레스를 선물받을 수가 있겠나. 안 그래? 그 여자가 리나가 아니라는 사실을 아는 사람만이 궁금해할 수 있는 내용이었지. 내 말에 발트만이 그러더군. 두 사람이 만났을 수도 있습니다. 내 딸이 그 여자에게 선물을 했을 수도 있습니다. 그 애는 기꺼이 그럴 수 있는 애였어요. 그래서 내가 물었지. 배달 가던 길에 타인에게 선물을 한다고요? 발트만은 나를 경멸하는 눈으로 보더니 당신 같은 사람은 그 사이를 이해하지 못하겠지, 죽었다 깨어나도, 라고 말했어. 그게 끝이었는데. 자꾸 생각나. 그는 아마도 나와 헤어진 다음, 홀로 그 사이를 무수히 많이 상상했을 거야. 채워넣기 위해서. 리나와 리나로 오해된 여자가 만났을 가능성 말이야, 그리고 자기 딸이 웨딩드레스를 선물했을 어떤 이유에 대해서 계속 생각했을 거야."

〈캐니언의 프러포즈〉나 〈캐니언의 로버트〉 같은 사진은 로버트 재단에 완전히 밀착된 이야기였다. 그런데 빌의 이야기는 그게 모두 남의 액자, 남의 이야기라는 말을 하고 있었다. 〈캐니언의 프러포즈〉 속 인물이 리나가 아니라면, 그 이야기가 없다면 발트만이 받아들일 수 있는 현실은 단지 조슈아트리 국립공원에서 시신으로 발견된 딸의 결말뿐인데, 그걸 발트만이 받아들일 수 있었을까? 어떤 사람들은 미래가 아니라 과거를 고치면서 매일을 살아나간다. 발트만이 그런 인물이었다. 이미 지나온 삶에 대해 뒤늦게 꿈꾸는 것이 무모한 일일까. 이미 흘러온 시간은 바꿀 수 없는 것이므로 영 가망 없는 일일까.

"그에게는 암흑 구간을 건너갈 뗏목이 필요했던 것 같네요."

빌이 쏘아붙였다.

"가짜 뗏목이지."

"설령 가짜라 하더라도요, 반짝이지만 곧 녹아버릴, 설탕으로 만든 뗏목이라 하더라도 누군가에게는 절실할 수 있으니까요."

"그렇다면 그 개가 뗏목의 사공이었겠군."

그렇게 말하며 잠시 고요해졌던 빌은 곧 다시 격앙된 목소리로 말했다.

"그 여자는 연락 두절이 됐어, 참고로. 죽었는지 살았는지도 몰라. 롯지 관리인은 진작 교통사고로 죽었지. 이게 우연 같나? 발트만이 무서운 사람이라는 얘기를 하는 거야. 암흑 구간이 두드러질까봐 겁이 나서 자신이 믿는 것 하나만 남기고 나머지는 없애버리는 성격이라고. 나는 그걸 5분 만에 파악했네."

"발트만과 5분 대면했다고 하셨지만, 로버트 재단으로부터 초대를 받으셨잖아요? 입주 작가로요."

"그건 발트만이 죽은 이후의 일이야."

그들이 빌을 초대한 것이 정말 사진작가를 후원하기 위해서인지 아니면 다른 배경이 작동한 것인지 알 길은 없다. 다만 빌은 로버트가 자신을 초대해서 굴복시키려 했다고 이해했고, 정면

돌파하겠다는 생각으로 그 초대를 받아들였다고 말했다. 그리고 로버트 재단의 담벼락 안에 침투(빌은 침투라는 표현을 썼다)한 후에는 그곳의 극진한 대접에 놀랐다가 다시 실망하고 분노하기를 반복했다. 확실한 것은 빌이 적응하지 못했다는 점이다.

"로버트 때문이었나요?"

"아니, 나는 그와 만나지도 못했어. 그렇지만 모든 곳에 그가 있었지. 그 공간 때문에 숨이 막히더군. 〈캐니언의 프러포즈〉가 붙은 방에서 지내는 기분이 어땠겠나? 밤마다 가위에 눌렸네."

전시회가 시작될 무렵 빌은 자신의 작품을 들고 '먹튀'를 하려 했다. 정확히는 자신의 것을 다시 갖고 나오는 행위였다. 그러다 우연히 다른 세계의 부스러기를 보게 된 것이다. 그가 로버트 미술관의 쪽문으로 들어가 도달한 어느 장소에는 돌로 만든 머리 모음이 있었고, 거기엔 소각용 도장이 찍혀 있었다. 그는 직감적으로 그게 자기 바로 직전 작가가 소각했던, 소각했다고 밝혔던 그 작품임을 알아차렸다. 모두가 보는 앞에서 불타버렸던 그 조각이 어째서 이렇게 온전하게 남아 있지? 그의 표현에 따르면 마술사들이 상자 안의 내부 탈출로를 이용해 어딘가로 도피시킨 것처럼, 돌로 된 머리들은 그을음 하나 없이 멀쩡했다.

어떻게 트리밍 하느냐에 따라 우리의 삶은 전혀 다른 표정을 갖게 된다. 빌의 경우에도 그랬다. 소각식을 의심한 적은 없었으나 유령 같은 작품으로 인해 그는 상하좌우, 프레임 밖의 세상을 더듬어보게 된 것이다. 빌의 말은 결국 한쪽으로 향하고 있었다. 로버트가 소각한 작품들이 어디로 가는가? 소각식 이후에 다른 이야기가 있는 것은 아닌가.

"로버트의 유미주의, 뭐 그런 기사가 있더군. 웃기는 소리지. 모든 게 로버트의 선택일까? 만약 유미주의를 유지해야 음식을 얻을 수 있는 시스템이라면? 우아함을 유지하지 않으면 맞는다거나. 일종의 학대가 벌어지고 있다면?"

빌은 셔츠 주머니에서 뭔가를 꺼낸 다음 로버트 미술관 쪽문의 위치를 그린 냅킨 위에다 꾹 찍었다.

"이건 로버트의 당시 인장이야. 어떻게 이게 나한테 있는지는 묻지 말게. 이러쿵저러쿵 소문이 많지만 내가 거기서 갖고 나온 건 작품이 아니었어. 이거였네, 이거."

그리고 내게 냅킨을 내밀었다.

"그곳에 있는 모든 발자국과 비교하시게."

40분이 지나 있었다. 겨우 40분이 지났을 뿐인데 체감상으로는 몇 계절을 지나온 것처럼 느껴졌다. 준에게 이 영화에서 무슨 역을 맡았느냐고 묻자 그는 운전사2라고 했다. 지금까지 맡았던 것 중에 가장 비중 있는 역이라고.

"그럼 차를 몰고 달려요?"

"아뇨, 기다려요. 사장이 오기로 했거든요."

"그래서요?"

"기다리는데 사장이 안 오고, 그래서 차 안에서 기다리는 역이에요. 사장은 끝까지 안 오니까 달릴 일은 없죠."

"대사는?"

"없어요."

"대사가 없다고요? 맡았던 배역 중에 가장 비중 있는 역할인데?"

"꼭 말이 필요한 건 아니니까요? 그래도 꽤 나와요, 이번에는."

그런 말들을 주고받으며 우리는 주차장으로 다시 나왔다. 준이 물었다.

"내가 이해가 잘 안 가는 게, 빌은 자기 작품을 갖고 나온 게 아니라는 거죠? 소각용 작품은 못 꺼냈다잖아요."

"그렇죠, 그러려고 갔다가 다른 작가의 소각용 작품을 본 거죠. 그리고 로버트의 인장을 훔쳤나봐요. 왜 자기 것을 갖고 나오지 않았을까요?"

나는 가방 속의 냅킨을 다시 펼쳐 보았다. 그 안에는 로버트의 발자국이 찍혀 있었다.

"로버트가 빌의 필름을 불태우지 않았을 가능성을 발견했으니까 거기에 둔 거 아닐까요? 아니면 경황이 없었거나. 모르겠네요. 그렇지만 머리 모음이 거기 있었던 건 그저 우연이었을 수도 있어요. 빌은 내가 자기 작품의 안부를 전해주길 기대한 걸까요? 미술관의 쪽문 위치는 왜 그렇게 상세하게 알려준 건지 좀 찜찜하네요. 혹시 빌한테 돈 받거나 한 건 없죠? 내가 물건 찾아와야 하는 건 아니죠? 물건 찾아서 옥상에서 떨어뜨리는 역할 해야 하는 거 아니죠?"

"와, 역시. 내 팬 6호 인정. 〈히치하이커〉 보셨구나. 뭐, 그냥 궁금했던 것, 아닐까요? 진실이 궁금하기도 하잖아요. 바로 코앞에 손 뻗으면 닿을 곳에 있는 것만 같다면. 내가 영화에 임할 때의 마음도 그런 거거든요. 어떤 사람들은 미련하다고 하는데, 나는 이왕이면 이야기가 조금 더 살아 있게 내 자리에서 노력하고 싶어요. 구석탱이라고 해도요."

"대사 만들어드릴까요?"

"우리 연출이세요?"

우리는 웃었다.

"아니, 연출이 실화 좋아한다면서요. 그래서 나를 만나고 싶어 했던 거 아니에요? 나는 지금 사건 현장에 있는 건데요. 가장 유력하죠. 그러니까 예고된 특종 같은 거예요."

준은 무슨 얘기인지 갈피를 못 잡고 있었다.

"운전사2를 비중 있는 역할로 만들 방법이요, 고민해본다고요."

"그림으로 그려준단 얘긴가요? 전시회는 이미 다 끝나가는데?"

8

로버트 재단으로 돌아와 주차를 한 후에 주변을 10분 정도 배회했다. 일부러 밤 산책을 즐긴 건 아니었다. 저만치 주인 없는 방에 불이 켜져 있는 것을 봤기 때문이었다. 밤 10시 가까운 시간이었다. 이 밤에 누군가가 베개보나 타월을 교체하기 위해 들어갔을 거라고는 생각되지 않았다. 간식이나 몇 마디 말을 전하기 위해 주인 없는 방에 들어갔을 리도 없었다. 불은 5분 이상 켜져 있었다. 책상 위에 노트북 한 대가 있는 것이 마음에 걸렸지만 공교롭게도 그 노트북은 전원 접합부가 고장 나서 아예 켜지지도 않았다. 플러그를 꽂고 전선 중간을 링거액처럼 어디 높은 부분에 걸쳐놔야 전류가 흐르기 시작했다. 노트북이 목적이었다면 아무것도 보지 못했을 것이다.

몇 그루 야자수 사이에 서서 그 사각 창을 바라보았다. 창 안에서 움직이는 누군가를 목격하게 되더라도 그게 내 모습이라면 상관없다고 생각할 정도로 긴장한 상태였다. 그때 등 뒤에서 인기척이 나더니 뭔가가 풀쩍 뛰어올랐다. 메뚜기나 개구리처럼 작은 몸체의 것이 아니었다. 개였다. 그 개는 오래 몸을 웅크리고 있던 용수철처럼 위로 솟구쳐 올랐고, 나는 그 반동으로 엉덩방아를 찧었다. 개 한 마리가 갑자기 무대 뒤에서 앞으로 떠밀린 듯 두리번거리고 있었다. 개가 요란하게 짖어댔다. 뒤늦게 뛰어온 견주가 나를 보고 미안하다고 말했다. 그는 로버트 재단 사람은 아니었는데 근처에 머무는 듯 거의 잠옷 차림이었다.

"워워, 반가워서 그러는 거예요. 꼬리를 흔들잖아요."

나는 그 개를 보고 놀라서 말했다.

"여기 개가 있었나요?"

"있으면 안 됩니까?"

"그런 건 아니지만, 여기 이 시간에 뭐가 있는 걸 본 적이 없었거든요. 사람도 개도."

그때 개가 못 참겠다는 듯 남자의 손아귀에서 떨어져나갔다. 개는 저만치 뛰어가기 시작했다.

"로버트!"

"로버트?"

끈이 떨어져나간 연처럼 시야에서 사라지는 개를 향해 남자가 원반을 던졌다.

"이걸 던져야 찾아오죠. 너무 혈기왕성한 녀석이라."

"로버트라고요?"

"로버트! 멀리 가지 마. 자러 가자. 아아, 물어보셨죠? 요즘 개 셋 중 하나는 다 로버트일 걸요. 인기 많은 이름이니까."

그때 저쪽에서 샘이 걸어나왔다.

"작가님, 여기서 뭐 하세요?"

나 역시 그렇게 묻고 싶었으나 누가 봐도 샘은 이 소동을 발견하고 온 게 분명해 보였다. 개는 밤의 산책을 방해받은 게 못마땅한 듯 내 쪽으로는 눈길도 주지 않았다. 샘이 개 쪽으로 몸을 굽히자 개는 발랑 뒤집어졌다. 배를 하늘로 향하고 샘의 손에 따라 리듬을 탔다. 샘이 남자에게 주의를 주었다. "미술관 관람 후에는 여기 더 계시면 안 됩니다. 이쪽 문이 열려 있던가요?" 남자는 미안하다고 한 뒤 개와 함께 어둠 속으로 사라졌다. 샘이 고개를 가로저으며 말했다. "전시 기간에는 침입자가 너무 많아요. 우리도 인력 부족을 겪다 보니 피곤한 일이 많네요. 참, 작가님. 저 이거 깔았어요."

샘이 보여준 건 '빨리' 앱이었다. 안전 교육도 받았다고 했다. 빨리 앱의 지도가 아기자기해서 들여다보는 맛이 있다고. 최단거리를 기가 막히게 계산해주는 데 별 쓸모는 없지만 알던 동네를 다시 알아가는 맛이 있다고 했다. 그리고 어떤 일거리도 들어오지 않고 있어 다행스럽다고.

"관상용이죠, 이 동네에선. 그런데 안전 교육을 받으셨다고요? 추천인 코드 제 것 넣으셨어야 하는데! 아, 안 넣으셨구나. 아, 아깝다, 10달러."

그새 내 방의 불이 꺼져 있었다. 마치 나와 눈이 마주치자 창이 눈을 감아버린, 기분이었다. 그날 밤에도 뒤숭숭한 분위기는 이어졌다. 잠결에 노크 소리를 들었다. 꽤 오래. 내 방문을 두드리는 것인지 같은 복도를 공유하는 다른 문을 두드리는 것인지 알 수 없었다. 그러나 다른 문이란 20미터 떨어진 곳에 있는데? 스탠드 불을 켜자 노크 소리가 멈췄다. 방문을 열어볼 자신은 없었고, 창문을 열었더니 이런 소리가 밀려들었다. 풀벌레, 빗방울, 분수, 파도, 야자수의 헤드뱅잉, 개의 하울링……창문을 닫자 모든 소리가 단번에 사라졌다.

다음 날 식당의 아침 식사는 아주 단출했다. 토스터 몇 개가 식탁 위에 올려져 있고, 그 옆에 식빵과 잼, 커피가 있었다. 다른 사람이 하나도 보이지 않았다. 식탁 위에 뒹구는 냅킨도 방치되고 있었다. 샘이 매일 아침 가져다주던 은쟁반 위의 날씨 카드도 없었다. 식사를 마친 후에야, 복도 끝, 내 방과 정반대 지점에 있던 괘종시계의 유리가 산산조각 나 있다는 걸 알게 됐다.

새벽에 로버트가 거울을 향해 돌진했다고 한다. 샘이 그 장면을 봤다. 내가 본 건 아니지만 샘의 몇 마디 말만 듣고도 상황을 생생하게 그려볼 수 있었다. 나 또한 로버트가 마치 거울 속으로 뛰어들 것처럼 그 앞에 서 있던 걸 여러 번 봤던 것이다. 무게 중심이 자신의 네 다리가 아니라 마치 거울 안의 네 다리에 있다는 듯이 그곳으로 몸을 기울이는 것을 말이다. 샘은 울먹이기 시작했다. 모든 게 자기 잘못이라며, 왜 자신에게만 이런 일이 자꾸 일어나는지 모르겠다고 했다. 이런 일이라는 게 어떤 의미냐고 묻자 "로버트가 자해하는 일"이라고 중얼거렸다.

"자해요?"

샘은 얼른 대답하지 않고 눈물을 닦았다. 그러고는 조금 차분한 어조로 말했다. 밤사이에 대니가 로버트를 데리고 병원으로 갔으며 심각한 상황은 아니라고 했다고. 다만 안정이 필요하니 로버트는 당분간 쉬어야 할 거라고. 오늘도 전시회를 관람하러 사람들이 올 테니, 이 일은 비밀로 해달라고. 어차피 관람객은 미술관 쪽으로만 가게 되어 있지만, 어젯밤처럼 이상한 사람들이 경계를 넘어 이 안으로 오기도 한다고. 그러니 어디서든 이런 분위기를 전달해서는 안 된다고.

로버트가 돌진했다던 그 거울은 조각조각 큼직하게 갈라졌고, 거울 덕분에 두 배로 길어 보였던 복도가 이제는 절반으로

댕강 잘린 듯 보였다. 애초에 이 길이가 전부였는데도 말이다. 복도 한 면을 가득 채운 로버트의 사진들은 늘 거기 있었던 것임에도 불구하고 평소와 다르게 느껴졌다. 그것은 선택된 기억들이었고, 내가 빌을 통해 들은 건 선택받지 못한 기억들이었다. 그러니까 프레임 밖으로 밀려난 것.

그러고 보니 로버트를 본 지 오래였다. 심지어 지난번 리셉션에 로버트가 참석하지 않았다는 것도 인지하지 못하고 있었다. 나는 로버트를 실제로 마주하지 않고도 로버트를 만났다고 생각하는 이곳의 많은 손님들과 비슷한 상태가 되어 있었다. 손님들은 로버트의 초대를 받았고, 그거면 충분히 로버트를 안다고 생각했다. 로버트가 보낸 초대장, 로버트의 집, 로버트의 선물, 로버트에 대한 모든 대화가 그의 영향력을 그대로 증명했으니까. 로버트 재단에서 파티를 즐긴 사람들은 정작 그를 직접 대면하지 못했다는 것에 큰 의미를 부여하지 않았을 것이다.

복도의 센서등이 켜지면 무조건 움직임이 기록된다고 얼핏 들었던 것이 기억나 복도의 CCTV 녹화 결과를 보고 싶다고 했으나, 지난밤부터 아침까지, 기록된 게 없었다. 센서등이 인지하지 못하는 존재는 내가 알기로 하나뿐이었다. 로버트. 그는 바람처럼 드나들 수 있었다. 기록된 게 있다고 해도 그들이 내게 그것을 보여줄 것 같진 않았지만. 샘의 파편 같은 말들을 조합하면, 로버트의 자해는 처음 있는 일이 아니었다. 샘은 자신이 정직원이 되자마자 로버트의 자해 사건이 한 차례 있어서 처음에는 테스트인 줄 알았다고 했다. 샘이 인턴을 마치고 정직원이 된 건 내가 로스앤젤레스 공항에 내릴 그 무렵의 일이었다. 그렇다면 이해하기 어려울 정도로 미숙했던 그들의 픽업 소동과 묵묵부답은 정말 그런 충격적인 사건 때문이었을까? 물어본다고 하더라도 누구 하나 솔직히 대답해줄 리 없었다. 지난밤의 소동만 하더라도 내가 샘을 통해 들은 내용과 최 부장을 통해 들은 내용은 달랐다.

최 부장은 지난밤 로버트가 NFT 작업을 했다고 말했다. 그가 거울로 뛰어들어 98조각이 되었다는 얘기고, NFT는 그가 최근에 관심을 보인 분야라면서 말이다. 유일무이한 것을 강조하는 이가 98개의 넘버링을 해서 예술작품을 나눠 판다고? 소각과 정반대 입장이 아니냐고 묻자 최 부장은 어쨌든 수익금은 산불 피해 마을을 위해 전액 기부할 생각이라고 다소 엉뚱한 대답을 했다. 그리고 대니는 로버트가 괜찮으냐고 묻는 나 자체를 이상하게 여겼다.

원래대로면 그날 오후, 나는 로버트와 산책하기로 되어 있었다. 그가 원치 않으면 산책을 생략하면 되는 게 아닌가 싶었지만 그들에게는 그들의 사정이 있었다. 대니는 "작가가 로버트와 산책을 함으로써" 얻는 효과에 대해 말했고, 그걸 통해 나는 애초에 이 산책이 나를 위한 것이 아님을 다시 한번 확인했다. 로버트 미술관의 전시회를 보기 위해 많은 이들이 왔고, 우리를 지켜보는 시선이 많았다.

"로버트는 안정을 취해야 하니 대타가 갈 겁니다."

대타라니? 그건 매우 자연스럽게 등장한 단어였다. 그러니까 로버트의 대타와 내가 산책을 한다는 것인가? 잠시 후 정말 로버트와 꼭 닮은 개 한 마리가 내려왔다. 로버트의 운동화를 신고 로버트의 목줄을 한 그 개와 나는 평소처럼 산책을 했고, 이 일은 며칠 더 이어졌다. 로버트는 너무 예민해서 아침의 로버트와 저녁의 로버트가 달랐고 비 올 때의 로버트와 태양 아래의 로버트가 달랐다. 그랬기 때문일까, 함께 산책한 로버트가 오롯이 한 마리의 대타였는지 아니면 여럿이 조합된 형태인지 아니면 원래 로버트 자신이었는지도 구분하기 어려웠다. 구분해야 한다는 생각 자체를 품을 필요가 없었다. 며칠 후에는 내가 "저도 오늘 좀 피곤해서 대타를 쓰고 싶어요"라고 말할 정도로, 대타는 익숙한 부품이 되었다.

어느 순간부터 샘이 가져오는 은쟁반에는 오늘의 날씨 카드만 덩그러니 있었다. 나는 자연스레 진짜 로버트는 편지를 보내고 대타는 그러지 못한다고 생각했는데 며칠 후 보란 듯이 두터운 봉인이 된 편지가 등장했다. 평소와 다름없는 로버트의 문체…… 그러나 어쩐지 그것을 읽고도 상처받지 않았다. 인공위성 사진을 보며 지구 재난의 색채에 대해 말하던 로버트처럼, 이 힐난으로 가득한 문장들을 보며 거리 두기를 할 수 있었다. 그것이 로버트의 진심인지 단지 장식적 요소인지 전혀 궁금해하지 않게 됐다.

10월 중순으로 접어들면서 날씨 카드의 내용은 실제와 늘 엇나갔다. 내 마음처럼 날씨도 변덕스러워서 하늘이 하루에도 몇 번이나 변화무쌍하게 바뀌었다. 덩달아 연못의 풍경도 달라졌다. 아침에는 아름다운 백조의 무대처럼 보이던 연못이 비가 쏟아진 후엔 쓰레기 더미처럼 보였다. 물 위의 초록 연잎들이 버려질 배춧잎들처럼 느껴졌다. 그러다 저녁이 되면 너무나 아름다운, 비현실적인 핑크빛 하늘이 펼쳐졌고, 그날 밤에 구타하듯 폭력적인 비가 쏟아졌다.

산불이 다시 퍼지는 이 시국에 소각 행위를 하는 것이 맞느냐는 비판의 목소리가 커진 터라, 게다가 로버트 재단과 리조트 한 곳을 콕 집어서 물 낭비를 하는 지구 파괴범으로 공격한 터라, 재단에서도 산불의 움직임을 주시했지만 정작 닥쳐온 것은 폭우였다. 시작은 몇 군데에서 동시다발적으로 벌어진 돌발 홍수였다. 낮에는 맑은 하늘을 자랑하다가도 밤이 되면 천둥 소리와 함께 거센 비가 쏟아졌다. 폭우에 얻어맞은 듯한 밤이 하나둘 늘어났다. 말라붙은 호수는 채워졌고, 폭염 속에서도 마를 새가 없었던 로버트 재단 내의 연못은 물이 넘쳐날 지경이었다. 그 주변은 늘 축축하고 흥건했다.

전시는 막바지를 향해갔고 이제 관람객은 거의 찾아오지 않았다. 소각식이 있는 마지막 날에야 사람들이 몰릴 거라고 샘이 말했다. 소각식이 하루하루 가까워오고 있었다. 내가 '설마 죽은 건 아니죠?'라고 보낸 문자에 준은 '그런 거 아닙니다'라고 대답했다. 준은 〈타이어를 쓴 엘크〉의 각본 작업에도 합류하게 되었는데, 그 이후 연출가와 거의 매일 싸우는 중이라고 했다. 그 바람에 약간 의기소침해진 상태였다. 두 사람은 실화에 기반한 영화를 만들겠다는 것에 동의했지만, 서로 주목하는 지점이 많이 달랐다. 연출가는 로버트 미술관을 이미 영화의 주요 배경으로 설정해둔 상태로, 거기서 무슨 파격적인 뉴스가 있기만을 기대했다. 빌 모리를 만나 로버트 재단의 수상함에 대해 감지하게 되었으니 이제 내가 어느 방향으로든 행동할 거라는 거였다. 이미 내가 행동할 경로를 연출가가 세 갈래나 구상해두었다는데 듣고 보니 좀 착잡해졌다. 딱히 마음에 드는 결말이 없었는데 어쩐지 그게 내가 고를 수 있는 거의 모든 미래인 것 같아서였다. 삐딱한 심정이 되어 나는 이렇게 말했다. "셋 다 아닌데."

그때 그림이 떠올랐다. 내가 다른 결말을 원한다면 그 가능성은 내가 몰래 그린 또 하나의 그림이 가져올지도 몰랐다. 연출가는 〈R의 똥〉이 하나 더 있다는 사실은 알지 못했으니 겨우 그 세 갈래의 불운한 결말만을 상상한 것이다. 나는 전혀 다른 스토리를 살아내고 싶었다.

"송준 배우님 배역은 그대로예요?"

"운전사2요? 네, 그거야 뭐."

"기동성이 있어야 하니까, 운전사는 중요해요."

"람보르기니를 타고 도주한다, 그 1번 결말을 선택하는 건가요? 아니면 맨 처음에 사진 촬영 예약을 취소한 삼백 번째 고객이 찾아오는 결말? 아니면 다 깨부신다?"

"아뇨, 4번 결말이요. 운전사2의 차가 중요해지는 결말이에요."

운전사2의 역할에 대해서는 조금 더 고민해야 되겠지만, 내 역할은 확실히 보였다.

로버트 재단이 내게 기대하는 것은 증인으로서의 충실한 역할이었다. 로버트의 역사를 더 견고하게 해줄, 근거리에서 그에 대해 증언할 수 있는 사람. 그런 맥락에서 그들은 내게 로버트와의 산책과 식사를 활발히 제안했는지도 모른다. 산책 때야 말이 오갈 일도, 눈빛이 오갈 일도 없었으니 그것이 우리의 건재함을 알려주는 쇼윈도 같은 행위였다면 식사는 조금 달랐다. 그 자리에서 나는 마치 교육 보조재 역할을 하는 것 같았다. 나와의 식사가 로버트의 대타에게 훈련의 시간이 된 셈인데, 그가 그것을 원했던 것인지는 알 수 없었다. 몇 달 전 어느 오후에 로버트 아래서 점점 커지던 그림자가 이제 전혀 다른 방식으로 내 앞에서 재현되었다. 그의 의자 밑에서 뭔가가 점점 면적을 넓혀가고 있었는데 그건 그림자가 아니라 액체였다. 그는 떨고 있었다.

나는 그게 오줌이 아니라고 생각했다. 이 모든 것은 내가 규정할 수 없는 하나의 현상이다. 흐름이다. 그렇게 생각했다. 그저 모든 것이 잘 지나가기를 바랄 뿐이었다. 내가 통과해왔던 산불처럼, 거대하고 종잡을 수 없는 문제, 그것이 내 코앞을 바삐 지나가주길 바라는 마음. 매캐한 냄새, 혹은 코끝의 그을음 정도로 외면의 대가를 치르고픈 마음. 그랬다. 빌은 내가 재단으로 돌아가자마자 그 냅킨을 들고 로버트의 인장이 찍힌 지점에 대보며 그의 진위 여부를 밝히는 행동을 할 거라 기대했을지도 모르나, 솔직히 말하면 나는 진실에 관심이 없었다. 아주 먼 가십처럼 생각하려 애썼다. 그게 나와 무슨 상관이란 말인가. 어차피 나는 며칠 후면 이곳을 떠날 사람이고 그동안 이곳을 지탱해왔던 기둥이 무엇으로 되어 있든 그 다리를 건너 거의 끝 지점에 와 있는데? 내가 통과한 다리가 물에 녹는 재질로 만들어졌든 아니든 그게 뭐 대수라고. 그러면서도 밤이 되면 검은 발바닥이 무수히 찍힌 냅킨 더미 위로 추락하는 꿈을 꿨다. 얇게 압축된 카타콤베랄까, 그로테스크한 냅킨 더미에 빌이 건네준 냅킨을 흘리고 그것을 찾아 헤매는 꿈을.

그래도 어느 날엔 로버트의 유효기간에 대해 생각했다. 만약 로버트가 사람들이 기대하는 것만큼 특별한 개가 아니라면 그에게는 내 작품을 태울 권리가 없을 테니까. 내 작품을 태울 권한은 진짜 로버트만이 가진 것인데, 심지어 '진짜'로 평가받는 로버트 말고 대타 로버트와 식사를 하고 있으니. 이미 계약 파기 사유는 충분하지 않은가?

몇 차례 가짜 산책을 하고 돌아와서 오래전 영상 속의 로버트를 천천히 관찰했다. 아주 오래전 것부터 최근 것까지 자료는 많았다. 내가 개를 잘 알지 못함에도 불구하고 미세한 차이가 보인 건 기분 때문이었을까. 만약 로버트가 가짜라면? 그러니까 최초의 로버트, 빌의 휴대폰으로 절벽 위의 연인을 찍고, 라스베이거스 형사들의 사진을 찍고, 발트만 회장을 만나 그와 살기 시작한 그 로버트를 내가 단 한 번도 만난 적이 없다면? 혹은 중간에 그 로버트가 다른 존재로 대체된 거라면? 그렇다면 내 지난 시간이 가짜가 되는 것일까? 나는 가짜 만찬과 가짜 산책과 가짜 대화를 나눈 것인가? 그리고 가짜 로버트가 나를 힐난하고 이제는 내 작품을 무자비하게 태운단 말인가?

나의 혼란에 대해 그들은 이렇게 얘기했다.

"진실이요? 잘 보관하지 못해 부패해버린다면 다 의미 없는 이야기죠. 때로는 알맹이가 아니라 껍데기가 중요할 수도 있다는 얘기입니다. 로버트 재단의 액자 틀이 있으면 그 안에 있는 건 모두 믿고 싶은 얘기가 되지요. 그게 썩지 않는 진실입니다."

그렇게 말하는 대니 뒤로 상어가 보였다. 데미안 허스트의 작품이었다. 데미안 허스트의 박제 상어가 저 유리 탱크 안에서 결국 부패했을 때 사람들은 그 속도를 늦추기 위해 애썼다. 그래도 결국 상어는 죽고 말았다. 물론 오래전에 이미 죽어 있긴 했지만 이건 다른 의미의 죽음이었다. 결국 손상된 작품을 복원하는 방법으로 선택된 건 내용물 교체였다. 새로운 상어가 배달되었고 그것이 이전과 같은 방식으로 박제되었다.

"이렇게 되면 두 번째 상어가 가짜입니까? 세 번째는요? 누구도 그걸 가짜라고 말하지 않습니다."

백남준의 작품도 예로 들었다.

"금붕어를 위한 소나티네. 처음 그 작품을 봤을 때 궁금한 건 이거였습니다. 1992년에 만들어진 작품이라는데, 그렇다면 저 어항 속의 금붕어는 그때부터 계속 살아 있는 것인가? 알고 계시겠지만 무수히 많은 금붕어가 교체되어왔습니다. 첫 번째 상어, 첫 번째 금붕어만 진짜라고 생각하십니까? 그 이후는요? 더 중요한 건 메시지가 지속되고 있다는 겁니다. 로버트도 다르지 않아요."

"그렇다면 제가 처음 식사한 그 로버트는 로버트인가요?"

"그런 구분은 의미가 없습니다." 대니가 말했다.

"다른 개체인가요? 오늘의 로버트와 네 달 전의 로버트가?"

"다른 개체라는 말은 적절하지 않습니다. 로버트는 연속적인 세계인데, 늙은 로버트 대신 새 로버트가 등장했다고 로버트의 전체 의미가 바뀌지는 않습니다. 미래를 위해서 우리는 로버트를 계속 유지할 테니까."

로버트를 계속 유지하다니! 마치 로버트란 제목의 장기 공연이 있다는 얘기처럼 들렸다. 로버트는 거기 출연하는 동물 배우일 뿐이고 그가 부상을 입어서 대타 배우가 나온다는 얘기인가? 그래도 관객들은 그것이 로버트가 아니라고 말하지 않을 거란 말인가.

같은 얘기를 최 부장은 조금 더 생활 밀착형 비유로 전달했다.

"작가님은 어떤 비누를 좋아하십니까? 저는 다이알 비누를 좋아합니다. 저렴하고 실용적인 비누요, 네, 맞습니다. 그거요. 제가 중학생 때 여드름이 아주 심했는데 우리 화학 선생님이 그

제품을 써보라고 하더군요. 비누를 바꾸고 한 달 정도 지나자 여드름이 많이 가라앉았죠. 그 이후로 쭉 그걸 씁니다. 제가 지금까지 몇 개의 다이알 비누를 썼는지는 모르겠습니다. 확실한 건 제가 중3 때 처음 산 그 비누만 다이알 비누고 최근에 산 비누는 다이알 비누가 아닌 건 아니라는 사실이죠. 그때 다이알은 다이알이고 최근에 쓴 건 다이알 197이고 그런 건 아니라는 말입니다. 저는 여전히 다이알 비누를 씁니다. 작가님, 우리가 처음 만났던 그 겨울을 떠올려주시겠습니까? 그때 작가님이 두꺼운 패딩을 입고 오셨지요. 열차 안에서 할 수 있는 펑 놀이에 대해 얘기해주셨고요. 같은 색 옷을 입은 사람들이 한 줄로 쭉 있으면 지운다고 하셨지 않습니까. 그렇게 해서라도 공간을 확보하고 싶으셨던 거지요. 내 공간, 나를 숨 쉬게 할 공간 말이지요. 지금 그 어마어마한 공간의 문 앞에 있습니다. 작가님. 전시기간은 이제 얼마 남지도 않았고, 곧 작가님은 로버트 재단이 배출한 또 한 명의 스타가 되실 겁니다. 그저 가만히 계시는 것만으로요."

여기에 가만히 있기만 해도 가능한 성공의 수순이라……. 그렇지만 그동안의 작가들과 나는 좀 입지가 달랐다. 그들은 로버트가 대타를 고용할 수도 있다는 것을 모르지 않았나? 나는 이상한 선택의 기로에 놓여 있었다. 한편으로는 좀 다른 생각도 들었는데, 로버트 재단의 소각식이 갑작스러운 사고에서 출발해 자리 잡은 것처럼 또 다른 이슈가 얼마든지 탄생할 수 있다는 예감 같은 것이었다. 작가의 계약 파기도 이슈가 될 수 있었고, 작가의 절도도 이슈가 될 수 있었다. 로버트 재단에서 어떤 이슈에 의한 관심 집중을 원한다면 소각이 아니더라도 여러 방법이 있다는 얘기였다. 그중에 가장 타격이 크지 않고 조용한 방법이 무엇일까 곰곰 생각하다가 결국 S갤러리의 아트 딜러에게 전화를 걸었다. 그녀라면 방법을 찾아줄지도 모르니. 딜러는 신호음이 얼마 가기도 전에 전화를 받아서 이렇게 말했다.

"당신이 전화할 거라 생각했어요. 예상보다는 조금 늦게 걸려왔지만."

그녀는 달콤한 제안을 했다. 만약 내가 〈R의 똥〉을 자신에게 판다면 내년에 런던 S갤러리에서 개인전을 열어주겠다고 말이다. 이미 팔린 아홉 점의 작품 중 다섯 점을 산 것도 바로 자신이라면서 진심으로 안이지 월드를 만들겠노라고 했다.

딜러에게 전화를 하기 전에 나는 이미 미술관 쪽문을 살펴보러 갔고, 그건 확실히 자연스러운 동선은 아니었다. 빌이 말했던 것처럼, 에어컨 실외기와 같은 온갖 장비들이 가득한 그곳에 문이 있었다. 쪽문이라기엔 생각보다 큰 철문 두 짝이었다. 일부러 찾아가지 않으면 모를 만한 지점이었다. 문에는 자물쇠가 걸려 있었던 것도 아니고, PUSH라고 적힌 터치식 스위치 하나가 붙어 있을 뿐이었고. 그걸 누르면 내부가 열린다는 것인가? 그것은 너무 허술해서 오히려 나를 주저하게 했다. 누르면 경보음이 울리려나? 당연히 근처에는 몇 개의 CCTV가 있을 것이고 거기엔 두리번거리는 내 모습이 이미 담겼을지도 몰랐다. 저게 뭔가 싶어서 궁금해서 눌러봤다는 핑계 하나를 그렇게 잃어버린 걸 수도 있었다. 그래도 나는 그 스위치를 눌러보았다. 문은 열리지 않았다. 한 번 더 스위치를 눌러보았지만 문은 열리지 않았다. 다만 사람이 나타났을 뿐이다. 저만치에서 지나가던 샘이 나를 보고 뭘 하느냐고 물었다.

"이게 뭔지 궁금해서 눌러봤어요."

"열려요? 거긴 너무 복잡해서."

샘은 무심하게 돌아갔고, 나는 쿵쾅대는 심장을 안고 작업실로 돌아와 뭔가에 홀린 듯이 전화를 걸었던 것이다. 아트 딜러는 마치 내 행적을 보기라도 했던 사람처럼 말했다.

"미술관 경비 상태가 의외로 허술할 수도 있어요. 특히 로버트 미술관은요."

"몰래 빼서 나오라는 뜻인가요? 저더러 지금……."

"작가님이 지금 그 작품에서 가장 가까이 있는 분이세요. 우린 그 작품이 피자 화덕에 들어가지 않도록 구출하잔 얘깁니다."

나는 그 구출에 깊게 개입되고 싶지 않았으나 딜러의 목소리가 머릿속을 맴돌았다. 내가 그 작품에 가장 가까이 있다는 것, 그건 사실이었으니까. 다음날에 또 그 쪽문 앞을 지나갔다. 그 다음 날에도 그 앞을 지나갔다. 어느 새벽 두 문짝 사이의 틈이 생각보다 크다는 것을 발견할 때까지 몇 번이나 그 앞을 지나갔다. 문은 손바닥만큼 열려 있었다. 이쯤 되면 그 내부를 들여다보지 않을 수가 있을까? 누가 문을 열어두었는지 의심스럽기도 했지만 어찌 보면 당연한 수순 같기도 했다. 소각일 바로 전날이었으니. 내부 어디선가 밝은 불빛이 새어나오는 것도 같았으나 전체적으로는 어두웠다. 내가 알 수 있는 건 이게 〈R의 똥〉에게 가는 거의 유일한 통로라는 거였다. 나는 정말 그것으로부터 가장 가깝게 있는 사람이었다.

문은 내가 작업실에 갔다가 손에 뭔가를 들고 다시 돌아올 때까지도 같은 상태였다. 문에 손을 대보았으나 어떤 경보음도 울리지 않았다. 이번에는 옆으로 살짝 밀어보았고 그 문이 내가 미는 방향으로 조금 움직인다는 걸 눈으로 확인했다. 고정되어 있는 게 아니었다. 그 안으로 내 몸을 밀어넣기 위해 문을 조금 더 열어야 했는데 그것은 분명히 내가 원하는 만큼 이동했고, 다만 비명 소리 같은 것을 냈기 때문에 찔끔찔끔 움직여야 했다. 문을 여는 데만 몇 분은 소요된 기분이었다. 내 몸을 그 안으로 밀어넣었고, 나와 함께 온 그림 한 점도 미술관 안으로 들여놓을 수 있었다. 가로 세로가 모두 100cm인 정사각형의 캔버스, 〈R의 똥〉이 될 그림.

서서히 어둠이 눈에 익었다. 복도가 내리막길 형태로 계속되었는데 저 끝에서 빛과 소리가 새어나오고 있었다. 누가 있나? 미술관 지하인 듯했으나 지하 몇 층 정도의 규모로 이 공간이 있는지 알 수 없었다. 아래로 내려갈수록 빛과 소리가 점점 가깝게 들렸다. 적어도 둘 이상의 사람들이 대화를 주고받는 것 같았다. 누군가가 웃는 것도 같고 우는 것도 같았다. 너무 많이 내려왔다는 생각이 들었을 때 뒤를 돌아보았지만, 출구는 보이지 않았다. 진짜 그림을 구하러 갔던 나는 도리어 그 안에 갇힌 셈이었다.

모르는 언어가 계속 들렸다. 불안감이 스멀스멀 엄습하기 시작했는데 내가 들어온 문과 이 통로가 미술관의 전시 공간과 완전히 분리되어 있는 것이 아닐까, 하는 거였다. 내 목적지는 전시장에 걸려 있던 그 〈R의 똥〉이었으므로 엉뚱한 구조를 파악하기 위해 힘을 뺄 필요가 없었다. 낯선 통로 안에서 헤맬 필요가 없었다. 한참 후에야 어떤 원형 공간에 도달했는데 분명히 지하였지만 위로 둥글게 하늘이 보이는 구조였다. 아무래도 엘리베이터가 오가던 그 통로 같았는데 어째서 하늘이 보이지? 뻥 뚫려 있었다. 어쨌든 나는 한참 아래에 있어서 여기가 로버트 재단 영역이긴 한지 어쩌면 너무 아래로 내려와버린 것이 아닌지 불안할 정도였다. 중얼거리는 말소리는 계속 들렸다. 오래전에 화장장에서 일하던 친구가 했던 말이 떠올랐다. 유골을 화장하는 순간 어떤 소리가 들리기도 하는데, 어떤 이들은 그게 금니처럼 단단한 것들이 터지는 소리라고 했지만, 꼭 그런 것은 아닌 것 같다는 얘기였다. 나는 그 안에서 지금 잿더미들이 하는 말을 듣고 있었다. 그러나 이해하지는 못했다.

얼마나 걸었을까. 나는 휴대폰에 내장된 손전등을 이리저리 비추면서 마치 스쿠버다이빙을 하는 사람처럼 낯선 세계를 살폈다. 손전등이 닿는 곳마다 회색 어둠이나 균열만이 보였는데 어느 순간 아름다운 산호초처럼 무언가 동글동글한 무리가 눈에 들어왔다. 내 주먹만 한 얼굴들이었고, 돌로 만든 것었다. 불빛을 옆으로 비춰보니 그 옆도, 그 옆도 그랬다. 설마 이게 그것? 라벨이 보이지 않았지만 그게 분명히 〈머리 모음〉의 일부였다. 왜 일부였냐면 아무리 세어봐도 서른 개가 아니었기 때문이다. 내가 본 머리 조각은 열세 개에 불과했다. 머리 모음 옆으로 심해 산갈치처럼 필름 한 줄이 빛나는 게 보였고 그게 빌의 필름일 수도 있다는 생각을 했지만, 뻗은 손이 그것에 닿기도 전에 누군가의 목소리가 들렸다.

“앉아요. 이리 와요.”

아니, 명령조의 목소리였다.

“앉아. 이리 와.”

어둠 속에서 두 개의 눈동자가 나를 보고 있었다. 로버트였다. 내 몸이 덜덜 떨리는 것이 느껴졌다. 서 있기가 힘들 정도였다. 그가 내 앞에, 나보다 한 층 더 높은 곳에 서 있었다. 입으로 웬 수레를 끌고 있었는데 그 위에 내가 목표로 삼았던 진짜 작품이 있었다. 로버트는 내 손에 들린 또 하나의 〈R의 똥〉을 보고 피식 웃었다. 그는 혼자였다. 우리 사이엔 통역이 없었다. 통역이 없었는데도 내게는 그의 말이 들렸다. 통역 없이 우리가 대화하고 있다는 사실을 인지한 것도 한참 후였다.

내 옆에는 100×100 사이즈의 캔버스가 있었고, 나는 그것을 붙잡고 겨우 서 있었다. 당신의 소각을 존중합니다, 그러나 어차피 태울 거라면 똑같이 생긴 이 작품으로 하면 안 될까요, 너무 후회할 것 같아서 온 거예요……. 로버트는 내 말을 듣고 있는 것 같지도 않았다. 어쩌면 전달이 되지 않는 것일 수도 있었다. 그는 단지 조금 귀찮다는 투로 네 작품이 소각될 때의 희열을 왜 거부하는지 이해가 되지 않는다고 말했다. 진짜 아우라는 소각할 때만 연기처럼 피어오른다고 했다. 그게 정 그렇게 싫다면 그 소각의 희열을 뛰어넘을 만한 이유를 대라고 했다. 나를 조롱하는 것 같기도 하고, 정답이 어딘가에 있기를 그 자신도 진심으로 원하는 것 같기도 했다.

"로버트, 당신의 고민을 이해해요. 그렇지만 이제는 소각도 식상해요. 여러 방법으로 이슈를 만들 수 있어요. 꼭 소각이 아니더라도."

나를 빤히 쳐다보더니 로버트는 이렇게 말했다.

"허튼 수작은 그만."

그러고는 이제 곧 소각식이 시작된다고 말했다. 소각, 소각, 소각. 로버트는 소각이라는 말을 반복했다. 마치 재갈처럼 개의 입에 채워진 말, 소각. 정말 어떤 소리가 들리는 것도 같았다. 화덕을 데우는 소리, 화덕이 작품을 삼킬 준비를 하는 소리. 로버트는 잿더미가 돼야 '작품을 살리는' 거라고 했지만, 나는 심정적으로 그렇지 못했다. 저 작품은 내 인생 최고의 작품이 될 수도 있었다. 나는 다급해져서 아무 말이나 쏟아냈다. 예술가를 후원하는 게 아니라 시험하고 있는 게 아니냐, 당신은 진짜가 맞느냐.

"이봐, 이렇게까지는 말을 안 하려고 했는데 당신 작품 그리 특별한 개성은 없단 얘기야. 어차피 예술이 개성을 가진 시기가 지나갔어. 태울 때만 고유해지지. 지금 자네의 안달복달하는 태도를 봐. 이런 태도가 소각의 힘을 증명하네."

눈물이 났다. 무언가가 퍼뜩 스치는 게 있어 나는 로버트에게 소리쳤다.

"그거요. 〈R의 똥〉. 그게 뭔지 알잖아요. 재료가 무엇인지."

"최고급 유기농 물감이지."

"아니요, 이건 당신의 흔적이에요. 기억 안 나요? 이 작품은 대체 불가능한, 유일한 거예요. 정말 이걸 없앨 건가요?"

로버트의 미간에 주름이 졌고, 그가 입을 앞으로 불룩하게 내미는 것이 보였다. 꼬리는 곧게 섰다. 그가 몹시 당황하고 있다는 뜻이었다. 적어도 그 신호는 알아볼 수 있었다. 그는 두 발로 서서 몸길이를 크게 늘였다.

"그림이 대체 가능한지 아닌지는 몰라도 작가 하나쯤은 대체할 수 있지. 그렇게나 확신한다니, 그럼 기회를 주지."

나는 로버트가 시키는 대로, 내가 갖고 온 위작을 수레 안에 넣었다. 거기 원본과 위작이 나란히 있었다. 로버트가 두 작품을 유심히 살피는 것을 혹시나 하는 기대를 품은 채 바라보았다. 정말 로버트를 설득할 수 있다고 생각했는지도 모른다. 그래서 다음 순간 로버트가 수레의 잠금장치를 풀고 그것을 더 깊은 지하로 밀어버리는 것을 속수무책으로 바라볼 수밖에 없었다. 수레는 나선형의 내리막길을 따라 빠른 속도로 달려가다가 벽을 들이받고 멈춰섰다. 나는 그쪽으로 뛰어내려갔다. 수레 안의 내용물은 둘 다 수레 밖으로 튀어나가 바닥에 널부러진 채였다. 위에서 로버트가 소리쳤다. 거기 원본과 위작이 나란히 있었다.

"둘 중 하나만 갖고 나가라. 열 셀 동안."

그 말을 끝내자마자 그가 일, 하고 소리를 크게 질렀다. 나는 이, 소리가 날 때까지 멍하니 서 있다가 서둘러 그림 쪽으로 시선을 옮겼다. 두 개의 그림이 바닥에 누워 있었다. 처음 이곳에 들어왔던 목적대로 진짜 〈R의 똥〉을 골라 들면 되는 거였다. 그러나 어떤 것이 내가 챙겨가야 할 원본이지? 알 수가 없었다. 당연히 로버트의 똥이 올려진 것일 텐데, 위작 쪽에도 똥이 있으니 육안으로 구별하는 건 불가능 했다. 삼, 사가 지나갔고, 나는 내 손에서 더 먼 쪽에 있는 것을 향해 손을 뻗었다가 잠시 머뭇거렸다. 결국 그것을 집어들긴 했으나 내 결정이 단호하지 않았다는 것, 선택에 끼어든 찰나의 망설임이 나를 힘들게 했다. 그사이에 오, 육이 지났다. 달렸다. 달리고 또 달렸다. 거짓말처럼 출구가 보였다. 칠, 팔, 구, 로버트의 구령이 따라잡기 전에 뛰었다. 쪽문을 통과해서 다시 밖으로 나왔을 때 개가 컹컹 짖는 소리는 더 들리지 않았다. 나는 땅을 핥을 수도 있을 것처럼 앞으로 고꾸라졌다.

비가 오고 있었다. 번개가 번쩍번쩍했고, 하늘이 뚫린 듯 비가 떨어지기 시작했다. 그림, 그림. 온몸으로 그림을 감쌌지만, 역부족이었다. 울고 싶었다. 엉망이었다. 그렇지만 내게는 우산이 있었지. 우산은 위장을 위해 갖고 나온 것이었는데, 지금은 정말 비를 피하는 도구가 되었다. 우산을 펼쳐 그림과 함께 썼다. 우산을 펼쳐 쓰기까지 겨우 몇 초가 소요되었지만 그 사이에 이미 옷이 다 젖어버렸다. 거의 퍼부었다. 번개와 폭우, 그 속에서 주차된 차의 뒷좌석 문을 열고 그림을 먼저 넣었다. 그리고 운전석으로 돌아와 울었다. 패배감과 후회 비슷한 감정이었다. 내가 가지고 나온 게 과연 진짜 〈R의 똥〉일까 확신할 수가 없어서. 앞이 보이지 않을 만큼 비가 쏟아졌다. 눈앞의 야자수마다 비바람에 축 처진 채 머리를 흔들며 괴성을 질렀다. 와이퍼가 미친 듯이 움직였다.

일단 로버트가 허락한 것이니 문제없을 거야. 나는 당당하다, 당당하다…… 그러나 정말? 모든 게 그대로 될까? 소각식이 몇 시간 남아 있었다. 비가 이렇게 오는데, 그래도 예정대로 진행된다면 세 시간 후에는 다시 이 미술관으로 돌아와야 했다. 그래서 내가 바꿔치기했던 그 가짜를 소각하는 걸 받아들이면 되는 것이다. 연극하듯 말이다. 그러나 그게 정말 가짜일까? 내가 구출한 게 진짜라는 걸 어떻게 확신하지? 로버트는 왜 내게 둘 중 하나를 고르라고 했을까, 왜 그런 기회를 내게 줬나, 그게 기회였던 건 맞나? 로버트의 말이 내게 들린 건 사실인가? 룸미러에 비친 내 모습은 어딘가 퀭해 보였다. 그리고 차창 너머 저만치, 빗속에서 검은 우산을 든 누군가가 미술관 쪽으로 허겁지겁 뛰어가는 게 보였다. 오렌지색 수트를 입은 여자였다. 검은 머리에 오렌지색 수트, 하늘색 운동화도 신고 있었나?

확실한 것은 나 정도는 충분히 대체 가능했다는 점이다. 소각식에 앉아 진짜처럼 울 작가—그 역할을 나보다 더 잘해낼 사람이 있을 가능성을 떠올리자 마음이 차라리 편해졌다. 진짜 작가는 나고, 진짜 작품은 내게 있으니까. 소리 없이 진짜는 탈출하는 거고, 내가 그걸 해냈다. 해낼 참이었다.

준에게 메시지를 보냈다. 운전사2의 역할이 더 커질지도 모른다. 정말 그 연출이 사실에 기반한 사건만을 넣는 사람이라면, 운전사2는 작가의 먹튀를 위해 꼭 필요한 탈출 창구니까. 아니 이건 먹튀가 아니다, 이건 단지 내 것을 되찾는 행위야…….
헤드라이트를 켜고 가속 페달을 밟자마자 개 한 마리가 내게로 돌진했다. 브레이크를 밟았으나 차가 멈춰선 지점이 그 개가 서 있던 지점 이후였던 것 같기도 했다. 그다음을 확인할 자신이 없었다. 야자수들이 미친 듯이 몸을 흔들면서 울부짖은 것만 떠오를 뿐. 분명히 개였다. 설마, 내가 로버트를 차로 친 건 아니겠지? 온몸이 덜덜 떨렸다. 겨우 차 문을 열고 밖으로 나갔을 때, 나보다 더 빨리 다가와 그것을 치운 이가 있었다. 대니였다. 대니가 나를 다시 차로 데려가 조수석에 밀어넣고는 본인이 운전대를 잡았다. 와이퍼가 포기해버릴 만큼 엄청난 비가 시야를 가리는 가운데, 그는 어둠 속을 운전해 어딘가에 차를 세웠다. 꽤 멀리 달린 것 같았지만 그래도 로버트 재단 내부였을 것이다.

"어디로 빼돌렸습니까?"

대니가 말했다. 나는 뒷좌석을 가리켰다.

"로버트요. 로버트가 어디 있냐고요?"

"방금 당신이 치운 게 뭔가요, 개가 아니었나요?"

그것은 쓰러진 나무였다고, 대니가 말했다. 그러고는 다시 한 번 그는 다시 한번 내게 로버트를 어디로 빼돌렸냐고 물었다. 로버트가 미술관 안에 있다고 했지만 대니는 믿지 않았다. 로버트와 그 안에서 단둘이 대화했다는 것도 믿지 않았다. 믿기 어려웠을 것이다. 나조차도, 내가 그와 나눈 이야기들이 믿기지 않았으니까. 그러나 꿈이 아니었다. 수레가 곤두박질치던 장면, 내가 그림 두 점 중 진짜를 골라 나오던 순간은 생생했다.

"내려요."

대니는 중요한 말을 차 안에서 한 적이 거의 없었다. 그는 차를 온실 앞에 세웠고, 나는 그를 따라 온실로 들어갔다. 견고한 유리창은 온실 안의 것들을 비바람으로부터 보호했고 그들은 더 무성하게 살아 있었다. 늪이었고 정글이었다. 번개가 칠 때마다 온실 안의 갖가지 식물들이 다 눈을 부릅뜨는 것 같았다.

대니는 로버트의 행방을 내가 알고 있을 거라고 생각했다. 봉인되지 않은 편지 때문에. 로버트의 모든 편지는 대니를 통해 나가는데 그 편지는 대니를 거친 게 아니었다. 그건 로버트 혼자서 해낸 것이었다. 그가 내게 그 편지 봉투를 보여주었다. 봉인되어 있지는 않았지만 그 안에는 어딘가 낯익은 냅킨이 한 장 들어있었다. 달라진 것이 있다면 발자국이 하나가 아니라 두 개 찍혀 있었다는 것. 하나는 오래전 사진 작품에 찍혔던 최초의 발자국, 다른 하나는 그보다 더 조금 더 커 보이는 발자국. 그중 어느 것이 편지를 쓴 로버트의 것인지는 몰라도 다른 하나는 빌이 훔친 인장으로 찍은 것이 분명했다. 빌과 만났던 도넛 가게의 로고와 그 쇼핑몰의 이름이 찍힌 냅킨이었다. 그게 어떻게 내가 아닌 다른 곳에 있는지 나로서도 알 길이 없었다. 내가 냅킨을 끼워둔 장소는 로버트 재단의 400페이지 안내 책자 사이였다. 끼워둔 후 다시 들춰본 적도 없었고, 거기서 빼낸 적도 없었다. 다시 냅킨을 들여다보았다. 냅킨 위의 두 발자국은 처음 봤을 때보다 오차가 줄어든 것처럼 보이기도 했다. 형태가 똑같은데 다른 한쪽은 단지 크기를 키운 것처럼 보이기도 했고, 아니면 전혀 다른 이의 것들로 보이기도 했다. 대니가 냅킨을 뒤집어 내 필체가 분명한 것을 가리켰다.

"I AM INDEX. 무슨 의미입니까?"

"그게 무슨 의미냐고요? 거기에 어떤 의미가 있나요? 냅킨에 낙서하는 건 내 버릇이에요. 그저 서재에 있던 장식물을 무심히 베껴 쓴 것 뿐인데요."

"로버트의 인장이 찍혀 있는 이렇게 중요한 냅킨에 무심코 메모를 했다고요."

"나에겐 중요한 냅킨이 아니었으니까요. 난 그걸로 어떤 일도 할 생각이 없었어요. 그리고 로버트가 단어를 구분하는지 묻는 건 인간의 오만한 생각이라고 하셨잖아요. 여기에 어떤 의미가 있겠어요?"

"그렇지만 로버트는 알파벳 배열 놀이를 좋아하죠. 그는 형태와 촉감으로 그것들이 가진 의미를 느낍니다. 그러니 무작위로 배열하진 않아요. 그래요, 그렇다면 하나만 묻죠. 'I AM INDEX'라는 말을 봤을 때 어떤 생각을 했습니까?"

"나는 색인이다? 역시 오만한 개로군! 하고 생각했죠."

온실 속의 모든 새들이 더 이상 노래하지 않았다. 인공 폭포의 모든 물들도 멈춰 있었다. 온실 안의 것은 고요했고, 밖에서는 거의 모든 것이 휘청이고 있었다. 대니가 무슨 말을 하는지,

내게 뭘 묻고 싶은 건지 종잡을 수 없었다. 그는 'I AM INDEX' 라는 말이 왜 냅킨에 적혀 있는지 알아야만 했다. 그건 그의 통제력을 벗어난 편지였으며, 로버트가 그러한 내용을 적어둔 것은 일종의 힌트라고 했다. 로버트의 행방을 알 수 있는 힌트.

"게임 같은 건가요?"

"게임이라면 좋겠습니다. 이게 유서가 아니라."

"유서요?"

"그가 어떤 짓을 할지 모르니 서둘러 찾아내야 합니다. 그가 있을 법한 모든 장소를 찾아봤지만 흔적도 없습니다. 당신이 말한 미술관 지하 통로는 물론이고 이 일대 어디에도 지금 로버트의 흔적이 없다는 얘깁니다. 짚이는 곳이 없습니까? 당신이 이곳에 처음 오던 무렵, 그러니까 거의 네 달 전에 그는 같은 시도를 했습니다. 당신이 이곳에 오는 바람에 그는 다시 편지를 써야 했고, 그것이 로버트에게 어떤 자극이 된 건지도 모르겠습니다. 그는 '연장'되었고 '유예'되었다고 말했죠. 그러나 지금, 그는 또 사라졌습니다. 왜 냅킨에 이런 말을 써둔 건지, 그리고 그 말을 적어둔 걸 왜 로버트에게 노출했는지, 당신이 해명해야 합니다."

머리가 지끈거렸다. 'I AM INDEX'라니. 그게 어떤 맥락에서 요약되고 종이접기식으로 압축되어 줄어든 한 줄인지, 아니면 애초에 그 한 줄이 내용의 전부인지는 알 수 없었다. 빌을 만나고 온 밤, 서재의 안마 의자에 누워 흔들리면서 늘 그 자리에서 볼 수 있었던 알파벳 블록이 보이지 않는다는 걸 알게 되었다. 그래서 그 문장을 적어두었을 뿐인데 왜 그 메모를 빌이 건넨 냅킨에 했던 것인지는 나도 알 수 없었다. 'I AM INDEX'의 새로운 뜻 하나가 떠올랐기 때문에 다급히 주머니에 있는 걸 사용했던 건 아닐까. 손 닿는 곳에는 화려한 메모지도 있었지만 사라진 장식물의 글자를 거기 놓인 메모지에 다시 적어놓는 것은 쉽지 않았을 것이다. 그때의 내 무의식을 추측해보자면 그랬다는 얘기다. 이곳에는 모두 제자리가 있었으니까. 결과적으로 'I AM INDEX'가 들어갈 곳은 내 원피스 주머니의 냅킨뿐이었다. 거기에 그 문장을 적으면서 INDEX에 누설자, 밀고자라는 뜻도 있음을 떠올렸던 건 대니에게 말하지 않았다.

로버트는 죽어서는 안 되는 존재였다. 발트만 회장이 로버트를 보호하기 위해 만든 조항에 따라, 그가 죽으면 로버트 재단의 모든 활동이 멈추게 되어 있었다. 그러나 대니의 생각은 달랐다. 그는 로버트 예술 재단이 로버트의 생물학적 죽음으로 인해 멈추는 것에 동의할 수 없었다. 나무를 한 그루 키워도 30년은 지켜봐야 하는 것인데 예술을 지원하는 단체가 더 멀리 내다보지 못하는 건 말이 되지 않는다고 생각했다. 발트만이 살아 있었다면 그 역시 생각을 바꿨을 거라고, 대니는 말했다. 다만 발트만은 죽었고 그 결정을 이어갈 방법은 로버트의 불멸뿐이었다. 그래서 그들에게는 대타가 절실했는지도. 그러나 로버트는 언젠가 대니에게 이런 생각을 전했다.

'로버트가 더는 로버트를 수행할 수 없으므로 개가 되었다. 늙고 병든 서커스 개. 소각하시오.'

소각하시오, 라니. 평소 로버트 재단이 내세웠던 지론에 따르면 소각은 서사를 부여하고 표정을 보게 만드는 행위였다. 로버트가 스스로를 서커스 개라고 생각했다는 것도 놀라웠지만, 그가 자신을 소각하라고 말했다는 건 충격적이었다. 그는 소각을 통해 무엇을 꿈꾼 것인가. 아니, 이 모든 건 대니를 통해 전달된 것이므로 나로서는 온전히 믿을 수도, 아주 믿지 않을 수도 없었다.

그때 내 휴대폰의 빨리 앱이 작동하며 "시크릿!"이란 글자를 띄웠다. 이 일대에서는 빨리 앱이 On 모드로 되어 있어도 어떤 주문이 들어올 일이 없었으므로, 휴대폰이 요란하게 울렸을 때 놀라서 그것을 떨어뜨릴 뻔했다. 한 줄의 메시지가 휴대폰에 떠 있었다.

"시크릿! DEX에서 물품 수거 후 자체 처리 부탁드립니다."

그건 또 하나의 가능성이었다. 그 메시지가 내 생각을 전혀 다른 방향으로 몰아가고 있었다. DEX라는 것, 그건 내가 몇 차례 운전 연습을 하러 갔던 옛 공항, 허허벌판 중 하나였다. 그곳의 공항 코드가 DEX였다고 Q의 누군가가 말해주었던 기억이 있다. 다만 그것은 이미 폐기된 공항 코드. 이제는 무용한 이름이었다. 냅킨 속의 내 메모는 분명 I AM INDEX였으나, 서재에 놓여 있던 알파벳 블록, 로버트의 장난감이었던 그것은 사실 대문자들의 나열로 활자 사이의 간격이 일정했다. I AM INDEX가 아니라 I AM IN DEX라면? 나는 DEX에 있다? 허허벌판의 공항터에 대해 생각하고 있을 때 대니가 내 쪽으로 손을 뻗었고 나는 돌멩이처럼 굳었다. 그는 내 뒤에 있는 문을 열어젖혔다. 문이 열리자 밖의 소음이 순식간에 안으로 들이쳤는데, 그래도 조금 전보다는 빗줄기가 많이 약해진 상태였다.

"방으로 돌아가요."

"네?"

"방으로 돌아가서 진짜 로버트가 돌아오길 기다려요. 어떻게든 찾아낼 테니."

나는 나가고 싶다고 했다. 미술관에서 로버트와 나눈 대화에 대해서 얘기하며(대니는 내가 환영을 본 거라고 말했지만) 지금 차 뒷좌석에 넣어둔 〈R의 똥〉을 가지고 나가야 한다고. 그것이 원본이라는 사실은 대니에게 말하지 않았다. 내가 미술관으로 위작을 들고 가서 로버트의 허락하에 원본을 골라 나왔다는 얘기를 어떻게 하겠는가. 이미 내뱉은 말도 대니에게는 절반만 가닿는 것 같았다. 그가 초라해 보인다고 느낀 건 처음이었다. 그는 내가 작품을 뭘 들고 나가든 그것에 대해서는 관심도 없었다. 그가 제일 두려워하는 건 진짜와 똑같은 가짜가 동시에 세상에 드러나는 것이었다. 그러니까 최악은 로버트가 죽은 채 발견되는 것이었고, 그것을 자기가 아닌 다른 누가 먼저 발견하는 것이었다. 나는 이곳에서 알게 된 그 어떤 얘기도 밖에서 하지 않겠다는 말을 밍크선인장과 알로카시아와 몬스테라가 보는 가운데 소리 내어 말했다. 그러니 내가 프로그램 종료를 앞두고, 소각식 당일에 이곳을 떠나는 걸 이해해달라고.

로버트 재단은 내 삶에서도 기회였고 견고한 프레임을 굳이 해체할 이유가 내게는 없었다. 빌은 내가 로버트의 진실을 안 후에 충격을 받으리라 생각했겠지만, 내가 작품을 빼낸 후에도 그것에 대한 관심이 유효하려면 출처인 로버트의 세계가 건재해야 했다. 나는 대니 못지 않게 이 세계가 견고하기를 기대했던 사람이었고, 대니는 그것을 알아본 것이다. 그래서일까, 내가 최악의 경우가 벌어진다면 어떻게 할 거냐고 묻자 대니는 이렇게 대답했다.

“누군가는 책임져야죠. 로버트를 마지막으로 본 사람은 샘일 겁니다."

그 해결과 책임이 어떤 방식인지에 대해서 대니는 더 얘기하지 않았지만 한영 통역사가 해고된 다음에 그 통역사가 뒤집어쓴 수많은 다른 일들을 생각하면 샘의 역할 역시 샘과 상의된 것은 아닐 것이다. 대니는 벌써 닥쳐올 재앙의 책임자를 지목한 것이다. 로버트 재단의 미용사로 들어와 관리부까지 맡았던 한 여성이 사적인 목적으로 재단의 자산을 빼돌리다 죽음에 이르게 했다는 얘기. 그 자산이 바로 로버트를 가리킨다는 것은 충분히 짐작할 수 있었다. 그게 사실이냐고 묻자 대니는 거의 그렇다고 대답했다. 샘은 지금 연락조차 되지 않고, 로버트에게 접근할 수 있는 사람은 몇 되지 않는다고. 그중에 샘이 가장 만만했던 것이다. 약한 누처럼. 그게 샘이 재앙의 담당자가 된 배경이었을 것이다.

그때 온실 안의 모든 새들이 푸드덕 날아올랐다. 어디선가 희미하게 멜로디가 들렸다. 이전에 대니는 소각식 때 틀고 싶은 음악이 있냐고 물었고, 내가 대답한 음악이 바로 이 곡이었다. 비틀즈의 〈A Day in the Life〉. 그것이 흘러나오고 있었다.

대니가 두리번거렸다. 우리는 밖으로 나갔다. 빗소리와 뒤섞여 멀리 퍼지지 못하는 상태였지만 분명히 가로등 아래 스피커마다 소각용 음악이 흐르고 있었다. 소각로가 작동할 때 나는 불빛도 번쩍번쩍했다. 저만치서 최 부장이 우산도 쓰지 않고 다급하게 뛰어오는 게 보였다.

"소각식이 아닙니다! 뭔가가 잘못됐어요!"

9

그날의 소각식은 취소되었다. 로버트 재단 측이 공지할 필요도 없었던 것이 그 폭우를 뚫고 올 외부인이 거의 없었기 때문이다. 오렌지색 수트를 입은 여자를 본 사람도 없었다. 미술관의 로버트를 본 사람도. 그건 그저 나에게만 그 순간 허락된 파본 같은, 곧 뜯겨나갈 페이지였다. 그러나 소각로는 작동했고, 그 안으로 뛰어든 것이 분명히 있었다.

최 부장은 소각로에서 뼈 비슷한 것을 찾아낼까봐 두려워했다. 뼈가 발견된 것은 아니었지만 로버트의 신체 일부라 할 만한 것이 소각로 안에서 발견되었다. 거의 포춘쿠키처럼 반으로 찌그러진 정육면체 블랙박스. 통역사는 그건 그저 통에 불과하다고 했지만 정말 그랬는지는 알 길이 없고 확실한 것은 그것이 이제 먹통이 되었다는 것이었다. 대니는 여기저기 전화를 하느라 정신이 없었다. 나도 무언가를 찾고 있었다. 내가 찾는 건 아마도 〈R의 똥〉의 흔적이었을 것이다. 이미 진짜를 선택해 갖고 나왔음에도 불구하고 나는 그곳에 남겨둔, 어쩌면 진짜일지도 모를 다른 하나를, 내가 선택하지 않은 하나를 신경 쓰고 있었다.

그리고 내가 진짜라 믿은 작품, 진짜가 아닐 수도 있는 작품, 그러나 내가 고른 작품. 그저 그 위치에 있었던 작품 하나를 가지고 로버트 재단을 벗어났다. 이 난리통에 나를 쫓아오는 이는 아무도 없었지만 거의 쫓기듯 뛰었다. 누구도 쫓아오지 않았다고 해도 나를 향해 기체처럼 퍼져나가는 것이 분명히 있었으므로. 로버트 재단의 범위가 내가 뛰는 속도보다 훨씬 더 빠르게 확장되었기에 그대로 머물러 있을 수가 없었다.

재단을 벗어나기 전에 마지막으로 본 건 열 개의 돌로 이루어진 징검다리의 가운데가 완전히 증발한 풍경이었다. 얻어맞아 이빨 몇 개가 부러진 입 속을 보는 것처럼 처참했다. 돌다리는 자연사박물관에 둘 법한, 멸종한 동물의 뼈 같았다.

빨리 앱에서 시크릿 요청을 다시 보내왔다. 이 일대의 라이더가 나 하나일 리는 없었는데도, 누구도 이 건을 물지 않은 것일까. 지금 내가 라이더로 회수 업무를 할 상황은 아니었지만, 그것은 마치 나를 겨냥한 시크릿 요청처럼 느껴졌다. 수락 버튼을 눌렀다. DEX에 가면 뭐가 있을지 나도 알 수 없었다. 그리고 이제 내겐 차도 없었다. 로버트 재단의 람보르기니를 탈 수는 없었으므로, 이제 정말 운전사2가 등장할 차례였다. 준은 로버트 재단 입구까지 와서 기다리고 있었다. 꼭 커다란 우산이 걸어오는 것 같았다고, 아니면 캔버스 방패가 걸어오는 것 같았다고, 준이 말했다. 나는 그 둘만을 들고 나왔다. 준을 보자 긴장이 탁 풀렸다.

"DEX로 갑시다."

"어디요?"

"DEX. 이 근처 공항이에요. 내가 안내할게요."

로버트 재단에 도착해서 여름이 익어가는 동안, 나는 그곳에 가서 운전 연습을 하곤 했다. 작업에 탄력이 붙기 전까지, 그곳으로 가서 텅 빈 부지를 뱅글뱅글 돌았다. 그곳에 함께 간 사람은 샘이 유일했다. 그곳의 얘기를 들려준 사람도 샘이었다.

"한국으로 떠나는 거 아니었어요?" 준이 물었다. DEX와 공항이 있는 로스앤젤레스는 정반대 방향이었다. 어차피 순서의 문제이긴 하겠으나, 빨리 앱의 요청은 언제나 다급한 것이었으므로 우리는 DEX를 향해 가기로 했다. 거기에 뭐가 있다는 걸까, 무엇을 수거해서 자체 처리하라는 걸까. 보통 수거 품목에 대한 정보가 함께 주어지는데, 이번에는 아무 정보가 없었다. 'I AM IN DEX'가 맞다면, 로버트가 그곳에 있다는 말인가? 소각로가 아니고? 그러나 로버트 혼자서 거기까지 갈 수는 없었을 것이다. 나는 샘에게 전화를 걸어보았지만 그녀는 받지 않았다.

나는 그제야 구출해온 그림을 바라보았다. 낯설었다. S의 딜러에게 전화를 걸었다. 신호음이 길게 이어졌지만 딜러 또한 전화를 받지 않았다.

준이 그런데 수거 품목이 뭔지도 모르면서 가는 건 너무 위험하지 않느냐고 말했다. 마약이나 총기 같은 걸 수도 있지 않느냐면서.

"아니, 나 짚이는 게 있어서 그래요. 게이트 2번이라고 되어 있는데, 그 말을 할 수 있는 사람은 한 명뿐이거든요."

오래전에 게이트2의 표식을 낙찰받기 위해 경매에 참여했던 사람, 가장 최근까지 나와 함께 그곳에 갔던 사람, 운전 연습이라는 명목이긴 했으나 그곳에 이르는 내내 폐공항의 추억에 대해 이야기했던 사람, 어쩌면 끝날 때까지 끝난 게 아니라고 말하며 지금 또 새로운 이야기를 이어가고 싶어 하는 사람, 로버트 재단에서는 약한 누 역할을 떠맡고 말았지만 어쩌면, 어쩌면 로버트의 행방을 알고 있을 것만 같은 사람, 샘은 여전히 전화를 받지 않았다. 나는 그곳에 도착했을 때 샘이 로버트를 안고 있는 상상을 했다. 그런데 그렇다면 그 로버트는 진짜 로버트일까?

"제목이 뭐였지, 트럭이었던가. 스필버그 영화가 있었죠."

준은 트럭 한 대가 계속 쫓아오는 것으로 시작되는 공포스러운 영화에 대해 이야기했다.

"그런 얘기를 왜 해요, 찜찜하게."

"우리 뒤에 그런 차가 있어요. 먼저 보내고 싶은데 추월을 안 하네요. 혹시 이게 운전사2의 역할입니까?"

그러고서 준은 천천히 속도를 더 줄였다. 거의 멈춰 설 것처럼.

사이드미러로 뒤에서 오는 차를 보았다. 몹시 큰 트럭이었다. 앞면만 봤는데도 뒤 규모를 충분히 짐작할 수 있을 만큼 크고 긴 트럭이었다. 나는 S의 딜러에게 계속 전화를 걸었지만 그녀는 내내 받지 않았다. 문자를 남겼는데도 묵묵부답이었다. 초조했다. 트럭은 결국 우리 옆을 길게 지나가면서 앞으로 넘어갔다.

차는 느리고 고요한 속도로 밤의 DEX에 도착했다. 운전 연습을 할 때 늘 반환점으로 삼았던 장소, 그 장소에 누군가가 서 있었다. 샘이었다. 샘이 곁에 둔 짐은 얼핏 보기에 내 캐리어 같기도 했고 전혀 다른 무엇 같기도 했다. 샘이 손을 들어보이는 순간, 드디어 딜러가 전화를 받았다. 나는 잠시 준에게 차를 멈춰 세우라는 손짓을 했다. 저만치 샘을 두고, 샘과 샘의 반만 한 짐을 두고, 차가 멈춰 섰다. 딜러는 다소 피곤한 듯한 목소리로 전화를 받았고 나는 그녀에게 중요한 사실을 전달했다.

"구출했어요. 그림을 갖고 나왔어요!"

그림을 빼냈다고 말했지만 딜러는 믿지 못했다. 그럴 리가 없다는 거였다.

"그 작품이 맞아요. 원본이요. 처음 그 작품이요……. 여보세요? 듣고 있어요?"

잠시 침묵이 이어진 후에 딜러가 말했다. 시한부가 아닌 것은 〈R의 똥〉이 아니라고. 딜러는 내가 정말 그 그림을 빼낼 거라고는 예상하지 못했다고 했다. 거기서 불타기로 되어 있었던 걸 빼돌렸다면 그건 더 이상 진짜가 아니라는 말만을 반복했다. 그렇다면 내게 왜 구출 얘기를 했냐고 묻자 그녀는 그때 자신의 마음은 진짜였다고 대답했다. 그때는 분명 진짜였다고. 미안하지만 그땐 진심이었다고.

그게 무슨 말인가요, 다시 한번 말해주세요……. 나는 넋 나간 사람처럼 중얼거렸다. 휴대폰 너머에서 S의 딜러가 꽤 느리지만 단단한 어조로 말하는 게 들려왔다. 불타는 작품만이 진짜라고. 불타고 있을 때, 그 순간의 화력만이 사람의 영혼을 움직인다고. 그런 의미에서 화염을 피해 밖으로 나온 건 진짜일 수가 없다고.

작가의 말

원고를 마무리하면 그제야 나타나는 메모들이 있다. 이면지, 포스트잇, 냅킨, 휴대폰…… 어떤 형태로든, 모든 지면이 봉합된 뒤에야 슬그머니 등장해서는 딱히 늦은 기색도 보이지 않는다. 아무리 바지런하게 챙겨도 그 메모들은 달아나기 마련이다. 마치 꿈에서 본 메모처럼. 그렇게 일부를 꿈의 영역에 남겨둔 채 이 이야기는 책이 되었다.

쓰는 동안 자주 '원본'에 대해 생각했다. 《불타는 작품》은 어떤 게 원본일까. 노트북에 있는 파일을 원본이라고 말할 수는 없을 것 같다. 인쇄한다고 해서 원본에 가까워지는 것도 아니다. 교정지를 받을 때 특별한 기분이 드니 바로 그때인가 싶지만 그렇다고 교정지를 보존하는 것도 아니니 원본은 여전히 오리무중이다.

작가의 책상 위에서 발견되는 것은 잔해뿐이다. 로켓 아랫단의 추진체처럼, 이야기를 중력 너머로 쏘아 올리기 위해 온몸을 불태우다가 어느 시점이 되면 버려지는 존재. 그러므로 손으로 만질 수 있는 원본을 찾고 싶다면 독자의 책상으로 건너가야 한다. 우리가 읽던 책의 모서리를 삼각형으로 살짝 접을 때, 밑줄을 긋거나, 메모를 하거나, 굳이 흔적을 남기지 않더라도 책 속의 말이 그걸 바라보는 이를 흔들 때, 책은 비로소 원본이 된다. 하나뿐인 진짜가 된다.

우리도 책처럼 저마다 원본인데, 과잉과 과속의 시대에 그 중요한 사실이 자주 누락된다. 각자의 고유성을 증명할 만한 모서리가 떨어져나가거나 닳아서 뭉툭해지고, 우리는 그런 줄도 모르고 뻗어나간다. 소설에 등장한 '아트하이웨이'는 그런 불안감을 극대화한 설정이다. 예술가의 영감에서부터 예술의 파급력까지 이르는 과정을 단축하자는 움직임인데, 영감도 파급력도 우리가 제자리를 만들어둘 수 있는 것은 아니기에 다소 우스꽝스럽다. 이런 주객전도의 코미디는 언제나 나를 매료시키는 것이므로 기꺼이 그 안으로 들어가 다른 사람을 초대했다. 우리는 무엇을 선택할 수 있을까?

영화 〈트루먼 쇼〉를 다시 봤을 때 나를 사로잡은 것은 트루먼이 후보 다섯 명 중 하나였다는 사실이었다. 세트장 밖으로 나간 트루먼의 삶 못지않게 하마터면 트루먼이 될 뻔했던 다른 아이들의 삶도 궁금하다. 그들이 모두 같은 생각을 할 거라고 짐작할 수는 없다. 이럴 때 보이지 않는 모서리를 삼각형으로 접는다. 그 궁금증이 이 소설의 많은 출발점 중 하나였다.

이야기의 재료 손질 단계에서 큰 도움을 주신 분들이 있다. 김인철 상명대 교수, 손희준 PD, 천주희 작가, 장홍제 화학자, 황정아 우주물리학자께 고마움을 전한다. 책이 되기 전에 원고를 먼저 읽고 귀한 말을 더해주신 분들께도 깊은 고마움을 전한다. 오랜 벗 박경아, 김상욱 물리학자, 김찬용 도슨트, 정여울 문학평론가, 그리고 《Axt》에 이 원고를 연재하고 고쳐 쓰는 시간을 기다려주셨던 백다흠 편집자께. 소설가에게 지면이란 가장 강력한 응원이자 공기 같은 것이다. 그 시기 그 지면이 아닌 다른 가능성을 상상하는 것만으로도 훼손되는 기분이 들 정도로, 완벽한 타이밍이었다.

2023년 가을

윤고은

그러나 오아시스는 있다

정여울

가혹한 불운에 대한 가장 멋진 복수, 그것은 예술의 창조다.

– 정여울, 《빈센트 나의 빈센트》 중에서

1. '배달 알바'로 변신한 아티스트, 안이지의 선택

팬데믹 시대를 통과하면서 가장 심각한 타격을 받은 직업은 무엇일까. 수많은 직업들이 코로나 바이러스로 인해 심각한 타격을 입었지만, 예술가들의 손해도 막심하다. 특히 젊은 예술가들은 팬데믹으로 인해 대면 접촉이 금지된 상황에서 공연과 전시의 기회를 잃어버렸고, 신진 예술가들을 위한 적극적인 정부 지원이 부족한 상황에서 예술가들은 생계를 위해 음식 배달

업을 비롯한 다양한 아르바이트에 뛰어들 수밖에 없었다. 자신이 평생 노력해왔던 일과 전혀 상관없는 직종에 뛰어들어야 한다는 고통 속에서, 예술가들은 '예술하는 삶'을 포기해야 했다. 전시와 공연은 필연적으로 '대면'을 필요로 한다. 관객이 있어야 공연과 전시는 성립하기 때문이다. 관객이 설레는 마음으로 전시를 기다리는 시간, 관객이 공연을 보기 위해 저녁시간을 통째로 비워두는 커다란 결심이 있는 곳에, 예술가들이 설 자리도 존재했다. 윤고은의《불타는 작품》은 바로 이 예술가들의 '생존'이라는 문제에서 출발한다. 팬데믹 시대는 예술가의 생존을 심각하게 위협했고, 후원자들의 적극적인 지원을 필요로 하는 예술가들의 활동은 더욱 위축되었다.

미술학원에서 학생을 가르치는 일만으로는 생계를 감당할 수 없었던 주인공 안이지는 배달 아르바이트를 전전한다. 집세 때문에 늘 살던 곳에서 쫓겨나는 기분으로 이사를 다녔던 그녀의 소원은 "마당이 딸린 개"를 갖는 것이었다. 젊은 예술가의 너무도 간절한 소원이기에 오히려 더욱 농담처럼 희화화된 이 "마당이 딸린 개"라는 소원은 뜻밖의 순간, 어처구니없는 방식으로 실현된다. 예술가들을 향한 파격적인 지원으로 유명한 로버트 재단이 안이지의 작품을 높이 평가하여 그녀의 작품 활동을 전폭적으로 후원해주기로 한 것이다. 그런데 놀랍게도 안이지의 작품을 선택하고 그 작품의 잠재적 가치를 인정해준 후원자(patron)는 바로 로버트라 불리는 '개'였다. 로버트라는 개를 중심으로 운영되는 듯한 이 예술 재단의 시스템은 정교하고 주도면밀하다. 로버트는 '캐니언의 프러포즈'라는 세계적으로 유명한 사진을 찍은 아티스트이기도 하며, 로버트 재단의 결정을 좌우하는 존재가 되어 안이지는 물론 수많은 아티스트들이 캘리포니아로 와서 작품 활동을 할 수 있도록 이끈다. 통역사들은 로버트의 몸짓언어를 인간의 언어로 번역하여 로버트의 일거수일투족을 거의 완벽하게 '화가들의 후원자이자 미술평론가'로 연출하는 데 성공한다.

그러나 아무리 로버트 재단의 후원이 거절하기 어려운 달콤한 제안일지라도, 로버트가 '개'라는 사실은 안이지를 당황스럽게 한다. 안이지는 예술을 포기할 뻔한 위기상황에서 자신을 구출해준 로버트 재단의 각종 후원을 거부하기 어렵지만, 로버트와 식사를 하면서 로버트와 속깊은 대화를 나누어야 하는 상황은 결코 편안하지 않다. 로버트 재단 직원들은 로버트를 최고의 미술품 컬렉터이자 후원자로 대접하고 있지만, 그들이 주장하는 '로버트 리터러시(인간과 다른 방식으로 소통하는 개, 로버트의 말을 이해하는 능력)'는 그렇게 정교하거나 완벽해 보이지 않는다. 로버트는 아주 세련되고 지적으로 보이다가도, 갑자기 했던 말을 여러 번 반복함으로써 안이지의 기대를 저버린다. 게다가 로버트는 '예술을 향한 무한한 경의'와 '예술가에 대한 존중'으로 가득한 모범적인 후원자가 아니라 예술가를 과도하게 긴장하게 만들고, 한계상황에 몰아붙여 간신히 온 힘을 다하여 걸작을 창조하게 하는, 권위적이고 억압적인 존재이기도 하다. 개는 인간처럼 사진을 찍을 줄도 알고, 인간처럼 예술가와 대화를 나누기도 하지만, 안이지를 비롯한 화가들은 '개'를 회장처럼 떠받드는 로버트 재단의 직원들을 좀처럼 믿기 어렵다. 과연 로버트의 앞발이 정말 '나는 사진을 찍는다'는 자기인식을 가졌을까. 은유와 상징이 아니라 정말로 '개'인 로버트가 뛰어난 예술작품을 선택하고, 유망한 화가를 점찍는 것이 가능할까. 그런데 로버트 재단이 지금까지 승승장구해온 비결은 바로 로버트가 유망한 화가와 뛰어난 작품을 선택하는 능력을 지녔다는 점이다. 로버트가 좋아하는 작품들은 하나같이 작품 가격이 올랐고, 로버트가 선택한 화가들은 재단의 후원을 거친 뒤 크게 성공한다. 과정은 무척 난감했지만 결과가 만족스러웠기에, 사람들은 로버트가 이끌어가는 예술 재단의 능력을 믿었던 것이다.

하지만 벼랑 끝에 내몰린 안이지에게도 마음에 걸리는 것이 있다. 바로 작품이 완성된 후에는 작품 중 하나를 소각해야 한다는 계약조건이다. 소각은 일종의 화려한 퍼포먼스다. 자본가의 입장에서 보면 이런 소각은 작품의 가치를 올리는 극단적이고도 효율적인 방법이다. 화가가 그린 작품 중 가장 뛰어난 것으로 선택된 작품을 소각해버린다는 것. 그것은 작품의 희귀성을 최고 수준으로 끌어올리는 행위인 것이다. 훌륭한 작품으로 선택된 그림이 그 자리에서 불타버림으로써 그 작품은 이 세상에 존재하지 않는 그림, 한때 존재했으나 이제는 존재하지 않는 그림이 된다. 작품을 태우는 행위 자체가 작품에 더할 나위 없이 확고한 아우라를 부여하게 되는 것이다. 작품을 태움으로써 작품의 가치는 더욱 올라가고, 그러나 태운 그 작품이 세상에 남지 않게 됨으로써 화가의 가치뿐 아니라 작품의 가치는 더욱 올라가게 된다.

이 솔깃한 제안은 예술가의 존엄을 무너뜨린다. 자신의 작품이 불타는 것을 눈앞에서 바라봐야 하는 예술가의 심정은 전혀 고려되지 않은, 자본가의 의도만이 부각된 퍼포먼스인 것이다. '불타는 작품'이라는 퍼포먼스는 아티스트의 유명세에는 도움이 되겠지만, 아티스트의 자존감을 위협한다. 작품값은 오를지라도, 화가는 '내 작품을 태우기를 허락했다'는 과거의 기억에서 자유로울 수 없을 것이다. 이런 퍼포먼스는 마치 '예술이 예술가가 아니라 자본가나 후원자에게 귀속된다'는 생각을 고착화시키는 것 같다. '불타는 작품'이라는 퍼포먼스를 받아들이면, 화가는 자신의 존엄과 예술가로서의 독립성을 잃을 수도 있는 것이다.

"-전시회 마지막 날에 작품 중 하나를 소각한다. 소각할 작품은 로버트 재단에서 선택한다.

소각?

혹시 '구매'가 '소각'으로 잘못 번역된 것은 아닌지, 인쇄상의 오류가 아닌지 의심했는데 그건 정말 작품을 불태우는 행위 그 자체를 가리키는 것이었다. 은유나 상징의 표현도 아니었다. 정말 불태운다고 했다.

미술작품을 일부러 불태우는 경우는 종종 있었다. 나폴리의 어느 미술관에서는 심지어 하루에 한 점씩 작품을 불태우기도 했는데, 무관심한 미술 정책에 항의하기 위해서였다. 비슷한 의도로 작가들이 직접 자신의 작품을 소각하기도 했다. NFT로 만든 후 원본을 소각하는 작가도 있지 않은가. 그러나 작가를 지원하는 창작 프로그램에서 작품을 태운다는 이야기는 들어본 적이 없었다."(50~51쪽)

2. '태워야 한다'는 후원자 vs '태울 수 없다'는 화가

안이지는 '당신의 작품 중 하나를 선택하여 소각하겠다'는 계약조건을 내거는 로버트 재단의 계약서에 서명을 하고 만다. 지금 이 파격적인 기회를 잘 활용하지 못하면 다시 음식 배달원으로 돌아가야 할지 모르기에. 그러나 안이지는 겉으로는 복종하지만, 속으로는 전혀 다른 스토리를 살아내고 싶어 한다. '태워야 하는 작품을 그려야 한다'는 스폰서의 명령과 '내 작품을 태울 수 없다'는 작가의 열망은 충돌할 수밖에 없다. '태워야 한다'는 가혹한 현실과 '태울 수 없다'는 예술가의 간절함이 충돌하는 자리에서 이 소설은 클라이맥스를 향해 달려간다. 작품을 불태우는 파괴적인 퍼포먼스를 통해서 작품의 가치와 작가의 위상은 오히려 올라가는 자본주의의 역설. 내 작품을 계속 생산하기 위해 내 작품을 파괴해야 하는 지독한 아이러니. 그 격렬한 긴장 속에서 안이지는 '그럼에도 불구하고 지금 여기서 내 작품을 창조한다'는 길을 선택한다. 그러면서도 우여곡절 끝에 '내 하나뿐인 작품이 소각된다'는 현실에 맞서기 위해 '똑같은 작품을 하나 더 그린다'는 은밀한 저항의 길을 선택한다.

내 작품을 불태워야 살아남을 수 있다는 미션 앞에서 안이지는 겉으로는 현실적인 선택을 하지만 마음속에서는 갈등한다.

안이지는 왜 한 번도 '작품을 불태워야 한다'는 로버트 재단의 제안을 진심으로 받아들이지 못하는 것일까. 그것은 바로 '예술에 대한 사랑', '창작에 대한 사랑', 그리고 "쉐이크쉑 버거"를 배달하며 온갖 수모를 당하면서도 결코 잊지 못했던 '나는 예술가'라는 자각 때문이 아니었을까. 안이지는 음식을 배달하는 아르바이트를 그만두고 로버트 재단이 있는 미국으로 가서 파격적인 대우를 받으며 그림을 그리게 되지만, 정말 중요한 것은 그런 외적인 후원이 아니다. '내 작품이 정말로 불타버리면 어떡할까'라는 깊은 고민을 안은 채, 그럼에도 불구하고 혹시 태워질지도 모르는 그림을 그리기 위해 하루하루 분투하고 있다는 사실 그 자체가 중요하다. 예술가의 생존에 대한 고민과 그 해결의 과정 자체도 예술의 일부가 아닐까.

"그림을 다시 그리기 위해 애쓰고는 있었지만 생계를 위한 일도 그만두지 못했다. 한때는 나를 제외한 모두가 유명한 작가가 될까봐 두려웠는데 진짜 불안한 건 그런 게 아니었다. 재능이 뛰어나고 꿈이 원대했던 친구가 갑자기 공무원 시험을 준비했고, 그게 파장이 좀 커서 다들 파트타임으로 뛰던 곳에 뿌리를 박는 분위기가 되었다. 서로가 작가라는 사실을 알아주던 몇 안 되는 타인들이었다. 모두가 바빠지니 그즈음엔 내가 그림을 그린다는 사실을 스스로도 잊었다. 그러다 학원을 정리하기 1년 전부터 다시 그림을 그리기 시작했고, 온라인 플랫폼에 작품을 올렸던 것이다. 별 기대 없이. 그걸 로버트 재단에서 봤을 줄이야."(47~48쪽)

안이지는 재능 많은 친구들을 둘러보며, '모두가 유명해지고 나만 유명하지 않으면 어쩔까'라는 걱정에 사로잡혔다. 하지만 진짜 두려움은 그런 것이 아니었다. 이제는 그렇게 재능 많던 친구들도 팬데믹을 비롯한 각종 악재 때문에 예술을 포기했던 것이다. 주변 사람들 거의 모두가 예술의 길을 포기했기에 '나는 화가'라는 사실을 잊어버릴 지경이 되어버린 현실이야말로 두려운 것이었다. 그런 상황에서 로버트 재단의 전폭적인 지원은 단지 달콤한 유혹에 그치는 것이 아니라 '화가로 살아갈 수 있는 마지막 기회'처럼 보였을 것이다. 안이지를 비롯한 수많은 예술가들이 고민하는 것은 단지 생존만이 아니다. 이 작품이 우리에게 던지는 화두는 단지 생존의 벼랑에 몰린 예술가의 선택이 아니다. 팬데믹 이후, 자본주의가 더욱 가속화된 사회에서 예술가는 어떤 작품을 창작해야 하는지, 창작자와 관객은 어떻게 서로 소통해야 하는지, 나아가 자원이 고갈되고 지구온난화가 극에 달한 상황에서 예술가는 무엇을 해야 하는가라는 문제까지도 아우르고 있다.

로버트 재단 사람들은 안이지의 작품값을 올리기 위해 혈안이 되어 있지만, 사실 그동안 안이지는 '예술이란 무엇인가'를 고민하면서 한 점 한 점 온 힘을 다해 그림을 그리는 성숙한 아티스트가 되어가고 있었던 것이다. 안이지 작가는 '당신의 작품을 불태우는 조건으로 당신을 후원하겠다'고 엄포를 놓는 로버트 재단의 황금만능주의와 속물주의(snobbism)에 맞서, 자신의 예술세계와 화가로서의 존엄성을 끝내 지켜내고 있다.

나는《불타는 작품》을 읽으며 이 작품 속 화가의 딜레마가 곧 작가의 딜레마와도 일치함을 깨달았다. 글이든 음악이든 미술이든, 무언가를 창조하는 사람들의 딜레마. 예술가는 생계와 창작을 위한 자본을 필요로 하지만, 그 자본을 휘두르는 자본가들의 간섭이나 억압에는 굴복하고 싶지 않다. 자본을 불가피하게 필요로 하지만 결코 자본에 잠식당하지 않는 예술. 마치 뛰어난 서퍼가 파도를 자유자재로 활용하여 그 드넓은 바다에서 파도를 타며 행복해하듯이, 예술가들도 후원자의 무리한 요청에 휘둘리지 않은 채 자신만의 창조성이라는 영역을 지켜냈으면 좋겠다. 자본 따위에는 흔들리지 않는 예술, 자본가의 온갖 억압 속에서도 끝내 자기다움을 포기하지 않는 예술, 너무 휘황하고 찬란하게 빛나서 어딜 가든지 결코 외면할 수 없는 예술을 꿈꾸는 나를 발견한다.

3. 팬데믹 이후, 우리에게 예술이란 무엇인가

"나는 전혀 다른 스토리를 살아내고 싶었다."(309쪽)

작품은 꼭 팔려야만 작품성을 인정받는 걸까. 빈센트 반 고흐를 비롯한 수많은 예술가들, 그러니까 '살아생전에는 거의 팔리지 않았지만, 죽고 나서 대중의 엄청난 사랑을 받는 화가들'을 생각해보면, '팔린다'는 것은 작품의 가치를 결정하는 유일한 변수는 아니다. 빈센트 반 고흐의 자살 원인 중 결정적인 것으로 '작품값이 오르기를 바랐기 때문'이라고 설명하는 책을 읽은 적이 있다. 모골이 송연해졌다. 네덜란드의 빈센트 반 고흐 뮤지엄에서 버젓이 팔리고 있는 베스트셀러였다. 설령 고흐의 죽음을 부추긴 수많은 이유 중에 '작품 가격'이라는 변수가 실제로 존재할지라도, 고흐의 작품에 대한 애정이 조금이라도 있다면 그런 잔혹한 해석은 가능하지 않을 것 같다. 거꾸로 내 마음속에서 그런 '작품 가격'을 왈가왈부하는 것에 대한 거부감은 어디서부터 시작되는 걸까, 되돌아보았다. 내 마음속에서는 '진정한 사랑의 대상은 가격을 매길 수 없다'는 본능적인 직관이 작동하고 있었다. 가격이 없어서 무료라는 뜻이 아니라 가격을 매길 수 없을 정도로 무한히 소중하다는 의미다.

팬데믹은 예술가들에게 있어 '새로운 창작의 활로'를 열어야 한다는 엄청난 부담감을 주었다. 하지만 수많은 예술가들은 지혜롭게 그 위기를 극복해내기도 했다. 팬데믹과 우크라이나 전쟁, 기후재난이라는 세 가지 악재가 전세계에 어두운 그림자를 드리우고 있는 지금, 미술계는 유래 없는 호황을 누리고 있다. 2023년 한국에서 열린 〈에드워드 호퍼 특별전〉은 수십만 관객의 호응을 얻었으며, 2023년 서울에서 열린 〈프리즈 아트 페어〉는 짧은 전시기간에도 불구하고 표를 구하기가 힘들 정도로 엄청난 인기를 끌었다. 인상파 화가전이나 마르크 샤갈전 같은 과거의 전형적인 인기 전시와 달리, 에드워드 호퍼, 마우리치오 카텔란, 김범, 장욱진, 강서경, 김환기 등 수많은 작가들의 작품이 다채로운 전시로 기획되어 대중에게 선보이고, 거의 모든 전시회들이 성황리에 마무리되었다. 예술에 대한 대중의 사랑은 어느 때보다도 무르익었고, 그 사랑의 대상은 고전 미술부터 근현대미술에 이르기까지 장르를 가리지 않고 확장되고 있다.

하지만 투자의 대상으로서의 미술, 인기 있는 작가들 중심의 대중적 전시에 대한 관심에 비해 신진 작가들을 위한 적극적 지원이라든지, 예술에 대한 대중의 사랑과 이해를 돕는 프로그램은 아직 턱없이 부족하다. 그런 점에서 윤고은의 《불타는 작품》은 역사상 그 어느 때보다도 '대중적인 호응'을 받고 있는 예술이 나아갈 길을 묻고 있는 소설이기도 하다. 단지 '시장에 내놓은 작품으로서의 예술'이 아니라 '아직 창조되지 않았지만, 우리가 조금만 더 관심을 기울이면 반드시 세상에 나올 미래의 예술'을 향한 관심을 촉구하는 것이다. 우리 사회에는 안이지처럼 생존의 갈림길에 서 있는 수많은 아티스트들이 있다. '시장의 상품으로서의 예술'과 '진정한 창작의 대상으로서의 예술'이 날카롭게 대치하는 문제는 미술에만 국한된 것이 아니라, 음악, 문학, 무용, 오페라, 뮤지컬 등등 모든 문화예술 분야에 걸쳐 심화되고 있다. 특히 AI시대가 임박해오면서 챗GPT나 AI 프로그램을 통해 음악과 미술을 창조하려는 사람들까지 급증함으로써 '어디까지가 예술이고, 어디까지가 예술가의 임무인가'를 질문하는 일은 더욱 복잡한 형태를 띠게 되었다.

캘리포니아의 산불이라는 기후재난, 말 못하는 개를 내세워서라도 어떻게든 주목받는 예술 재단을 꾸려가고 싶은 자본가들의 첨예한 이해관계, 팬데믹 시대를 거쳐오면서 예술가로서의 존엄은 물론 생계 자체의 위협을 받았던 수많은 사람들. 이 열악한 상황 속에서 안이지는 결국 살아남았고, 오랜만에 많은 작품을 완성해냈고, 다행히 그토록 걱정하던 작품은 불타지 않았다. 안이지라는 아티스트는 이제 배달 앱 업무에서 벗어나 자신의 그림을 당분간은 계속 그릴 수 있을 것이다. 비록 자신의 불타지 않은 작품을 런던의 S갤러리에 비싸게 파는 것에는 실패했지만, 안이지는 이 험난한 과정에서 분명 작품을 창조해냈고, 그런 기억은 그녀에게 커다란 삶의 자산이 될 것이다. 나는 주인공이 포기하지 않고 계속 그림을 그렸으면 좋겠다. 그녀가 그 어떤 상황에서도 '나는 그리는 사람이다'라는 자신의 소중한 정체성을 발견해낸 것이야말로 이 작품의 눈부신 발견이다.

내게 코로나 시대에 영감을 준 작품은 현대무용수들의 유튜브 공연이었다. 현대무용을 전공한 무용수들이 뛰어난 실력을 갖추고 수많은 공연 경험을 가지고 있음에도 불구하고 일자리를 찾지 못해 쿠팡 물류센터에서 택배 물품을 포장하고 관리하는 일을 하는 과정 자체를 '댄스필름'으로 만든 작품이다. 2021년 2월, 유튜브로 공개된 댄스필름 〈Dance in a warehouse_물류센터에서 춤을 추다〉는 고된 노동을 그저 끔찍한 고통으로만 묘사하지 않는다. 댄서들은 극한상황에서 저임금 노동을 하면서도 유머러스한 안무와 밝은 표정으로 '우리는 여전히 춤을 추고 있다'는 사실을 보여주었다. 그 작품을 보면서 내가 오히려 용기를 얻었다. 저 아름다운 아티스트들처럼, 나도 어떤 재난 앞에서도 글쓰기를 포기하지 않을 것이라고 마음먹었다. 글을 쓰는 작가에게는 AI시대의 공포와 출판시장의 불황이 거대한 장애물로 버티고 있다. 하지만 챗GPT가 소설을 쓸 수 있다고 해서 우리가 사랑하는 작가들의 책을 사보지 않게 될까? 나를 비롯한 수많은 독자들은 여전히 자신들이 사랑하는 소설가나 시인의 종이책을 사볼 것이며, AI가 인간의 창작을 대체할 수 있다고 생각하지 않는다.

AI가 인간을 대신한다고? 어림도 없다. 우리는 계속 쓸 것이고, 작가의 삶을 포기하지 않을 것이다. 'AI가 아닌 우리 살아있는 인간 작가의 글을 읽어주는 독자들, 바로 당신들'이 있다면 그 어떤 장애물도 이겨낼 것이다. 《불타는 작품》의 주인공 안이지처럼, 화가들이여, 그리기를 멈추지 말기를. 음악가들이여, 노래를 멈추지 말기를. 작가들이여, 쓰기를 멈추지 말기를. 작가를 쓰지 못하게 만들고, 화가를 그리지 못하게 만들고, 댄서를 춤추지 못하게 만드는 세상에서, 그럼에도 이 모든 아티스트들은 오늘도 쓰고, 노래하고, 그리고, 춤춘다. '예술하기 힘든 세상'에서 기어코 예술을 선택한 우리들이 각자의 골방에서 창조하고 있는 바로 그 예술작품들이야말로 언젠가 다가올 더 끔찍한 재난들 속에서 우리 자신을 구해줄 것이다. 물론 이 작품의 결말은 한없이 '열려' 있다. 이 작품의 결말은 해피엔딩도 새

드엔딩도 아닌 것 같다. 그러나 나는 예술과 사랑과 우정과 혁명에 관해서는 한없이 낙관적인 '열린 해석'을 하고 싶어진다. 안이지는, 윤고은은, 그리고 우리가 사랑하는 모든 예술가들은 '로버트 재단'을 뛰어넘는 괴물 같은 자본가를 만나더라도, 결코 예술이라는 아름다운 춤을 멈추지 않을 테니까. 나는 믿고 싶다. 작품이 불타지 않음으로써, 오히려 그 작품을 불태우려 했던 로버트 재단의 권력이 상징적 소각의 대상이 됨으로써, 안이지의 작품뿐 아니라 우리 모두의 가슴 속에 품은 예술이라는 이상, 아름다움이라는 유토피아는 살아남았다고.

온갖 번민과 고통 속에 영원히 잃어버릴 줄만 알았던 나 자신을 끝내 되찾게 해주는 마법, 그것이 바로 예술의 힘이 아닐까. 코로나 시대, 나는 화가들이 그린 별과 꽃과 새와 하늘을 인터넷으로 검색해보며 위로받았다. 평소처럼 하늘과 바람과 별과 강을 마음껏 볼 수 없기에, 빈센트 반 고흐의 별과 모네의 하늘과 조지아 오키프의 꽃송이와 에드워드 호퍼의 바다를 바라보며 '여행하지 못하는, 우리 코로나 시대 인류의 갇힌 삶'을 위로할 수 있었다. 헨리 데이비드 소로의 '월든' 사진을 찾아보며 아름다운 자연을 향한 그리움을 달랬으며, 《댈러웨이 부인》을 다시 읽으며 버지니아 울프가 너무도 사랑했던 그 아름답고 시끌벅적한 런던 거리를 상상으로 산책하며 위로받았다. 우리는 자본에 굴복하지 않고, 팬데믹에 스러지지 않고, AI에게 패배하지 않은 채, 예술을 사랑하며, 예술을 창조하며, 예술가로서의 기쁨을 포기하지 않고 살아갈 것이다.

불타는 작품

1판 1쇄 발행 2023년 10월 12일
1판 3쇄 발행 2023년 11월 13일

지은이 · 윤고은
펴낸이 · 주연선

(주)은행나무
04035 서울특별시 마포구 양화로11길 54
전화 · 02)3143-0651~3 | 팩스 · 02)3143-0654
신고번호 · 제 1997-000168호(1997. 12. 12)
www.ehbook.co.kr
ehbook@ehbook.co.kr

ISBN 979-11-6737-361-8 (03810)